書下ろし

消された過去

悪漢《わる》刑事《デカ》

安達 瑶

祥伝社文庫

目次

プロローグ

田舎町《いなかまち》・鳴海《なるみ》の夜は、早い。

いかがわしい繁華街の二条《にじょう》町以外、九時過ぎにはシャッターが閉じて寝静まってしまう。

商店街からも人が消えて、文字どおり、住人に棄《す》てられた『廃市』のようだ。

そんな街中にある、暗闇に水銀燈が一本立っているだけの、夜の公園。

ネオンも消えた深夜に、繁華街の裏手にある、ベンチひとつだけの、小さな空間。

そこに、子供がぽつんと座っていた。ジーンズにトレーナーという地味な普段着で、無造作に伸びた髪の毛。水銀燈の青白い光に浮かぶ横顔は端整と言っていい。中学生のようにも見えるし、高校生のようでもある。華奢《きゃしゃ》な躰《からだ》なので年齢はよく判らない。

一見少年のようにも見えるが、よく見ればその肌の白さ、手首の細さ、首筋のなめらかさは少女のものだった。そんなごく普通のいたいけな少女が、どうしてこんな時間に人気《ひとけ》のないところにいるのだろう、と目撃者がいれば訝《いぶか》しんだだろう。

彼女は、テニスバッグを背負っていた。

バッグからラケットのグリップが突き出ている様子が、リモコンを背負ったロボットのようだ。だが、そのどことなく微笑《ほほえ》ましい姿を見るものは誰もいない。

少女は身じろぎもせず、じっとベンチに座っている。

しばらく経つと、暗闇からさくさくと足音が聞こえてきた。

少女は、身を硬くした。

「キミかい？　あのケータイサイトの……」

足音の主は、二十代後半か三十代前半とおぼしき男だった。なかなか整った顔立ちで、日中の陽光の下であれば爽《さわ》やかな好青年とも見えただろう。だが少女を間近に捉えた視線には、舌なめずりをする肉食獣さながらの不穏なものがある。自分を待っていた少女が思いのほか可愛かった、という驚きと喜びを隠しきれない様子だ。

「キミ、テニスやってるの？　学校のクラブで？」

男はなれなれしい口調で訊いた。しかし少女は緊張しているのか、何も答えない。

「じゃあ、さっそく行くかい？　それとも」

男は辺りを見回した。通行人はおろか、通りかかる車もない。

「なんだったら、ここでやってもいいんだよ。外っていうのも刺激的だ」

男は、少女の胸をいきなり摑《つか》んだ。

「可愛いね。ボクはいわゆる貧乳が大好きなんだ」

大きなおっぱいの女なんて、あんなものは牝牛《めうし》と同じだからね、などと言いつつ、男はグレイのトレーナーの上から、なおも少女の胸をいやらしく撫でさすっている。

蒼白《あおざ》めたような表情の少女が抵抗しないのをいいことに、男は未熟な胸を揉《も》みしだきつつ、肩を抱いてぐっと引き寄せると、強引にキスをした。

なすがままになっている状態を見て取った男は、そのまま彼女をベンチに押し倒して、のしかかった。

次の瞬間。

「うわっ！」

男は叫んで飛び起きた。手で押さえた口からは、血が滴《したた》っている。

「何をするんだ、このアマ！　舌を噛《か》みやがって！」

若い男は逆上すると、少女の頬《ほお》を思い切り平手打ちした。バシッという音が響いて、少女の華奢な躰はベンチから地面に転げ落ちた。

「大人を甘く見るんじゃないぞ。おれはな……」

男は少女のトレーナーの襟元《えりもと》を摑むと、今度は拳《こぶし》で容赦《ようしゃ》なく殴《なぐ》りつけた。

「抵抗すると死ぬ思いをするってことを教え込んでやる」

殴られた勢いのまま、少女は地面に叩きつけられた。

少女に馬乗りになった男は息を荒げ、彼女の着衣を脱がしにかかった。

暴力的にレイプする興奮に男の目は輝き、どす黒い喜悦《きえつ》が顔中に広がった。

まくり上げられたトレーナーの下に着ていたTシャツを破られ、ブラを剝《は》ぎ取られ、少女のあるかなきかの乳房が露出した。

男はそれにむしゃぶりつくと、ちゅうちゅうと下品な音を立てて吸い始めた。

少女は、なすがままにされていた。呆然《ぼうぜん》としているのか、表情はない。

しかし、その右手はゆっくりと背中に回りつつあった。

背負っていたテニスバッグから引き抜いたものは、テニスのラケットではなく、短い子供用の金属バットだった。

ジュラルミンの鈍い反射光を放つ棒状の物体が、少女の稚《おさな》い乳房を夢中で舐《な》め、吸い立て、撫でさすっている男の後頭部に振り下ろされた。

ごん、と厭《いや》な音がして、その瞬間、男の身体が反《そ》り返った。

「お、お前、まだ懲《こ》りないのか！」

そう叫ぶ男の顔に、今度は横から金属バットがヒットした。

「げ」

倒れた男と入れ替わりに素早く立ち上がった少女が、容赦なくバットを振り下ろす。

「やっやめろッ！　お前……何をしてるのか判ってるのか！」

立ち上がって反撃しようとした男の向こう臑《ずね》にバットが叩きつけられた。痛みに呻《うめ》いて後ずさると、次は横腹を殴打された。

たまらず防御姿勢で丸めた背に、棒状のジュラルミンがさらに何度も振り下ろされた。

「やめろ……」

男は哀願しつつ、俯せに倒れ込んだ。だが少女は攻撃を止めない。

「やめろ……やめてくれ！　たのむから……止めてくれよ」

男の悲鳴は、次第に弱々しい懇願に変わっていった。

「ああ、退屈だ」

田舎警察の刑事課で当直を務めている中年の冴《さ》えない男が、騒がしいだけのテレビを切り、リモコンを乱暴に放り出して背伸びをした。

脂《あぶら》ぎった髪の毛に、無精髭《ぶしょう》。襟の汚れたワイシャツに、だらしなく緩めたネクタイ。ヤニで黄色くなった右手の人差し指と中指が、紙パックからタバコを摑み出した。

署内は全面禁煙なのだが、今は他に誰も居ないのをいいことに、男はスパスパと吸い始めた。机の抽出《ひきだし》にはマイ灰皿が隠されている。

「佐脇《さわき》さん。夜食どうします？　インスタントで良ければラーメン作りますけど」

刑事課のドアが開き、交通課の若い当直巡査が声をかけてきた。

佐脇耕造《こうぞう》。アラフォーの刑事。西日本の田舎にあるT県警の、そのまた田舎の鳴海署に配属されて二十年。この間一度も異動がなかったのはT県警の七不思議と言われているが、何のことはない、地元ヤクザと癒着《ゆちゃく》した佐脇があらゆる手を使って異動を阻《はば》んでいるのだ。

とはいえ、それなりに手柄もあげ、大物と言える犯罪者をこれまでに何人も摘発している。そのたびに人死にも出るので、さながら死神か疫病神《やくびょうがみ》のように言われることもある。要するに佐脇巡査長は、署長や県警上層部といえども迂闊《うかつ》に手を出せない、一種のアンタッチャブル的存在の刑事なのだ。

「お前が作るラーメンはグズグズでいけねえ。自分で作る」

佐脇はそう言って立ちあがった。

「ネギとか卵はあるんだろうな。メンマやチャーシューとは言わないが」

大雑把なようで妙に細かいところのある佐脇はチェックを入れた。

「学生がただ腹を満たすだけに食うようなメシはイヤなんだ。もう先が短いからな」

「ナニ言ってるんです。佐脇さんは殺されたって死なないクセに」

交通課の巡査は笑った。

「いや、退屈で死にそうなんだ。こんなクソ田舎なんだから、当直なんか各課まとめて一人で充分だろ？　その方が人件費も浮くってもんじゃねえか」

こんな夜は食うことしか楽しみがねえと言いながら、給湯室に行こうとした時、電話が鳴った。

「鳴海署刑事課」

ぶっきらぼうに電話を取った佐脇の耳に、交番勤務の巡査の慌てた声が飛び込んできた。

「至急、応援をお願いします。鳴海第三公園で、凶暴な未成年女子が成人男性を滅多《めった》打ちしていて、制圧不能！」

「要するに、出来の悪いメスガキが暴れてるんだな？」

夜食はオアズケだ、と叫んだ佐脇は、刑事課を飛び出した。

＊

「被害者は佐々木英輔《ささきえいすけ》二十九歳、鳴海市立港《みなと》小学校教諭。六年組担任。凶器は金属バット。全身をボコボコに殴られて、全治三ヵ月の重傷。加害者は現在黙秘中で住所年齢職業は目下不明。指紋照合の結果、前科前歴はナシ。犯行時刻の午前○時に二人がどうして会っていたのかについては、加害者は黙秘、被害者は言葉を濁してる。どうせ出会い系か何かで知り合った女はカネ目当て、男はナニ目当てでノコノコ出ていって揉めたんじゃないか?」

佐脇は自分で作成した書類を見ながら、生活安全課の篠井由美子《しのいゆみこ》巡査に引き継ぎをした。

「以上が事件の概要だ」

綴《と》じられた書類を篠井巡査に渡した佐脇は、ヤレヤレとばかりに伸びをした。

「イヤ参ったぜ」

佐脇の顔には大判の救急絆創膏《ばんそうこう》が幾つも貼られている。

「あんなド迫力のガキも珍しいぜ。公園に駆けつけて、引き離すのに苦労した」

禁煙のはずの刑事課で、佐脇は平気な顔でタバコを吹かしている。

「近所の公園で喧嘩《けんか》がという一一〇番を受けて、近くの交番から若いヤツが急行したんだが、まるで手に負えなくてウチに電話が入った。相手がヤクザならこっちもいつもの調子でやるんだが、一見して未成年の、それも女となると、いろいろと取扱注意だからな。かと言って被害者のスケベ野郎を見殺しにも出来ないしよ」

佐脇は関西の漫才師の真似《まね》をして「往生しまっせ」とふざけた。

「で、連行したところが完黙で、何一つ喋《しゃべ》らない。好きなスイーツもアイドルの名前もな」

「いろいろとご苦労様でした」

真面目《まじめ》な篠井は頭を下げた。

彼女は佐脇の前の部下だった石井《いしい》巡査（殉職後、二階級特進して警部補になったが）のフィアンセだった。密かに捜査中だった犯人に自殺を装って殺され、佐脇はその仇《かたき》を討ったのだが、彼女はそのまま独身を続けている。

「では、後は私が」

「うん。でもな、上からのお達しで、おれも一緒に取り調べに立ち会えとさ。ただの非行少女の暴力事件ではなさそうだ、と課長は言うんだが……」

佐脇はそこで言葉を切ったが、長年の付き合いで、篠井由美子にも相手がどう考えているのかは判った。

「佐脇さんも、単純な事件ではないとお考えですね？」

「うん。集団なら、暴行がエスカレートしてって事はあるが、単独犯だ。しかも、今のところは年齢不詳だが、どうみても大人じゃない女の子だからなあ。痴情や怨恨《えんこん》の一言では片付かない何かが、両人のあいだにはあったと考えて然《しか》るべきだろうしな。しかも」

佐脇はニヤリとして付け加えた。

「おれは今ヒマだ。かと言ってこのおれサマが、チンケな下着ドロやらカツアゲやら覗きやらのショボい事件をチマチマ担当したくないしな」

「態度だけは平塚八兵衛《ひらつかはちべえ》ってところですね」

石井と婚約した頃は生真面目《きまじめ》な婦警さんだった篠井だが、今ではそれなりにやり合える大人の女に成長した。

「まあとにかく」

佐脇は彼女と取調室に向かった。

「まずあんたが話を聞いてくれ。女同士なら、おれみたいな胡散《うさん》臭いオッサンより話がしやすいだろう」

ドアの向こうには、顔色の悪い少女がパイプ椅子《いす》に大股を広げて座っている。気配を感じるや、射貫くような鋭い視線をこちらに投げてきて、文句あっかという顔をした。

昨夜の大立ち回りのまま、髪は乱れて服もボロボロ。被害者の血もついたままだ。

「おい。あんたが昨夜ボコボコにした被害者の身元が判ったぞ。小学校の先生だそうだ」

佐脇が声をかけた。

少女は顔を歪《ゆが》め、ふふんと鼻先で笑った。

第一章　若き熱血新人議員

「なんだよこれ、目障《ざわ》りだな」

でかでかと壁に貼られたポスターが目に飛び込んできて、佐脇は顔をしかめた。お気に入りの『ラーメンがばちょ』で無心にラーメンを啜《すす》ろうという気分が台無しだ。

絵に描いたような「熱血青年政治家」の鬱陶《うっとう》しいほどの笑顔。

この前の総選挙で初当選を果たした、細島祐太朗《ほそじまゆうたろう》の講演会告知ポスターだ。Ａ０サイズの用紙に細島の顔がでかでかと刷られているのは、アイドルの新曲宣伝かと思うほどだ。一枚だけでも目立つのに、同じものが四枚も連なって貼られていると、相当にウザイ。

「貼らしてくれとうるさいんで……どうも」

いつもは無口なマスターが済まなそうに頭を下げた。

「こいつ、東京でタレントやってりゃいいのによ」

佐脇は後から入ってきた若手刑事の水野《みずの》に同意を求めるように顎《あご》をしゃくった。

「当選してから最初のお国入りだから、派手にやりたいんでしょう」

「選挙区がこの辺だからって、なんだ。東京で稼いでるクセに」

ポスターの中で白い歯を見せて爽《さわ》やかに微笑んでいる細島は、長身で目鼻スッキリの、ちょっとしたイケメンだ。

三十を過ぎたばかりの「好青年」で、熱血正義漢なのが看板の弁護士。話題になった事件で逆転無罪を勝ち取って有名になり、テレビにも出たり著書も多い。

トーク番組での熱い喋《しゃべ》りが人気を呼んで、タレント弁護士として売れてきたのに目をつけた野党が、目玉候補として口説き落として彼の生まれ故郷から出馬させた。

全国的に劣勢だった野党は、細島の力で保守の地盤を守り抜き、貴重な議席を確保した。

テレビ映りもいい細島は、国会の傍らトーク・バトル番組にも積極的に出演して弁護士ならではの弁舌で相手を圧倒。ニュータイプの「スター政治家」として人気爆発中だ。

「この県の三区から出たんだって、高校までこっちに居たって縁だけだろ。東京で名前売って東京で稼いでるんなら東京から出馬すりゃあいいじゃねえか」

「よっぽど嫌いなんですね、佐脇さんは」

機嫌の悪い佐脇に水野は呆《あき》れている。

「だいたいあの顔は東京モンだろ。鳴海じゃ全然似合わねえ」

気に入らないとなると何もかもが腹立たしい。佐脇は、顔で政治家を品評する無茶な理屈を言い立てた。

「この前まで三区の議席を守ってた西成《にしなり》のオッサンは、万年陣笠で見た目も中身も冴《さ》えない野郎だったけど、面倒見だけは良かったからな。地元に根を張る議員サンの典型だった」

「で、佐脇さんも、けっこうオコボレに与《あずか》っていたと」

水野の言葉に、佐脇は素直に頷《うなず》いた。

「そうだよ。おれは隠さないから。人間ってのは良い事もすれば悪い事もする。全体の差し引きで良い事の方が多ければ、ソイツはいいヤツだって言えるんじゃないか？」

「もしかして佐脇さん、自分のこと言ってません？」

「まあな。おれだって、かなり悪いヤツだと自分でも判ってるよ。でも、トータルすれば多少は社会に貢献してるんじゃねえかという、そういう自負もあるわけだ」

佐脇はそう言って目の前に置かれたビールのグラスを空けた。

「ところがあの細島ってヤツは、選挙の時だってほんの短時間しかこっちに居なかったろ。顔は完全に東京にしか向いてないんだから、地元じゃいらねえ人間だろ」

ええまあ、と水野は煮え切らない返事をする。

「あ、お前、さてはコイツに投票したんだな？」

そう言われた佐脇の部下は、バレちゃいましたか、と照れたように笑った。

「でも、地元に橋架けたり道路作ったりするだけが政治家じゃないと思うので」

「お。やっぱり大学出のインテリは言うことが違うね！」

佐脇は渥美清《あつみきよし》の声色で言った。

「四谷赤坂麴町《よつやあかさかこうじまち》、チャラチャラ流れるお茶《ちゃ》の水《みず》、粋《いき》な姉ちゃん立ち小便ってね」

テキ屋の口上で水野をケムに巻いた佐脇だが、もちろん東京コンプレックスのせいだけで細島を嫌っているわけではない。

細島自身の言動に、反感を持っているのだ。

この新人代議士は、自分が非行少年だった事を隠していない。いや、それどころか、非行少年だった過去を派手に売り物にしている。

曰《いわ》く「ヤンチャだった分、虚飾に惑わされずに世の中の矛盾《むじゅん》に声を上げていた」。

曰く「ワルだったからこそ、ワルにならざるを得なかった弱者の痛みが判る」。

曰く「問題を抱えた少年を非行に走らせる、学校や社会の歪《ゆが》んだ仕組みを実感した」。

などなど、非行少年だった過去を隠すどころか武器に使って熱弁を振るい、「非行少年＝ピュア＝真実を知る男」という都合のいい構図を作りあげているのだ。

選挙マニフェストは、「少年が非行に走らない社会の実現」「頑張れば出直せるチャンスのある社会の構築」。

自分の過去を赤裸々に語り、少年院にも入った事を隠さない潔《いさぎよ》さと、マイナスの経歴から司法試験に合格して弁護士にまでなった快挙が選挙民の共感を呼んで、見事当選した。

タレントや弁護士としての活躍の場は東京だが、鳴海がある『T県三区』から立候補したのは、高校まで過ごしたのが鳴海だったからだそうだ。「少年時代は鳴海で過ごし、とても素晴らしい先生に出会って私は更生出来ました。だからこの鳴海に恩返しがしたい」と訴えたのだ。

もちろん選挙では自分の長所を売り込まなければならないし、タレントとしてもキャラを売るには波瀾万丈《はらんばんじょう》の細島の経歴は有利に働いたことだろう。

しかし、それは売り物にすべき事なのか？

この思いが佐脇に新人代議士に対する反撥《はんぱつ》を起こさせていた。

署に戻ると、佐脇は刑事課長の大久保《おおくぼ》に呼ばれた。

「細島議員の警護の応援をやってもらいたい。明日の講演会だ」

よりにもよって大嫌いなやつの警護かよ、と佐脇はムカついて、刑事課の大部屋でデスクに座った大久保に一応抗議してみた。

「けどそういうのは警備課の仕事でしょ。交番の制服たちを使えばいいじゃないですか。一応これでもおれは刑事なンで」

「人手が足りないんだよ。明日は港でイベントもあるから、制服もみんな出払ってるんだ」

デスクから立ちあがった大久保は、佐脇の肩をぽんぽんと叩いた。

「細島議員は新人ではあるが地元選出で、しかも全国的な有名人でもあるから、くれぐれも粗相《そそう》のないように、と上からも言われててな。三人張り付かせてるんだが、講演会だと不特定多数が相手だからな、万が一を考えて、その応援ということで」

佐脇は刑事部屋をひとわたり眺めてから大久保に顔を寄せ、小声で囁《ささや》いた。

「応援なら、暇《ひま》そうにしてる、アイツの方が適任でしょ。こっちは昨日起きた凶暴少女の件を抱えてるんですよ」

佐脇の目線の先には、退屈そうにスポーツ新聞を読んでいる光田《みつだ》の姿があった。

「光田君は、ダメだ。射撃が下手だし格闘技も得意ではない」

大久保も小声で、あっさりと却下した。

「アタマはいいけど、と言わんばかりですな」

「係長としての気配りはなかなかのもんだぞ」

光田を一応フォローした大久保だが、話を打ち切るように大きな声を出した。

「とにかく。ウチは小さな所帯なんだしさ、アンタは遊軍みたいなもんだし、こういう時に国体の県代表にまでなった射撃の腕を遊ばせておくのももったいないだろ。まあ、ご不満もおありでしょうが、ちょっと力を貸してくれよ」

佐脇は鳴海署では「上司潰《つぶ》し」の異名で通っている。佐脇と折り合いが悪かった歴代の刑事課長も鳴海署長も、結局は異動か退職になっている。県警本部幹部の馘《くび》が飛んだことさえあるのだ。

一介の巡査長でしかない佐脇に人事の権限はもちろんないが、結果的にそういう事態が続いている。だが、大久保だけは例外的に、刑事課長在任の最長不倒期間を更新中だ。佐脇との賄賂《わいろ》のやり取りはないし、裏の駆け引きがあるわけでもないが、お互い妙なバランスが取れているということなのだろう。

「しかしよりにもよって、あの細島の警護ねえ……」

佐脇は気の進まない素振りを隠そうともしない。大久保は下手に出た。

「なにしろきみは鳴海署のエースと言われてるからな。あんなポッと出の若造の警護なんかバカらしくてやってられるかという気持ちは判る。しかしまあアレでも国会議員だし、この辺から出た初の有名人でもあるし、まあ宜《よろ》しく頼むよ。数時間だけのことなんだし」

これが虫が好かない上司であれば、あらゆる理屈を並べるか実力行使をして拒否するところだが、大久保に対しては今のところ、そこまで断固たる態度に出る理由がない。

「ま、いいですよ。判りました。この辺で恩を売っときましょう」

「助かるよ。宜しく頼む」

上司の命令に恩の売り買いもないものだが、取引は成立した。

＊

日曜の午後。

街で唯一の公会堂である鳴海市民ホールには、時の有名人を見ようという住民が続々と詰めかけていた。いつもは閑散としている街なのに、どこにこれだけの人が隠れていたのかとびっくりするほどだ。

「港のイベントに引っかけて、人を呼んだんだな」

老若男女、選挙権があろうがなかろうが、大勢の人でごった返すロビーで、佐脇は水野に悪態をついた。正式な警護の担当者は代議士に張り付いているので、佐脇たちは応援として会場全般に注意を払う役割だ。

「イベントと客の取り合いになるのを避けて、向こうの終了時間を見越して開演するなんざ芸が細かいというか、チマチマとセコい真似《まね》をしやがって」

「それくらいは計算するでしょう。マスコミも取材に来るんだし」

水野は、ほら、うず潮《しお》テレビも来てますよ、とマイクを持った磯部《いそべ》ひかるを指さした。

T県ローカル局の契約タレントで、人気リポーターである磯部ひかると佐脇の関係は、ひかるがまだ短大生だった頃からのいわば腐れ縁で、地元では誰もが知っている。不思議に女が放っておかない佐脇とは喧嘩《けんか》したりヨリを戻したりの繰返しの仲だ。佐脇に恨《うら》みを持つストーカーにアパートを全焼させられた後、一時ひかるのマンションに転がり込んでいた佐脇だが、今は新しいアパートを見つけ、別々に暮らしている。

「なんだよ。お前のところも、ネタに困ってこんな奴を取材するのか」

いきなり八つ当たりされたひかるは、ハイハイと佐脇をいなした。

「取材対象がイケメンだからって嫉妬しないでくださいね。けど、相手が今をときめくホッシーみたいな議員サンだと、いつもと勝手が違うわよね」

「嫉妬とか人聞きの悪いこと言うな。所詮見てくれだけじゃねえか、あんな奴」

ひかるは愛嬌のある親しみやすいスマイルと巨乳がウリのローカル・タレントで、硬軟取り混ぜたネタの外回り取材を一手に引き受けている。

「で、あの若造はホッシーと呼ばれてるのか？」

「そうよ。知らなかったの？　オバサンのアイドルよ。政界の氷川《ひかわ》きよし。鳴海だけじゃなくて日本中でね」

そんなのジョーシキでしょうとひかるに笑われた。凄《すご》い得票数でぶっちぎりの勝利だったことは佐脇もニュースで見ていたが、アイドル化しているとまでは知らなかった。

「で、佐脇さん、今日はナニ？　敵の偵察ですか？」

「馬鹿かお前は。おれは公僕だぞ。警官が、有権者の代表である議員サンを敵と見なすわけがないだろうが」

あらそう？　とひかるはわざとらしく小首を傾《かし》げて見せた。

「だってホッシーは、悪徳警官なんか切りまくって、警察を浄化するって言ってるのに」

「またか」

佐脇は鼻先で嗤《わら》った。

「新任の鳴海署長や県警本部長が定期的にお約束みたいに唱《とな》える念仏だ、それは」

実際問題、浄化すべき根本の『悪』は上層部にこそある。おれみたいなチンピラが手がけるのは文字通り『悪戯《いたずら》』程度の事だ。ヤクザから多少のカネを貰っても、未成年の少女を抱いても、それで誰かが冤罪《えんざい》に泣くわけではないし税金をドブに捨ててるわけでもない。

佐脇はそう思っているが、この理屈が世間一般に理解されないだろうと判ってもいる。世間というものはとかく白黒善悪を簡単に割り切りたがるものだ。

おれのような必要悪を簡単に切れるものかどうか、ホッシーとやらのお手並み拝見だな。言い返そうとした佐脇だが、ひかるは「そろそろ時間だから」と、客席に入ってしまった。

気がつくと、あれほどごった返していたロビーからも人の姿が消えている。

誰もいないロビーを警戒しても意味はない。細島を襲う暴漢がいるとすれば、客席に潜《ひそ》んでいるだろう。

「ま、せっかく来たんだし、仕事のついでにホッシーの演説とやらを聴いてみるか」

ドアを開けた瞬間、会場がどっと沸いた。佐脇と水野は自分たちがネタにされたのかと一瞬ぎょっとした。

「……というような芸能ネタばかり喋るので、アイツは政治家じゃなくてお笑いタレントだと言われてしまうんですが」

歌舞伎《かぶき》から歌謡ショーまで開かれる広い舞台に一人で立った細島は、会場を落ち着かせるように、爽やかな笑顔で語りかけている。客を完全に掌握し、堂に入ったそのトークは、無理にたとえれば、イケメン政治家に憑依《ひょうい》した綾小路《あやのこうじ》きみまろと言ったところか。

「ここから、真面目な話をします」

濃紺のスーツに、流行のレンズ小さめのメガネをかけた細島は、一呼吸置いて会場を見渡した。

「みなさんご承知のように、私は少年の頃、ワルでした。おかげで警察には、ずいぶんお世話になってしまいました」

ここで反応を見るのは、観衆の好みを計って話す内容を選んでいるのだろう。

「しかし、すべての犯罪には、理由があります。訳もなく罪を犯す人間はこの世にはいません。私の場合は、出来の悪い警察官の、ひどい仕打ちが原因だったのです」

自分が非行に走った原因は、やってもいないことを絶対にやったと偏見に満ちた警官に決めつけられ、無実なのにこちらの言い分はまったく聞いてもらえず、あげく勝手に調書を作成され非行少年の烙印《らくいん》を押されてしまったからだと、細島が切々と訴えると、客席からはお年寄りのすすり泣きすら聞こえ始めて、場内は細島への同情一色の空気に染まった。

「その後も私は、『お前は不良だから』と色眼鏡《めがね》で見られて、事あるごとに細島がやったと濡《ぬ》れ衣を着せられて、すっかり自暴自棄《じぼうじき》になってしまいました。学校の先生にも警察官にも反感と怒り以外のものは無く、よし、お前らがおれの言い分をまったく無視するなら、アンタらの望み通りのワルになってやろうじゃないか、という反抗心に凝《こ》り固まってしまったのです」

細島は感情が昂《たか》ぶったのか、思い出し怒りを叩きつけるかのように演壇を拳《こぶし》で打った。

その、ドンという音は、彼の絶望の深さを示すように場内に響き渡り、聴衆の心を鷲摑みにした。

「だからこそ私は、警察の改革、刷新について、声を大にして訴えたいのです。もちろん取り調べの厳格化・透明化も必要です。二度と私のような犠牲者を出してはいけません！」

目に涙さえ滲ませ声を張り上げる新人代議士に、満場から拍手が湧《わ》きあがった。細島は、聴衆の心を完全に摑んでいた。

「たとえばつい先日も、この鳴海署管内で、深夜の公園で成人男性を暴行したカドで未成年の女子が逮捕された事件がありましたが、これについても、深夜に徘徊《はいかい》している非行少女の暴行事件として単純に処理していいものでしょうか？　まあ、所詮、鳴海の田舎警官ですから、事件の背後にあるさまざまな事情について想像力を働かせることもなく、単純な図式で一方的に少女をワルと決めつけ、いわゆる、よくあるオヤジ狩りだとでも断定してしまうのでしょう」

おいおい、と思わず佐脇は声に出して突っ込んでしまった。単純な図式で断定しているのはどっちだ。細島こそ勝手な推測で決めつけているではないか。ここにその事件を担当している、鳴海署の当事者がいるというのに。

田舎警官で悪かったな、と佐脇は演壇の細島を睨《にら》みつけた。

その怒りが伝わったかのように、新人議員は肩をすぼめてみせるオーバーアクションで大げさに怯《おび》える演技をしてみせた。

「おっといけません。ここには警察の方も見えてるんでね。警護という名目ですが、私を守ってくれているのか、それとも滅多《めった》なことを言わないよう監視しているのか、判ったものではありませんがね」

どっと笑いが起きたが、これは細島の話術に完璧に取り込まれた反応だ。

その機に乗じるかのように、新人にしてすでに大物の風格を見せる議員は、腹の底から声を出し、ここぞとばかりに強調した。

「警察には自分の点数を上げたいだけで、容疑者の人格など完全無視の、クソみたいな刑事が山ほどいるんです。実際に罪を犯したかどうかなど彼らにはどうでも良いのです。それは私が身をもって体験したことです。私はいい。どん底に落ちた後に、必死で這い上がれた。多くの素晴らしい人との出会いがあり、幸運にも恵まれたからです。しかし、世の中には運に見放されて、底辺を這いずるしかない人も大勢いる。彼らがそうなってしまったのは、学校や警察に責任があるのです。人を頭から犯罪者と決めつけてかかる警察官ほど、邪悪で社会の害毒になる存在はありません。鳴海にもいるようですね。あえて名前は挙げませんが」

細島は、さっきからいるのは判っていたんだぞと言うかのように、舞台の上から視線を巡らせ、佐脇を露骨に見据えた。聴衆がざわつき、こちらを振り向く者も大勢いる。

なんで、おれなんだ⁉

佐脇は心穏《おだ》やかではなかった。

どうしてアイツがおれを目の仇《かたき》にするんだ？

佐脇にはまったく心当たりはない。さては細島が誰かに何かを吹き込まれたか。

佐脇がある程度聴衆の注目を集めたと見たのか細島は視線を戻して、話題を変えた。

「このように教育や治安も大切なことですが、地域の活性化も重要です。シャッター商店街になりつつある鳴海の目抜き通りを、どげんかせんといかんのです」

古くなった流行語をあえて使ったのは、会場に田舎のジジババが多いことを考慮したのだろう。その計算は当たって、場内は再び沸いた。

話は地域振興に移ったが、佐脇は頭の中でさきほどの件を反芻《はんすう》していた。

細島は、自分が非行少年だった過去を認めつつ、それは冤罪がキッカケだったと主張し、自分は教師や警官の歪んだ偏見による犠牲者であり、社会の殉教者だという論法を展開して、自分の過去を余すところ無く正当化していた。

そして、ここにいる聴衆も、完全に細島の論法に取り込まれてしまっていた。

「水野。あいつの過去を徹底的に洗っておく必要があるぞ。おれたちの身を守るためにな」

佐脇は部下に耳打ちした。

「なんと言ってもあいつは、野党とはいえマスコミの露出が多い話題の議員だ。どんな強引なこじつけを喋っても、あの弁舌だ。テレビでちょっと煽《あお》れば、世間はわっと雪崩《なだれ》を打つ。そうなったらおれたちみたいな田舎のおまわりは簡単に吹き飛ばされるぞ」

水野は、黙って大きく頷いた。

「署に戻ったら早速調べます」

今日のこの日まで、細島の存在など自分とはまったく関係がないと無関心だった佐脇だが、そうも言っていられなくなったことを悟った。

細島の敵意を放置すれば、いずれ複数の筋から有形無形の圧力がかかって、過去のスキャンダラスなあれこれを材料に田舎の駐在に飛ばされるか、最悪、辞職を迫られるだろう。

そんな横やりは今までだって全部撥《は》ね除《の》けてきたのだし恐るるに足らず、と軽く考えていたが、今回ばかりはヤバいかもしれない。

相手が与党か野党かは関係はない。地元住民にとって有名人で人気があれば、有力者となるのだ。細島の、この地域との関係も、今後いっそう強固なモノになっていくだろう。

鳴海が『細島帝国』となる日はすぐそこまで来ている。

どうするか。どういう手を打つか。

それを考えているうちに、細島の講演は終わり、人々は席を立ち始めていた。

佐脇も外に出て、出口に向かおうとした。

「一応、楽屋に顔出しとかなくていいですかね?」

水野は気を遣ったが、佐脇は手を振って却下した。

「いいよ、そんなもん」

そう言い捨てて帰ろうとしたところに、歓声が湧《わ》いた。

細島がロビーに出てきたのだ。スケジュールによれば、これからすぐに地元後援会との会合が予定されている。時間も無いし裏から出れば良いものを、この人気取りタレント議員は、わざわざロビーを横切って「市民との触れあい」を実行し始めた。

「おい。こんなダンドリ聞いてなかったぞ。アイツが暗殺されても責任持てねえ！」

そうは言いつつ、職場放棄も出来ない。

佐脇は議員の周りに集まってきた群衆を掻き分けて、「ハイ下がって下がって」と整理を始めた。

「水野！　お前もやれ！」

もちろん水野も加わったが、大スターの名演説に酔った群衆の熱い反応は凄《すさ》まじかった。我も我もと大勢が手を差し出して握手を求め、紙切れを差し出してサインを求める。中にはただ触りたいだけの奴もいる。

「はい、お相撲さんじゃないんだからね〜議員さんだからね〜触っても御利益《ごりやく》はないよ〜」

と、小馬鹿にしつつ佐脇は群衆を押し返して道を作った。

その空間を、細島は愛想笑いを振りまきながら手を振って歩いて行く。その姿はさながら有名タレントか人気スターか、とにかく芸能人そのものだ。

「イテエな。おれを殴るな」

群衆が暴徒と化す事態は、些細《ささい》なことがキッカケで案外簡単に起きるものだ。だから佐脇も隠忍自重《いんにんじちょう》、耐えがたきを耐えて警備に徹した。

人垣を押しとどめながらふと振り向いた時、すぐ傍を通過する細島と佐脇の目が合った。

完全に正面から、切り結ぶように視線がぶつかったのだが、もちろん何も起こらない。お互い、軽く黙礼をした。佐脇は議員への立場上の敬意を表し、細島は警備ご苦労さんという挨拶だ。

群衆の輪の外を、本来の警備担当者がバタバタと走って外に先回りし始めた。ホールの正面玄関には、プリウスが駐まっていた。メルセデスでもなければセンチュリーでもない。環境に優しい小型車を選んだのも演出を考えてのことだろう。すでに風格だけは大物政治家のようなオーラを振りまきつつ、群衆に鷹揚に手を振った細島は車に乗り込んで去っていった。

その姿を、群衆はずっと見送っている。

「有り難いことですね。こんな熱心な支持者がいるんですから」

「みんながみんなヤツに投票したわけじゃねえよ」

純真な水野を、佐脇はわざと否定した。

「しかし、今日の演説で、支持者は確実に増えたな」

＊

水野との遅い昼食をラーメンで済ませて署に一歩入ったばかりの佐脇に、篠井巡査が駆け寄ってきた。

「花子《はなこ》のことなんですが」

「誰だそいつは」

「先日身柄を確保した少女ですよ。未《いま》だに名前を名乗らないので、仮名というかコードネームで呼ぶしかないわけで」

ああ、と佐脇は思い出した。

「その後、どうだ？　名前も言わないんだから進展なしか」

ええ、と篠井は頷いた。

「それもそうですが、この記事、見ましたか？」

彼女は地元のうず潮新聞の社会面を見せた。

記事は、さきほど細島が言及したように、不良少女が小遣い銭ほしさに善良な男性を『オヤジ狩り』したように報じている。少女の外見を『目つきが悪くガリガリに痩せた過激なメイクとヘアスタイル』と、あたかも覚醒剤中毒者を想起させるように描写し、『助けを求める男性を無視して常軌を逸した暴行を執拗《しつよう》に加え』と事件の悪質さを強調した上で、被害者の男性を『熱心な指導で評判の小学校教諭』と書いている。これではどう見ても、加害少女が『悪』で被害男性が『善』であると受け取る以外の読み方はできない。

「なんだこの偏向報道の見本みたいな記事は？　これ、ブンヤに喋ったのは誰だ？」

記者クラブで警察発表をしたヤツの主観がそのまま記事になったのか、それとも、うず潮新聞の記者の主観が入ったのか。

「定例会見は光田さんがやったと聞いています」

「光田か……かみさんと夫婦喧嘩でもしたのかな」

デスクで不機嫌な顔でスポーツ新聞を読んでいる光田の顔が浮かんだ。

あの男は利口ではないが、マスコミに向かって軽々しい口を叩く男でもない。だとすると、うず潮新聞の記者が勝手に脚色したのか。

「まあな。深夜獲物を求めて徘徊する凶暴な非行少女に善良な小学校のセンセイが狩られたという図式は判りやすいし、読者にもウケそうだからな」

「それは困ります。彼女からは、まだなにも話を聞けていないのに……」

篠井は憤慨している。真面目な生活安全課の巡査としては当然の怒りだ。

「だが、ストーリーを作ってでっち上げるのは検察の専売特許でもないからな。明治の頃の新聞を読んだことがあるが、まるで講談みたいな調子の『見てきたようなウソ』で埋め尽くされてたぜ。それが新聞の伝統だ」

以前の事件で係わりになって、時々やり取りをしているうず潮新聞の春山《はるやま》編集局長に問い質《ただ》してみよう、と佐脇は決めた。

細島は、この記事を読んだか、あるいは記者から話を聞いて、警察が少女を極悪人に仕立て上げようとしていると決めつけたのかもしれない。

「そっちの方はおれがやっとく。で、その『花子』とやらのご機嫌はどうなんだ？」

篠井巡査によれば、問題の少女は事件について頑として喋らず、自分の殻《から》に閉じこもっているが、たまに口を開けば普通に話し、精神に異常があるという風でもないらしい。

「パソコンの話、特にゲームの話には食いついてくるんです。でも、私はゲームは全然やらないので、ちんぷんかんぷんで」

「おれもそうだなあ。おれの中ではゲームと言えばインベーダーで終わってるし」

それはいくら何でも古すぎるでしょう、と篠井は呆《あき》れた。

「私も、彼女が良くやっているというオンラインゲームにログインして、取調室で一緒にやってみたりしたんですけど、何がなんだか判らないうちにやられてしまって、あっという間にゲームオーバーで」

「少女の心を開かせようという試みもゲームオーバーってか」

はい残念ながら、と篠井由美子はうなだれた。

「やってみたら佐脇さんも判ると思いますけど、とにかく、その難易度がハンパじゃないんです」

篠井由美子の説明によれば、少女（花子）がやっているオンラインゲームは、いわゆるファースト・パーソン・シューティング（FPS）というジャンルのものだ。一人称視点でひたすら銃火器を撃ちまくり敵を倒す。いわゆるRPG、パーティを組んだりアイテムを集めたり、仲間と協力して戦ったりというような、ロールプレイング・ゲームとは違って、ただもう反射神経とテクニックだけが決め手となる殺伐《さつばつ》としたゲームなのだという。

篠井由美子は彼女との話題を探すために、そのゲームに詳しい人間を探して教えを乞《こ》うた。幸い、彼女の従弟《いとこ》がゲームオタクで、充分すぎるほどにゲームのウンチクを教えてくれた。

彼女の従弟によれば、ハンドルネーム『クリンゴン』という有名なゲーマーがおり、下手な初心者やマナー違反者を容赦なく駆り立ててゲームから追い出し、ズルをする（チートする）悪質なゲーマーはネットから追放し、またアマチュアのゲームおたくが作り、無料で公開されていた、ある人気オンラインゲームが企業に買収され、実質有料（ゲームの勝敗を左右する高額アイテムに課金される）に変わったあとは、システムにハッキングして課金を無効化するなど、数々の伝説を作っているとのことだった。

「私には、その『クリンゴン』というのが花子じゃないかと思えるのです」

そう突っ込んだ時、けっこう長い時間にわたって、立ち話をしていることに気がついた。


「ちょっと上のおれの第二オフィスに行って話そう」

佐脇の第二オフィスとは、職員食堂だ。日曜でも仕事で詰めている職員のために営業している。


二人は食堂に入り、佐脇はカレー、由美子はコーヒーを取って、話を続けた。

「私が、花子を『クリンゴン』じゃないかと思ったのは、彼女の手首に両刃の剣のタトゥーがあるからです。後で説明しますけれど、『クリンゴン』のものではないかと言われている画像がかつてネットに公開されたことがあるらしく……それには顔は映っていないんですが、やはり手首に同じタトゥーがあったそうなんです」

それだけではなく『花子』の言動、および問題のオンラインゲームで見せた並外れたスキルを、従弟から聞いたネット上の『伝説』に照らし合わせてみたところ、それは『クリンゴン』のキャラクターにきわめて似通っており、同一人物でもおかしくないと、どうしても思えてくるのだと言う。

さっきラーメンを食べたばかりなのにカレーライスも平らげた佐脇は、腕組みしてウームと唸《うな》った。


「何故そう思う？」

「それがどうした、と言うしかないな。だいたいその『クリンゴン』自体、どこのどいつか判らん訳だろう？　名無しの権兵衛《ごんべえ》がもう一人の名無しの権兵衛と同一人物だと判明したところで、それが何になる？」

「ええ、それはそうなんですけど」

篠井由美子は一瞬口ごもったが、意を決したように言った。

「でも、あの子がその『クリンゴン』だとすると、被害者を襲った動機が解明できるかもしれないんです。とにかく私の従弟に会って、説明だけでも聞いてもらえないでしょうか」


「ＦＰＳというのは、本来はパソコンと電気代以外は無料なんです。腕前だけが勝敗を左右する、とてもフェアなゲームってことで。ＲＰＧみたいに仲間をつくって馴《な》れ合ったり、ログインしている時間の長さと課金アイテムで勝敗が決まってしまう、そんなウザいものはダルくてやってられない。それが『クリンゴン』の考え方だし、ボクも同じです」

篠井の求めに応じてやってきた従弟のゲーマー、篠井和彦《かずひこ》はぽちゃぽちゃした顔を上下に揺すった。頷いているのだ。

和彦は大学生だが、たまに学校に行く以外は自室に籠もってゲームに明け暮れている。

「『クリンゴン』は日本では有名で、もしかしてアメリカ人じゃないかってやつもいるくらいの、ゲーマーにとっては神みたいな存在なんですよ。そんな人がまさか、こんな田舎の中の田舎にいただなんて……信じられないですよ。たとえて言えば隣にスティーブ・ジョブズが住んでいたのが最近判ったようなもんで」

和彦は夢見るような目付きで『クリンゴン』への敬意を語った。

職員食堂でざっくばらんな雰囲気で話を聞いているのだが、佐脇には話の内容がほとんど理解出来ない。傍らの篠井由美子巡査は黙って控えている。

「要するにだ。『クリンゴン』というヤツは、ただゲームの腕前が凄いから尊敬されてるって事なのか?」

どこから訊いたらいいのか途方に暮れつつ、佐脇は質問した。

「それはもちろんですけど、『クリンゴン』は、ハッキングのテクが超人の域に達してるんです。あの方が大嫌いな、某人気RPGの高額アイテムをゲーム会社のサーバーから秘かに盗み取って、ほとんどタダ同然で売り捌《さば》いてたり」

鳴海署の職員食堂には和彦の好みの食べ物がないので、取ってやった宅配ピザをほおばりながら、ゲーマー大学生は打てば響く返答をした。

「アイテムってなんだ?」

「代表的なものは武器ですが、その他自分のステージをあげるためのモロモロのモノです」

「ゲームの中でしか使えないものを、わざわざカネを出して欲しがる奴がいるのか?」

そうですよとこともなげに答えられて、佐脇は二の句が継げなかった。

「欲しいヤツは大勢いますよ。ゲームに限らないですけど楽しければ、儲《もう》けにならないことに本気でカネをつぎ込む人はたくさんいるでしょ? 車とか酒とかゴルフとか。それと同じです」

和彦は明快だ。

「でまあ、そうやってアイテムを売ってるヤツは他にもいるんですけど、『クリンゴン』が神なのは、売ると言ってもタダ同然で、RPGの高額アイテム自体の無意味さを知らしめていることとです。しかも、サーバーに入って盗み出した痕跡を一切残さないので、『クリンゴン』自身が盗んだよと告知するまで、ゲーム会社の連中は気がつきさえしない、というところで」

和彦は夢見るように熱く語った。

「それに、『クリンゴン』が尊敬を集めるのは、正義の存在でもあるからです。これはネットに流れている噂なので、本当かどうか判らないんですけど、『クリンゴン』はエロ画像を餌《えさ》にロリコンの男を釣り上げ、P2Pを経由してそいつの個人情報を全部取得して」

「ちょっと待った! さりげなく専門用語を混ぜるな。こっちはど素人なんだ」

佐脇はストップをかけた。

「P2Pって、何だ？」

「ネットワーク上で対等な関係にある端末間を相互に直接接続し、データを送受信するアーキテクチャのひとつで、対等の者同士が通信をすることを特徴とする通信方式、通信モデル、あるいは、通信技術の一分野のことです」

「余計に判らん！」

佐脇がキレかけたので、由美子が横から割って入った。

「要するに、他人のパソコンに入り込んで中を覗くことです。ほら、秘密のエロ画像や大事な文書がインターネット上に流れ出して騒ぎになる事件が、最近はよくあるでしょう？」

「そう言ってくれればまだ判る」

「かなり間違ってるんだけどな」

由美子の説明に和彦は口を尖《とが》らせた。

「二つのパソコンを繋《つな》ぐ遣り方は、中を勝手に覗くハッキングとはまた違うんですけど。勝手に覗くからハッキングになるわけで」

「でも、『クリンゴン』ってヤツは、ゲーム会社のコンピューターからアイテムを盗み出したり、エロ画像をエサにして他人の個人情報を盗み出したりしてるわけだろ……おい、待てよ」

佐脇はここで重要な事に気づいた。

「エロ画像って、もしかしてテメエの裸を使ったりして?」

「さあ、それは。でもまあ自分の画像を使ったとしたら、『クリンゴン』は女、しかもとても若いってことになりますよね」

和彦の方が冷静だ。

「で、ネットでは、誰の裸の画像かはスルーされてました。顔は映ってなかったけど手首に両刃の剣のタトゥーがあったという噂があるだけで。でも、この話のキモは、そんなことじゃないんです。『クリンゴン』が誰かなんてどうでもいい。そうじゃなくて、あの方がロリコン男どもを脅《おど》して金を出させ、それを生活費にしているらしいってことです。まあ脅されるような画像だから、児童ポルノに引っかかるヤバい画像だったんでしょうけど」

「脅して取ったカネで暮らすことの、どこが尊敬を集めるんだ? ネットの連中って、みんなキチ……」

「いいえ。まだ話の続きがあります」

和彦は佐脇を遮って続けた。

「そもそも『クリンゴン』は無茶な額を要求しなかったし、一度振り込ませたらその獲物は放流して、『もう二度とこんな画像に手を出すんじゃない。児童ポルノのサイトにも二度とアクセスしないように』という教育的指導をしたわけです。こっちはアンタらの個人情報を握ってるからね、って」

「ネット指導者ってわけか。でもキミたちゲーマーとかネッターとかって、そういう指導者に反撥するんじゃないのか？」

「ネットワーカーって言いますけど」

和彦は訂正した。

「もちろんただ指導者ヅラして説教するだけのヤツはボコボコにされるんですけど、『クリンゴン』は違ったんですよ。警告を無視したヤツに、警告通りのことをやって、それがネットワーカーに大ウケにウケたんです」

和彦が言うには、もう二度と児童ポルノには触れないと誓ったはずのヤツが性懲《こ》りもなく手を出したと判ると、『クリンゴン』は、その男の個人情報、すなわち住所も勤め先も顔写真も、全てを容赦なくネットに晒《さら》したという。当然、そいつのパソコンのヤバい内容も込みでだ。結果、職も家族も名誉も金も失ったロリコン男が何人もいるらしい。

うちいくつかは噂や伝説にとどまらず、実際に新聞や雑誌にも載ったので佐脇も知っているものだった。

「だから、『クリンゴン』は有言実行のすげえヤツ、という評価が定まったんです。それに、いわゆるプロのゲーマーは他にもいるんですけど、みんなゲーム会社と契約してお金を貰ってるんです。でも『クリンゴン』は完全フリーで、どこの紐《ひも》付きでもない、孤高の存在です。だからこそ伝説の存在になってるんです。そんな方が、ごく近所にいたというのが、ボクには驚きで」

和彦の話は最初に戻った。

取調室で黙秘を続けるガリガリに痩せこけた年齢不詳の少女が、そんな存在だったとは。

佐脇は、コードネーム「花子」こと『クリンゴン』と呼ばれる本名不詳の少女と篠井由美子がとぎれとぎれに話す様子をマジックミラー越しに眺めながら、感慨に耽《ふけ》った。

「どうしてファースト・パーソン・シューティングしかやらないの?」

「だから。FPSは運にほとんど左右されないし、足を引っ張る仲間ってウザイ連中も要らないからだよ」

ふーん、と由美子は否定しないで聞き役に回っている。

「つまりあなたは、現実の生活だけではなく、ネットでもお友達がほしいとは思わないと、そうなのかしら?」

そう訊かれた少女は、細い顎を昂然と上げ、かすかに笑ったように見えた。

「言ってる意味が判らない。そんなの、考えたこともないから」

自分の半分ぐらいの年齢の少女に馬鹿にされている篠井由美子が気の毒だった。警察がこんなに気を使って対処してるってのに、細島のヤツはどうしてあることないこと喋りまくって、おれたちが悪者であるかのような印象を広めようとするのか。さすがは元非行少年。何もかも社会が悪いオトナが悪い周りが悪いの一点張りの、頭の悪いクソガキやモンスターペアレントと同じ論法で、自分の悪行を正当化したいがためか？

そうだ、そのことでうず潮新聞の春山に確認しておくことがあった、と佐脇は用件を思い出した。

自分のデスクに戻って受話器を取り上げた時、携帯電話が鳴った。

掛けてきたのは、最近まったく連絡を取っていなかった女子高生・環希《たまき》だった。いや、あの娘は高校はもう卒業していたか。

「お久しぶりです、佐脇さん」

しばらくぶりで聞く環希の声は、ひどく大人びていた。

そういやこの娘の処女を戴《いただ》いて、捜査の必要があって暴走族のヘッドに押しつけてしまったんだよな、とちょっと昔のことを思い出した。

「で、拓海《たくみ》とは上手くいってるのか？」

はい、と環希はあっさりと返事した。

「おかげさまで、タクちゃんとは仲良くやってます」

「なら結構。で、どうした？　結婚でもするのか？」

「いえ、ちょっと相談に乗って欲しくて」

環希はとたんに声を落とした。

彼女が言うには、環希自身がバイト先の上司にひどいセクハラをされ、それに抗議しにいった彼女の恋人である族のヘッド・拓海が、相手を殴ってしまって訴えられたというのだ。

「バイトってオミズかなんかか？」

「違います。私、そういうの苦手ですから」

環希は裕福な家の娘で、今は県庁所在地にある短大のビジネス・コースに通っているのだと言った。

「学校の紹介で、ＳＳ電子の支社で事務のバイトをしています。支社長に気に入られたのは良かったんですけど……」

ＳＳ電子は、特殊な半導体の製造メーカーだ。元はＴ県に本社と工場があったが、画期的な製品が世界的に注目されて、本社と研究機能を東京に移した。今はこの県には支社と工場だけが残っている。地元では知らない者はいない超有力企業だ。

「その支社長の気に入られ方が、違う意味だったんだな？」

仕事ぶりも気に入られたが、頻繁に飲みに誘われたりしているうちに、愛人にならないかと言われたらしい。

「それでタクちゃんに相談したら、彼、怒っちゃって、談判に行くって……でも、先に手を出したのは向こうなんです。彼は、冷静に話をしようと努めたのに……手を出されて殴られそうになって自分の身を守ろうと相手の拳を避けようとしたら、ほら、彼はそういうのに慣れてるから……一発、弾みで入っちゃったんです。それを向こうは、暴行されたって。タクちゃんは警察に告発されちゃったんです。しかも」

環希は支社長に騙《だま》されて酒を飲まされ、酔ってうっかり寝入った寝顔の写真を撮られ、それを証拠にその女房に慰謝料を請求されている、と言った。

「よく判らないんだが、どういうことになってるんだ？」

「ですから……私が支社長と不倫関係にあるって思い込んでるんです、奥さんが。それで、無茶な額の慰謝料を請求されて、それに怒ったタクちゃんが抗議して、暴行傷害と脅迫の罪で。彼が私と組んだ美人局《つつもたせ》だと支社長には言われたけど、お金を要求しているのは向こうなんだから、そっちこそ美人局じゃないですか！」

「だがお前さんは、その支社長と関係はないんだな？」

「カラダのってことですか？　あるわけないです！　私が一番嫌いなタイプなんですよ！」

それからしばらく、環希は支社長の悪口を外見から性格に至るまで、微《び》に入り細にわたって詳細に描写した。

二年前、佐脇が知り合った頃の環希は、可憐で愛くるしかった。熟れかけた肉体は思春期の少女特有の、レモンのような香りがした。

膨らみきらない胸に触れて乳首をこねてやると身を捩る、その反応も良くて、一生懸命フェラチオする姿が切ないほどに可愛かった。

そういうあれこれを思い出すと、支社長が環希にのぼせてしまった気持ちもよく判る。だいいち、佐脇自身が久々に彼女を抱きたくなってきたほどなのだ。

「つまり、まったくの濡れ衣で、刑事と民事の両方で訴えられてるって事だな？　相手は、どうせ暴走族のヘッドとその女が組んでるから心証も悪いし、警察も味方に付けられるだろうから有利と踏んでるんだろうな」

「はい……」

「しかし、相手がそうやってガンガン攻めてきてる以上は、おれに相談するより、しかるべき弁護士を頼んだ方が話が早いだろう」

拓海はともかく、環希の家は裕福だ。いい弁護士を頼む金はあるはずだ。

「はい。そう考えて、私たちみたいな者に理解があるというので有名な弁護士さんのところに最初に行ったんですが……」

その弁護士事務所とは、なんと、細島のところだった。

「細島さん本人は議員になったので弁護士の仕事は出来ないけれど、事務所は鳴海にもあるので、相談に行ったんです。なのにそれがもう、けんもほろろと言うんですか、事情もロクに聞いてもらえずに追い返されてしまって。塩を撒《ま》かれるような勢いで」

「先にバイト先の上司から依頼を受けてしまったのかもしれないが……それにしても、言ってることとやってることが違いすぎるな」

今日の講演会では、細島はワルをワルという先入観でしか扱わなかった教師や警察に強い怒りを口にして、「花子＝クリンゴン」の事件についても警察が容疑者の少女を一方的に悪だと決めつけていると批判したのだ。非行少年の味方だという主張は、心にもない嘘だったのか。

「たとえ依頼が受けられないにしても、しかるべき弁護士を紹介するとか、そういう相談に乗ってもいいと思うんだがな」

環希の言うとおりなら、細島の弁護士事務所はとても人権派とは思えないような、ひどい対応をしたとしか考えられない。

しかるべき弁護士を探して紹介すると環希に約束して電話を切った佐脇は、細島が鳴海にいる間に一度、直接会って、いろいろ話をしてみる必要がありそうだと思った。

*

『弁護士法人細島法律事務所』の鳴海支社は、市役所とT地方裁判所鳴海支部の並びにあった。

こんな田舎町に支社を構えても経費に見合う仕事はないだろうが、選挙の時に役に立つ。ここがそのまま選挙事務所になるわけではなく、議員としての地元事務所は別にあるが、地元の拠点は多いほうが有利だ。それに細島は弁護士なのだから、自分の事務所が日頃から親身に地元の法律相談を行なっていれば、いずれ票になると計算しているのだろう。

細島は見かけどおりの、熱血漢の直情タイプなどではない。そう見せてはいるが、本性はきわめて冷静な策士であると、佐脇は見た。

ごめんよ、と居酒屋の暖簾をくぐるように事務所に入った佐脇に、居合わせた関係者は一様に驚き慌てふためいた。まるで、有名タレントがアポなしで取材に来たかのようだ。

「鳴海署の佐脇と申しますが」

「はいはい。はい。佐脇さん。ご高名はかねがね」

冴えない不良刑事でも、話題の乏しい田舎では有名人だ。「刑事さん、こないだの海難事故は大変だったね」と商店でオマケしてもらえる時もあれば、「おれの行きつけのパチンコ屋を潰しやがって」などと居酒屋で殴りかかられる時もある。オマケは有り難く受け取るが、殴ってくる奴には容赦なく反撃して、気がつくと相手が救急車の中だったりするが。

「……で、あのう、今日はどのようなご用件で」

応対した中年一歩手前の男は支社長の名刺を出して、佐脇を応接コーナーに案内した。

「いや、これは公務ではなくて、私用なので誤解のないようにお願いしたいんですが」

そう断ってから、佐脇は環希に聞かされた件を切り出した。

「ハイ。その件は確かにウチが受任しましたが、それがなにか？」

中澤《なかざわ》という支社長の口調はいきなり事務的になった。

「訴えられた側の者がこちらに相談に来たと思いますが、険悪な態度で追い返されたとか」

「加害者・被害者の両方の弁護は出来ませんので、後から見えた方をお断りしました。その際の応対が悪かったかどうかは、主観が混じりますので、お答えしにくいのですが」

「こちらは普段から、法律相談を業務の一環として実施されてますよね？　そういう時も、いろいろと問題のある相談者は追い返したりするんですか？」

「ですから。相談に見えた方がご不快を感じられたかどうかは、極めて主観が左右する問題ですので」

中澤はニベもない。佐脇の側としても、あまり深く追及しては「謝罪の強要」のように仕立て上げられる可能性がある。なんせ相手は法律でメシを食っている弁護士だ。そしてこっちは現職の刑事である以上、公務員法を楯に取られ反撃されるかもしれない。

「なるほど。しかし、先方に不快な印象を与えた可能性については、否定しないわけですね？」

佐脇の言い方も回りくどくなる。

中澤は慎重に口を噤《つぐ》んでいる。その保身が小憎らしい。

「で？　この件……ＳＳ電子支社長に対する暴行傷害の件ですが、その準備は進んでるんですか？」

「守秘義務がありますので、お答えしかねます。民事については裁判所の公示がありますし、刑事については……佐脇さんなら、ご同僚に聞いた方が早いでしょう？　こちらはあくまで告訴しただけですんで、その後の扱いは鳴海署次第です」

そう言われてしまったら、これ以上あれこれ聞くことも出来ない。

邪魔したな、と佐脇が席を立とうとした時、意外な人物が応接コーナーに現れた。

この法律事務所のボスであるところの衆議院議員、細島祐太朗本人がやって来たのだ。

「声が大きいので誰かと思ったら、あなたが佐脇さんですか。お名前はかねがね」

「市民ホールでお目にかかりましたが」

「警備の応援をしてくだすったと、後から聞きました。ご苦労様で」

かと言って、座り直して話を続けようという気は無いらしい。しかし、挨拶だけでお終いという雰囲気でもない。

佐脇は中腰の姿勢のまま、対応を決めかねた。

「佐脇さん。誤解のないように申し上げておきたくて、顔を出した次第です」

「伺《うかが》いましょう」

佐脇は立ちあがって代議士に正対した。

「おたずねの訴訟の件ですが、暴行を受けた被害者の側から先に依頼があったからでもありますが、加害者側の若者の言い分に、何よりも私自身が非常に不快の念を持ちましてね。万が一にもウチに来た場合、法律を便利に使おうという、その考えの誤りをハッキリ指摘するようにと、スタッフに言っておいたんです」

「なんでまた」

「なんでって、刑事さん。相手は暴走族の親玉と、その情婦ですよ。何をか況《いわん》やじゃないですか」

佐脇は目を剝《む》き、まじまじと細島を見てしまった。

「しかし、そいつは先日の講演会で、あなた自身が言っていたことと、まるっきり違うと思うんですがね」

「そうですか？　あなたのような単純な人には、そう受け取られるのかもしれませんね」

細島は挑戦的な目差しで佐脇を見返した。

「しかし、私は常に同じことを言っています。対象が警察であれ、非行少年であれ、私が憎むのは、あくまでも不正を働くヤカラです」

「はあ、なるほど」

佐脇は、ニヤニヤした。

「失礼ですがセンセイは、どうやら肩書きで相手を判断することがお好きなようですな。いわく警察官だから不正を働く。いわく暴走族のカシラとその情婦なら悪事を働くに決まってる。しかしそれこそセンセイが攻撃していた偏見そのものじゃないんですか？　センセイなら誰よりも弱者の痛みが判るはずじゃないんですか？」

「暴走族が弱者かよ！」

細島は吐き捨てた。

「あんたら警察だって、やつらを弱者などとは思ってないだろう？　暴走族はヤクザ予備軍で、悪い事しかしない連中だ。交通法規は当然無視するし、カツアゲかっぱらいはするし女は犯すし族同士の抗争はするし、ヤクザと結託するし。連中は暴力を背景に好き勝手をする強者じゃないか。そんな連中と、東京に本社がある世界的企業の有能な支社長の言い分とでは、どちらを信用しますか？　考えるまでもないでしょう！」

「しかしそれはセンセイがまだ高校生だった時に、何もしていない、潔白だったセンセイを頭から疑ってかかり、非行少年と決めつけた愚かな教師や警官と同じじゃないんですか？」

「いいや違うね」

細島は佐脇の目から視線をそらさずに、言い切った。

「全然違う。こっちは調べてからモノを言ってるんだ」

「調べてとおっしゃいますが、それはあくまでも『被害者と自称する』ＳＳ電子支社長の言い分を聞いただけでしょう？　セクハラを受けた上に、被害者の妻から身に覚えのない不倫の慰謝料まで請求されている、『加害者とされる側』の交際相手には、まだ何も聞いてないじゃないですか」

「おいおい伺いますよ」

言うことは言ったという風情で、細島はその場を去ろうとしたが、その行く手を遮るように佐脇は前に出た。

「しかしですよセンセイ。センセイはこの鳴海の、市立高校の卒業生でしょう？　私もそうです。この件の加害者とされる青年は違うが、同じ土地の者として、もうちょっと考えてやってもいいんじゃないですか？」

「正確に言えば、卒業はしていない。途中で転校してるんで」

細島はそう言って人情に流されまいと釘を刺した。

「そして、どうして私が、そんな人情ドラマみたいな真似をしなきゃならんのです？」

細島は珍しい動物でも見るかのように、佐脇を眺めた。

「佐脇さん、あなただって毎日、不良を相手にしてるはずだ。くだらない粗暴犯どもの、口から出まかせの言い訳をいちいち丁寧に聞いて同情したりしてますか？　違うでしょう？　私だって同じですよ。たまたま同じ土地の出身だからという理由で、なぜ私がろくでもないクズを庇《かば》わなきゃならないんです？　そういうウェットなしがらみにこだわるものだから、この国特有の談合や贈収賄が、いつまでたってもなくならないんです。佐脇さん、まさかあなたもそうやって、ナアナアで罪を揉み消したりしてるんじゃないでしょうね？」

「いやいや、センセイ自身が過去、無理解な大人の犠牲になったとおっしゃってたから、今回に限って、えらく態度が違うなあと思ったまででね」

「別に今回に限ったことではありません。私は、若さに甘えた、愚かな連中の愚行が嫌いなんですよ。甘えた人間は芯《しん》から叩き直してやらなくては。そう思いませんか？」

佐脇には細島の頑《かたく》ななまでに強硬な態度が理解出来ない。いや、理解出来なくもない。ダブルスタンダードというか二枚舌であるという考え方を取りさえすれば。

その可能性は、細島の最後の言葉で確信に近いものになった。

「佐脇さん。あなたは、鳴海ではコワモテ刑事で有名らしいが、なんだかんだ言ってガキには甘いんじゃないのか？　今みたいな無原則な人情論を持ち出すところなど、さしずめ古き良き浪花節《なにわ》刑事の生き残りってところですか。私としては、ガラパゴス刑事とでも呼びたいところだけどね。この前捕まえた暴力少女だって、婦人警官を付けて友達にさせたりして、ずいぶん甘い待遇をしてるそうじゃないですか」

講演会で警察を攻撃した、同じ口から出たとは思えないことを言った。

「あれは、実際、どうしようもない非行少女でしょう。だいたい私は、すべての少年犯罪者を保護しろなどとは言っていない。クズでしかないやつは容赦なく罰するべきだ。馬鹿なガキを甘やかすといいことはない。それを言いたいんだ」

そう言い切った細島の顔には、講演会の時に見せた熱血漢の面影は微塵《みじん》もなく、逆に犯罪者を容赦なく断罪する、検察官のような冷徹さが貼り付いていた。

＊

細島の態度に不愉快さが限界になった佐脇は、鳴海署には戻らずに、二条町の飲み屋に直行した。

が、いくら酒を飲んでも気は紛《まぎ》れない。かと言って、磯部ひかるを呼び出して愚痴《ぐち》ったところで、思わぬ反論を浴びせられて口論になるかもしれない。一時ギクシャクしていたひかるとの間は、最近ようやく平穏になったばかりだ。うず潮新聞の自称大卒美人記者、次は自衛艦との衝突で水底に消えた南海町の美人漁師と、立て続けだった佐脇の「浮気」から、ようやくヨリが戻ったところなのだ。波風を立てる愚《ぐ》は犯したくない。

と、いうことで、馴染《なじ》みのちょんの間に行って、女を買うことにした。

「佐脇のダンナ。あんまりおおっぴらにいらっしゃると目立ちますよ」

大女将《おかみ》の婆さんがしわがれ声を出した。

「そこまで堂々としてられると、逆にこっちがビクビクしちまいますよ」

「関係ねえだろ。おれが禁酒禁煙して女断ちしたら、日本に災いが起きるぞ」

大女将は、悪徳刑事と結託して取り締まりを逃れていると、市民団体に騒がれるのが嫌なのだ。手入れの情報と引き替えに佐脇には女をタダで抱かせている関係が事実なだけに、発覚した場合は言い逃れが出来ない。

とはいえ、こういうやり取りは大女将と佐脇のいわば挨拶代わりで、実際のところ、今まで市民団体に騒がれたことはない。

部屋に上がって待っていると、女が入ってきた。

「エルです。よろしく」

畳に手を付いた女が顔を上げた瞬間、佐脇は思わず「おいおい」と驚きを声に出した。

「は?」

怪訝そうな女に、佐脇は手を振った。

「いやいや、あんたがあんまり美人なもんだから。これが都会の高級ソープとかＶＩＰ御用達のコールガールなら、飛び切りの美女がいても驚かないが、こんな片田舎で……」

掃《は》き溜めに鶴、という常套句《じょうとうく》は飲み込んだ。

年の頃なら二十五くらいか。いや、若くは見えるが、実際にはもう少し行っているのかもしれない。地味で陰気な感じがするのは、場末も場末のこんなところで躰を売っているからだろう。陽気な女もいるが、それはヤケになっているか、根っからセックスが好きな場合だ。普通の神経なら、元の生活に戻りたい、だがもう戻れないのではないかという希望と絶望を行き来するうちに、心がすさみ、このように表に出てしまうものだ。

よく見ると左頬にうっすらと傷痕があるが、整った顔立ちだから、明るい化粧をして微笑《ほほえ》めば、かなり印象が違うはずだ。

エルと名乗った女は、客と話はしたくない様子で、自分から服を脱ぎはじめた。と言っても、こういう場所だから適当に手間がかかりつつすぐに脱げてしまう、ブラウスにスカートだが。

目を伏せてブラウスのボタンに手を掛ける様子は、強欲オヤジに因果を含められて、これから手込めにされるような雰囲気を醸《かも》し出している。均整の取れた、崩れていない女体は清楚《せいそ》さすら漂わせているものだから、運命の悪戯で心ならずもこんなところで春をひさいでいるという、悲劇的な空気がいやがうえにも盛り上がる。

それが、佐脇の劣情に火をつけた。

それならそれに乗ってやろう。一種のイメージプレイだ。清純そうに見えても、この女は娼婦だ。事情はいろいろあったにせよ、これが初めての筈はなく、毎日こんなことを飽きるほど繰り返しているのだ。

佐脇は相手の女の腕を取って一気に引き寄せると、そのまま布団に倒れ込んだ。

そのままブラウスのボタンを一つずつ外していくと、彼女は逆らうでもなく目を閉じ、黙って身を委《ゆだ》ねた。

ブラを外すと、たわわな乳房がまろび出た。滑《なめ》らかな白い肌に、紅色の乳首が二つ。胸から腰にかけての曲線は優美そのもので、熟女にさしかかった女の魅力が溢《あふ》れている。

佐脇が双丘の間に顔を埋めて、肌を愛撫しながら指先で両の乳首を嬲《なぶ》ると、早くも彼女は甘い吐息を洩らし始めた。

エルと名乗る女の、紺色のスカートのホックを外して脱がせ、その下のものも、パンストもろともに一気に降ろした。

彼女の秘毛はかなり濃くて、外見の堅くて生真面目な印象とは違って、妙に肉感にアピールした。そのギャップが、いっそう淫靡《いんび》さを強く感じさせる。

佐脇はそのまま彼女の全身をねっとりと舐め回すように愛撫して挿入したかったのだが、エルは職業的使命感があるかのように、躰を下にずらして彼の股間に顔を埋めてペニスを口に含んだ。

その舌技は、絶品だった。ねろねろと粘りけのある舌の動きが、急所を巧みに突いてくる。舐めるだけではなく、ちゅばちゅばと時に下品な音を立てて吸ってくる。セックスに上品も下品もないものだが、エルは全体に素っ気なくて事務的に仕事をこなしている感じがアリアリな分、下品さが混ざると妙に刺激的なのだ。

しかも、義務的なフェラチオかと思ったら、そうでもない。ペニスに舌を這わせながら、エルは時折上目遣いに佐脇を見る。その目には、どきっとするほど熱いモノがあるのだ。

この娘は、もしかして、好きでやっている？

男にそう思わせるのに充分な、淫らさを含んだ熱い眼差しで見上げつつ、口を動かす。

彼女の全身に、だんだんと赤みが差してくるので、「男のモノを舐めて欲情してるんだ」との興奮が思い込みではなく事実だと判り、劣情に拍車をかける。

肌が桜色に染まってくると、左胸の鎖骨のあたりから右胸にかけて、古傷らしい痕がうっすらと浮かび上がってきた。こういう所にいる女だから、いろいろあるのだろう。

エルの腰には成熟した女だけが持つ魅力的な肉付きがあり、優美な曲線を描いている。その胴の締まり具合と骨盤の張りにメリハリがあって、それが色香を芳醇《ほうじゅん》に醸し出す。

指を這わせると、案の定、女芯はすでにたっぷりと濡れていた。

陰核や愛液にそぼ濡れた秘唇をいじってやると、彼女は甘いため息を漏らした。

これは、本気で感じている。事務的に見せているのは、それを悟られるのが嫌だからだ。

そう直感すると佐脇の身体の芯も猛烈に熱くなり、欲望は一気に最高潮に達した。

彼はエルを組み伏して膝を割らせ、膨張しきった男根を、根元まで一気に押し込んだ。

「う……ああん」

まさか男に飢えていたわけでもないだろうが、最高に濃密なセックスがそこにはあった。成熟した女ならではの、打てば響く反応が、ぞくぞくするほど心地好い。

佐脇が腰を少しでも動かせば、たちまち媚肉はきゅっと締めてくる。大きくグラインドしたり激しくピストンすると、彼女のソコも金輪際離すまいと吸いついてくる。

男の突き上げに応じて、エルも前後左右に激しく腰をくねらせた。清楚で肉欲とは無縁のような雰囲気もまったく消えうせて、彼女はひたすらセックスの快楽に溺《おぼ》れていた。すべてを忘れてエクスタシーに没入しているのだろう。

手を伸ばし、たわわな乳房を揉みたててやると、彼女の反応はより激しくなった。背中を弓なりに反らせ、肩をがくがくと震わせる。すでに達してしまったか、と思うほどの、激しい反応だ。

片手を下に降ろして恥裂にすべらせ、ぷつんと硬く勃った肉芽を、指先で転がした。

「はあん！」

ひときわ大きく、エルが啼《な》いた。

肉芽は小さいながらも欲情して膨らみ、プリプリとした感触で彼の指に反応してくる。それを苛《さいな》みながら、ぐいぐいと腰を突き上げてはグラインドし、女体を翻弄していった。

佐脇の肉棒が決壊寸前の蠢動を始めたとき、エルも、全身を小刻みに震わせ始めた。

「やって……もっと激しくして！」

エルの淫襞はますます強く肉棒を締めあげ、亀頭を妖しく刺激してくる。負けずに佐脇もぐいぐいと突き上げた。

「はうん！」

エルが大きくヨガった。それは鼻に抜ける、甘い甘い、蕩《とろ》けるような声だった。

佐脇は女の腰に腕を回して、なおも激しく力強い抽送を繰り返した。

「あああ……も、もう駄目……」

エルはあえぎ声を上げながらゆらゆらと腰を揺すった。ぷるぷると乳房が揺れ、腰がゆらめく。

佐脇は不意討ちのように、彼女の脇腹をさあっとなで上げてやった。

「ひっ！」

意表を突く行為に、エルは淫肉を最高に締めつけて、あっという間に達してしまった。

突然の締めつけという不意打ちを受けて、佐脇も我慢するいとまがなかった。

ビリビリと背中に電撃のような刺激が走ったかと思ったら、次の瞬間、大きな爆発が起きて、甘い陶酔が襲ってきた。

二人して、ほぼ同時にオーガズムに達していた。

「……久々に、堪能《たんのう》した」

佐脇はタバコに手を伸ばして一服しながら言った。

「おれは不良オヤジだから、女は山ほど知ってるが……」

佐脇は、横に寝ているエルの裸身に手を這わした。

「アンタ、かなりイイ線いってるぜ。カラダがきれいで、おまけに美人だし、オマンコの具合も最高だ。ノリもいい。男ってのは一緒に盛り上がる女が好きだしな」

「………」

だがエルは無反応だった。セックスを褒《ほ》められるのが嫌いなのかもしれない。

「あんたなら、こんな場末のちょんの間で燻《くすぶ》ってるより、同じ鳴海でも、もっといい店に移れば、もっといいカネが貰える。それは間違いない」

「……そんなこと言っていいんですか？　女将さんが」

「営業妨害だと文句を言うってか？　大丈夫だ。このへんのセックス絡みの店は、みんな鳴龍《めいりゅう》会の息がかかってるんだから、どこかの店が儲かってれば組はバンバンザイなのさ」

そうですか、とエルはまったく気のない返事をした。

「あんたさえよければ、別の店を紹介してやれるぜ」

同じことするなら稼ぎのいい方が、と言いかけたが、エルは素早く起き上がると、脱いだ服をかき集めて、全裸のまま部屋を出てしまった。

こういうところで働く女は、金には目がないのが相場だ。どんな事情があるにせよ、つまるところは金に行き着くのだ。

もっと儲かるという美味しい話に気分を害する女がいたことが、佐脇には意外だった。

そして、ひどく興味を惹《ひ》かれた。

第二章　隠蔽《いんぺい》された過去

エルに興味を惹かれ、細島代議士への苛立《いらだ》ちを忘れていられたのもつかの間、佐脇にとって腹立たしいことに、細島がT県に始終現れるようになった。

国会が閉会中で、なおかつ地方選挙が間近なせいなのだろう、人気は絶大だが、まだ当選一回の新人である細島代議士は、このところ頻繁にお国入りしている。

そのこと自体はどうでもいいのだが、佐脇にとって迷惑なのは、鳴海に来て演説をするたびに細島が警察、それも佐脇を執拗に攻撃するようになったことだ。実名こそ出さないが「鳴海署の名物刑事」「テレビに出るのが大好きな派手刑事」「ヤクザから手柄を上げるマッチポンプ刑事」と、誰にでも佐脇と判る表現でしつこく当てこする。

「まあなあ、どれも本当のことだから名誉毀損《きそん》にもしにくいし、みんな知ってることだからプライバシーの侵害でもないしなあ。どうするよ?」

佐脇は呑気に冗談のネタにして水野に話すが、血気盛んな部下としては黙っていられない。

「佐脇さん。ノンビリしすぎですよ。どう考えても異常でしょう？　れっきとした衆議院議員が、地方の一刑事を誹謗《ひぼう》中傷するのは」

「だから、ほとんど本当のことだから、誹謗中傷にもならないんだよなあ」

「しかし、あの執拗《しつよう》さは異常ですよ。パワハラと言ってもいいんじゃないですか？　そうですよパワハラ。私的攻撃ですよ。国会議員の地方公務員へのパワハラです！」

禁煙になったはずの鳴海署刑事課、通称デカ部屋で、佐脇は堂々とタバコを吸っている。以前は食堂に行って吸っていたが、そのうちにすっかり面倒になって、自分のデスクで吸うようになった。佐脇のおかげで、署内禁煙はすっかり有名無実化してしまった。

「まあ、おれの悪口が演説のマクラにもってこいなんだろ。ウケが取りやすい。あいつの話術は弁護士上がりというよりお笑いタレントと言うべきだろ」

佐脇は、気にしないようにしてはいたが、かのイチローでさえ雑音に心乱されるというのだから、人間が出来ていない彼にすれば見かけほど心穏やかでないことは確かだ。

「それにしてもアイツは鳴海に事務所を持って、おまけに県庁のあるT市にもあるだろ。もちろん東京には弁護士事務所の本社がある。それとは別に政治家としての事務所も構えてる。どうしてそんなに金があるんだ。人権派弁護士なんて、金がなくてピーピー言ってるもんじゃないのか？」

佐脇が知っている少数の『人権派弁護士』は、金にならない仕事を手弁当でやって飛び回っている。事務所も家もボロ屋で、暮らしも実につましいから、それだけで尊敬してしまう。知り合いから多額の顧問料が入る企業弁護士の話も来るが、企業側に立ってしまうと本来の仕事が出来なくなると断っていると聞くと、ますます尊敬の念が深まる。

しかし、細島に関しては、そのような身の律し方はしていないようだ。

「知らなかったんですか？　細島はかなりの資産家ですよ。東京では勝ち組の牙城《がじょう》・六本木《ろっぽんぎ》ヒルズに住んでますし、東京の事務所は丸の内の一等地にあります。今度の選挙も、党からお金は貰わずに全部自腹でやったそうです。当選後、ペコペコしたくないからだって言ってますけど」

ハコの中には人が要る。数ヵ所の事務所で働く大勢のスタッフを維持するカネは、どこから来るのか？　タレント活動では赤字だろう。議員になれば自身は弁護士として働けないのだし。

「弁護士ってのは、ちょっと要領よくやるだけでそんなにウハウハに儲かる商売なのか？」

佐脇が尊敬する弁護士のようにバカ正直でさえなければ、濡れ手で粟《あわ》な仕事なのだろうか？　いや、今はヤクザでもシノギに苦労する御時世なのだ。

「そういや、『あのタレント弁護士の優雅な生活』とかいう週刊誌の記事を読んだ記憶がうっすらとあるんですけど」

水野は思い出しながら言った。

「細島とは違う弁護士についてだったかな……とにかく最近は副業のほうが有名な弁護士が多いので……」

　ふうん、と佐脇はしばし考え、ちょっと出てくるわとデカ部屋から出ようとした。

「あ、佐脇さん。目下の件はどうするんですか？」

「ネット界で神と呼ばれる天才少女の件か？　そっちは女同士のほうがやり易いだろ。当面は篠井に任せるよ。じゃあな」

　後のことは水野に任せて、佐脇はさっさと鳴海署を出た。

　向かった先は、市立図書館だった。ここには主要な週刊誌のバックナンバーが保存されている。

　端末でいくつかの記事検索を掛けてみると、それらしい記事が幾つか見つかった。

　それが載っている号を請求し、出てくるのを待ちながらロビーでタバコを吸った。

「あの、ここは禁煙で……」

　注意しに来た図書館の職員を思わず睨みつけた、その職員は小便をちびりそうな表情になって、「いえ、いいです」とか言いながら逃げていった。

　コワモテだが、ヤクザではない。佐脇は嫌々タバコを消した。警官とヤクザを分けるのは、一応法を守るか無視するか、だ。佐脇は携帯灰皿を持っていたが、禁煙ならば仕方がない。

閲覧室に戻ると、請求した週刊誌が山になって用意されていた。片っ端から読んでいくうち、声を出して笑ってしまった。

水野が言っていた記事タイトルは正確だった。『あのタレント弁護士の優雅な生活』を筆頭に、細島の裏側があれこれと面白おかしく書かれていた。選挙への出馬が取り沙汰されはじめたころから載るようになっていたのは、マスコミも、それまでは色物タレントの一種と見ていた男が急に公人になろうとしていた動きに目をつけたのだろう。

記事がすべて真実とは佐脇も思わないが、まるっきりガセということもないだろう。四大週刊誌に週刊大衆、アサ芸を加えた記事の内容をまとめると大体次のようになる。

『非行少年から更生した弁護士として売り出して、自らの非行体験をネタに目下タレント活動に忙しい細島祐太朗は、カネにならない人権派弁護士の看板はあくまでタテマエで、実情はいわゆるブラックと呼ばれる企業の法律顧問を何社も手がけ、ユーザーからのクレームも従業員からの権利の要求も、片っ端から蹴散らしている。それが正当なものであってもだ。看板に偽りありな商売で大きく儲けてバブリーな六本木ヒルズに住んでいる。これが自称人権派、弱者の味方を標榜する弁護士の本当の姿だ。テレビで熱弁を振るう熱血青年弁護士の姿に惑わされてはいけない』

訴訟になるのを恐れて具体的な人名や法人名は伏せられているし、細島本人の言葉は「取材を申し込んだが断られたままだ」という理由で載せていない。

本当のところはどうなのだろう。磯部ひかるが選挙戦の期間中、細島に密着取材していた。しかし、マスコミに素顔を見せていたとは思えない。

だが同業者であればヤッカミとか妬《ねた》み嫉《そね》みがあるだろうし、業界内部で囁《ささや》かれる「ここだけの話」も知っているだろう。

そう考えた佐脇は、うるさがたとして有名な、地元の弁護士会のドン、ともいうべき人物に会いに行った。この男の元にならいろんな話が集まっているだろう。

「普通はアポ無しじゃ会わんのだがな」

オフィスの応接室にどっかと座った老人は、大物風の空気を漂わせた。わざわざ和服を着ているところが往年の吉田茂《よしだしげる》風で、いかにもな演出だ。

勅使河原菊次郎《てしがわらきくじろう》。T県弁護士会の前会長で、七十五歳の今も院政を敷いていると言われる人物だ。古株というより古狸《ふるだぬき》で、意地の悪そうな狡猾《こうかつ》な目が、皺《しわ》くちゃの顔の奥で光っている。それを愛嬌と取るか強面《こわもて》と取るかで接し方も変わってくるだろう。佐脇はどちらかと言えば、この威張り返った弁護士に親近感を持っている。

「最近どうもヒマでな。話し相手が欲しかったところだ」

県庁所在地・T市の一等地にある勅使河原法律事務所は、この県では随一の実績を誇っていて、『勅使河原王国』などと呼ばれている。東大法卒のヤメ検というキャリアが地元企業に効いて、顧問弁護士の座を軒並み独占していた時期もある。この勅使河原が地元で開業するのとほぼ同時期にそれまで信頼を集めていた弁護士が高齢で引退した幸運もあり、大きな民事訴訟は勅使河原先生、という図式が出来上がった。優秀な若手弁護士も集まり刑事事件にも強いと評判になって、一時期、他の弁護士は国選以外の仕事がない、という全盛を誇ったほどだ。

しかし、近年はその王国の隆盛にも陰りが見えて、『凋落の老舗《しにせ》』などと陰では囁かれるようになっていた。一度天下を取ると、落ち目になった時の世間の風当たりはキツイ。

「それもこれも、あいつのせいだ。あいつがテレビに出るのは、自分のところの宣伝だ。カネを貰って宣伝してる。けしからん話じゃないか」

勅使河原は腹立たしそうに茶を啜《すす》り上げた。

「田舎モンは有名人に弱いからな。昔からの付き合いがない連中は、みんな細島ンとこに行ってしまう」

「でも、以前は先生のところが一番有名だったから、弁護士に用がある連中は誰もがこの事務所に列を作ったんですよね」

「傲《おご》れるものは久しからずとでも言いたいのかね、キミは」

地元弁護士会のドンは渋い顔を作って見せた。

「いや、わしだって、地元でコツコツやってきた人間に負けるのなら仕方がないと思う。だがあいつは落下傘だ。進駐軍みたいなもんだ」

いきなり勅使河原は古い表現を使った。

「コドモの頃に鳴海にいたのは本当かもしれん。だが実情はいきなり東京からやってきた人間が知名度に物を言わせて、客を根こそぎ盗《と》っていくに等しい。議員になって本人は弁護士の仕事はしないが、広告塔になって仕事をかき集めては、青二才のスタッフ弁護士にやらせている。こういう遣り方は仁義に反するとは思わんかね？」

そう言われても、弁護士業界にも暗黙の掟《おきて》があるものかどうか、佐脇には判らない。

「で、あんた、わしに細島の悪口を言わせに来たのか？　アンタもこのところ、あいつにさんざんコケにされてるようだし、わしと一緒にあいつの悪口を言って大いに盛り上がりたいのか？　だったら酒が欲しいところだな」

「いやいや先生。おれは一応、警官ですからね、議員サンでもある人物の悪口を言えるわけがないでしょう。『身内』ならともかく」

含みだらけの返答に、勅使河原は大笑いした。

「そうか。あんたは聞き役に徹するって魂胆か。おれは一言も悪口を言わなかったが勅使河原のジイサンはおおいに吠えてたと吹聴するのか？　まあいい。あいつの悪口は、これまでにもさんざん言ってきたし、いくら言っても言い足りないんだ。あんたの魂胆に乗ってやろうじゃないか」

ドンは手ぐすね引いてこの機会を待っていたようだ。

「いいか。週刊誌にも書かれたことだが、あいつの『人権派』ってのは看板でしかない。あいつないしあいつの事務所が受任した案件を見ればすぐに判る」

勅使河原は佐脇に顔を突き出した。

「あそこの事務所の主たる収入源は、消費者金融の過払い請求だ。実際問題、一般人が弁護士に頼るケースはカネ絡み、それも借金問題が一番多いわけだから、自然にそうはなるとは言え、だ。東京でもこっちでも、基本的に状況は同じだ」

勅使河原は穿き古した靴下の匂いを嗅いだように顔をしかめた。

「あいつの事務所のことだから、テレビで人権派を売りにしてる細島だから、きっと親身に相談に乗ってくれると、何も知らない依頼人はそう思う。だが、実態はとんでもない。あらかじめ作ったマニュアルに沿った機械的な流れ作業で、事実関係の確認や個人的事情の聴取もおざなりで、役所の窓口の小役人みたいにアレ書けコレ書けで型にはまった処理しかしない。案件を大量に処理して手数料でガッポリ儲けようって算段だ。まあ、それだけならまだ大目にみられる範疇《はんちゅう》だ」

しかし、と勅使河原は立ちあがった。

「八十万の過払い金返還があったところに弁護士費用を百万請求したケースがあった。しかもそういうケースは一つだけじゃない。諸経費と手数料を単純に合計したら百万になったという理屈だが、これはいかん。弁護士報酬の決まりを逸脱しているので、業界内部でも問題になっている。しかも実務は弁護士でも司法書士でもない、派遣の事務スタッフに任せているという話さえ耳に入る。これは完全に違法だ」

「そうですか。サラ金、闇金の過払い請求については、テレビのコマーシャルでど派手にやってる弁護士事務所もありますな」

「そこが落とし穴だ。ちょっと考えれば判ることだが、そういう事務所は、コマーシャルを作って流せるほど儲かってるってことだ。ノー天気なCMを流して、やせ細った債務者からなけなしの金を搾《しぼ》り取ろうという、弁護士の風上にも置けねえフテエ連中の所業だ」

勅使河原は桃太郎侍のような口調で怒りを露わにした。

「だが細島は、その上を行くんだぞ。わざわざ金をかけてそんなコマーシャルを流さなくても、自分がテレビに出まくって議員になったことで、放送局からのギャラを貰った上に、タダで宣伝までして貰ってるんだ。もっと悪どいだろ」

勅使河原があんまり怒るので、佐脇は思わずニヤニヤした。

「要するにいつも正義を振りかざして、政治家や警察や大企業の不正を糾弾している、その弁護士さんたちが、自分のお仲間の悪行にだけは手が出せないと、そういうことですか？」

いやいやそうではない、と勅使河原は首を振った。

「だから業界としても、悪事を働いた弁護士は懲戒処分にしたり、弁護士資格を剝奪したり、やるべきことはやっているじゃないか」

いやいやと、今度は佐脇が首を振る番だ。

「明らかな悪事ならともかく、いわゆるグレーゾーンってやつがあるでしょう？　たとえば罪にならないように法の知識を悪用して、違法と合法ギリギリの線を狙う、そういう、倫理に悖《もと》る弁護士の事を、私は申し上げてるんですがね」

あんたの言い分も判るが、と勅使河原は腕組みをした。

「どうもあんたは弁護士を買いかぶっとるんじゃないか？　いいかね、弁護士は、弁護をするのが仕事だ。内心コイツは犯人だと思っても、クライアントが無実を主張すればその線で弁護する。民事でも、仮に非があるのはこっちだと思ったとしても、クライアントの利益のためにはどんな主張でもする。それが弁護士だ。弁護士は正義では動かないんだよ。クライアントの依頼を受ければ、クライアントの利害を守るためだけに動くんだ。その意味で、弁護士に正義は関係ないんだ」

佐脇の知っている清貧を貫く人権派弁護士は、倫理的に自分で納得出来る案件しか依頼を受けないと言っていたが、どうやらそれは例外のようだ。

「誤解して貰っちゃ困るが、刑事事件の裁判で被告が弁護士を雇えない場合、国のカネで国選弁護人が付くだろう？　それは裁判を受ける権利、および被告の立場を主張する権利を守るためなんだ。誰が見たって極悪非道な容疑者でも言い分はある。それを代弁するのが弁護士の役割だ。カネのために平気で嘘をつく野郎と思われては困るんでな」

「いやいや、そんなガキみたいな考えは持ってませんよ」

仕事柄、容疑者のムチャクチャな言いぐさに困り果てている国選弁護人なら、佐脇もたくさん知っている。国選は順番に、機械的に割り当てられるものだから、弁護士本人の主義主張理想などには一切関係なく、どんな被告であれ弁護しなければならないのだ。

しかしそういう国選弁護人と、倫理的に問題のある依頼人の意を受けて積極的に悪事スレスレの領域に踏み込むのとでは、話が全く違う。

「そういや、細島はいわゆるブラック企業の法律顧問もやってると、週刊誌には書いてありましたね」

「その記事には、企業名を書いてあったか？　それを書くと今は訴訟を起こされるからボカしてるんだろうが、デカい金を動かしていても、ヤバいところは多いんだよ」

外国為替は儲かると素人を煽ってＦＸを買わせるネット投資会社、社員を過労死させたと複数の訴訟を抱えている居酒屋チェーン、手抜き工事で大きな利益を上げている建設会社など、勅使河原はたちどころに幾つかの名の通った企業名をあげてみせた。

「そういう会社は、裁判で負けたら致命的だから、勝訴の実績を積み上げたい細島と利害が一致してるんだ。あの弁護士なら絶対に無罪を勝ち取ると有名になれば、ますます美味しい話が舞い込んでくるというもんだ」

「ってことは、被害者を否応なく黙らせる示談とかもやってるんでしょうね」

「裁判で勝てそうもないと思えばな。会社側が敗訴すればマスコミは取り上げるが、示談ならあまり表に出ないし、いつの間にか世間も忘れてる」

なるほど、考えてるもんですねと佐脇は頷いた。

「でもそれなら、わざわざ『人権派』の看板を掲げる意味が無いじゃないですか。むしろそういうレッテルは邪魔になるんじゃないですか？」

「お前さんも、世間を知ってるようで知らないな」

海千山千の勅使河原は、面白そうに佐脇の顔を覗き込んだ。

「清純派で売ったアイドルだからこそ、男はそのヌードを見たがる。ハナからエロで売ったタレントなら脱いで当然だから別に騒がれない。世の中、そういうもんだろ」

「その譬《たと》え、よく判らないんですが」

「だから。人権派で有名な弁護士だったらアコギな真似《まね》はしないだろうって言うイメージを逆手に取って利用するって事だよ。ま、あいつも利口だから、ダーティなイメージが広まれば、その時点で路線を変更するんだろうがな。議員になったのはその布石かもしれんよ」

「なるほど。身過ぎ世過ぎのためとはいえ、一度豪邸に住んでしまうとボロ屋に越せないってことですな。今のリッチな生活を守りたいから、やむなく節を曲げたと」

「おやおや。悪漢刑事《わるデカ》ともっぱら評判の君なのに、どうしてそんなに読みが甘いんだ？」

勅使河原がニヤニヤして葉巻に火を付けた。この老弁護士はチャールズ・ロートンが演じた弁護士のように、葉巻を燻《くゆ》らせる。

「最初からすべて金目当てだったとは考えないのかね？　人権派の看板も、なにもかも、すべては金儲けが目的だったと」

「金儲けのために少年院にも入ったと？」

「だから、そういう前歴をいかに金儲けに結びつけるか考えたんじゃないのか？」

いくらなんでもそれは穿《うが》ちすぎだろう。難関の司法試験を突破するより、もっと簡単に儲ける手段はあるはずだ。

「まあ、ああいう犯罪者体質の男の頭の中はよく判らん。ガキの頃から金の亡者って訳は無いだろうが、あらゆる欲に歯止めがかからなくてその結果、少年院に入る不始末を仕出かしたのかもしれん」

地元弁護士会のドンは、細島を欲の権化のように思っているらしい。

「なんだか人情噺《ばなし》みたいになってきましたね。貧乏な少年が貧乏を嫌ってひたすら豊かさを求めて手段を選ばずのし上がろうとするウチに手を汚していく……」

「いいや。わしの見立てでは違うな。細島は見るところ、それなりに金のある家の出だと思う。だが、人間の欲には限りがないもんでな。金でも権力でも、手に入れば入るほど、いくらでも、ますます欲しくなる、そういう亡者のような人間がいるものだ。あいつを駆り立てているものは貧乏などではない。だいたい今の世の中、豊かさを渇望するほどの貧乏があるのかね?」

勅使河原は戸棚から高級なモルト・ウィスキーを出して佐脇にも勧めた。

「それは……みんな豊かになったから、少々の貧乏でも引け目に感じるかもしれませんよ。それに、今は新しい形の貧乏人も増えてますしね」

「おやおや、キミはいつからニュースキャスターになったんだ? したり顔で世間の解説をしてるヒマがあったら、そういう貧乏人が仕出かす犯罪を厳しく取り締まってくれよ」

「それは、言われるまでもなくやっておりますよ」

たしかに、最近は万引きやかっぱらい等のセコい犯罪が増えているのだ。

「だいたい、あの男の前歴ってアンタは知ってるのかね? どこにでもある非行少年のセコい窃盗や恐喝程度では、少年院に行きましたと言っても誇大広告もいいところだがな」

ところでメシでも食わんかと誘われて、佐脇はよろこんで、と応じた。このセンセイの奢《おご》りなら、かなり高級な店に連れて行ってくれるだろう。

落日の帝王は、佐脇の期待通りに見栄を張り、T市で一番高級な料亭に一席設けてくれた。と言っても芸者を上げてどんちゃん騒ぎをするのではなく、ひたすら美味《うま》い料理に美味い酒を楽しむのだが。

「もうわしも、女遊びには飽きたし、そっちのほうの欲がまるで湧かんのだ。綺麗どころにお酌して貰っても嬉しくないし、歌舞音曲の趣味もない。お座敷遊びにも興味がない」

やたらと芸者を呼ばない理由を挙げたのは、ケチっているのを隠したいのが本心かと勘ぐりたくなったが、佐脇にしても芸者遊びにはまったくの不調法だから、舌を喜ばせるほうが嬉しい。

その席では「せっかくの美味いものが不味《まず》くなる」と細島のほの字も出ず、大所高所からの時事放談に徹した。

引退間近のじいさんの、些《いささ》かズレたご高説を右から左に受け流しつつ、佐脇は本物の美味いものを心ゆくまで堪能《たんのう》した。

美味いものは田舎にある。大都会でも高いカネを出せば美味いものは食えるが、田舎にも腕のいい板前はいるし、なにより材料の鮮度が違う。T県のように、今はダメだが昔は羽振りがよかった土地柄であれば、贅沢な文化が根付いているのだ。

なんだかんだで遅くまで飲み食いして、鳴海に戻ったのは深夜になった。

ビールで始まり日本酒になって、最後はブランデーという完全ちゃんぽんで酒量も多かったので、佐脇もけっこう酔いが回った。

その勢いで、このところ足が遠のいていた磯部ひかるのマンションに行ってみた。

「いきなり何よ？　誰か来てたらどうするつもりだったの？」

ドアを開けたひかるは、いきなり先制パンチをかましてきたが、男がいる様子はない。

「オマンコやってる最中だったら、そりゃ退散したさ」

そう言いつつ、上がり込んだ。

「ビールでもないか？　ちょっと一緒に飲もうぜ」

かなりべろんべろんに酔っているのだが、佐脇はさらに酒を所望した。

まだ飲むのと言いつつ、それでもひかるはビールと簡単なツマミを用意してくれた。

「時にお前は、細島の選挙戦に密着してたよな？」

佐脇はゲップをしながらビールを飲み、サラミを齧《かじ》った。

「それが何か？」

と問い返したひかるだが、すぐに、そうか、とうなずいた。

「あのセンセイになんだかんだとバッシングされてるのが応《こた》えてるわけね。悪漢刑事も相手が議員サンとなるとさすがに怖いんだ」

「馬鹿かお前は。蚊に刺されると痒《かゆ》いだろ。それだよ。とは言え、そう簡単に叩きつぶせる相手じゃないしな」

そう言いつつ、レンジで温めた肉じゃがに箸《はし》を付けてから、「お前はいつも、こういう酒のツマミみたいな料理でメシ食ってるのか」と驚いてみせた。

「食事は局で済まして帰ってくるから、これは晩酌用ね」

「おやじギャルか。いや、ギャルってトシでもないな」

そう言いつつ、美味い美味いと肉じゃがを平らげて、豚の角煮も食べてしまった。

「高級料亭のメシもいいが、かたっ苦しくていけねえや」

食欲旺盛な佐脇を見ていたひかるは、胃薬を差し出した。

「食べ過ぎ。なんか気に掛かることがあるんじゃないの？　細島センセイのこととか」

「まあな。そもそも、あのセンセイの出馬の動機ってなんだったんだ？　この前の演説会ではなんだかんだともっともらしいことを言ってたが」

「アナタ、選挙公報とか政見放送とか新聞とか全然見てないの？」

「一通りは見たけどさ、やつの本音の部分を知りたいんだよ！　おれが知りたいって言うからには、その辺のオヤジの世間話とはレベルが違う」

「その辺のオヤジそのものじゃないのよ」

ひかるは酔っぱらいのオヤジに悪態をついた。

「細島さんは……そうね、考えてみれば、本音をさらけ出さなかった気がする」

ひかるは記憶を懸命に手繰る様子だ。

「って言うか、テレビカメラが入ってるところで本音を喋るほど脇は甘くないって事だと思うけど……気を許した雰囲気が一切なかったのよね」

選挙運動中の密着取材である以上、不用意に素顔を見せたり本音を語るのは諸刃の剣だ。好感度が高まる場合もあるかもしれないが、下手をすると致命傷になりかねない。ベテランの現職議員なら、取材する側も阿吽《あうん》の呼吸で不味い箇所は編集で落として放送しないだろうが、新人はその限りではない。ベテランの広報担当が付いていても、細島のような注目候補については、東京のキー局もオイシイところを欲しがるから、取材側は自主規制などしないだろう。

「選挙運動の全期間を通じて、徹頭徹尾、世の中の不正や不合理不条理を糾弾するぞ！っていうハイテンションだったなあ」

「あいつ、女はいないのか？　独身だったよな？　カノジョとか、同志的結合の秘書とか内縁の妻みたいなのは。ああいうハイテンション男はナニの方もお盛んで、一見誠実そうな顔して、その実、愛人とかセフレとかが山ほどいるんじゃないのか？」

「まさか。アメリカのプロゴルファーや日本のビッグマウス・タレントじゃあるまいし」

そう言って笑ったひかるだが、ちょっと考えて首を傾げた。

「そういえば、女性の影も匂いもまったくなかったわねえ。健康な三十代男子なんだから、いない方が不思議よね。もしかして、男の方が好きだったりして？」

「その可能性は否定出来ない。今の世の中、ホモだからって別にダメージでもないだろうが……バレればオバサンのファンは遠のくかもな」

佐脇はそんな事を喋りながらも、細島の下半身問題はどうでもいい、と思っていた。

「ところで、あのセンセイはガキの頃、何をやってパクられて少年院に入ったんだ？　おれの知る限り、具体的な事実については何も言ってない気がするんだが」

「ああ、それは」

判るわよ、とひかるは書棚から取材ノートを取り出した。

「ええと、出馬表明の記者会見を鳴海市役所でやった時に、自己紹介をして……」

ページを捲りながら、ひかるは首を傾げた。

「あれ？　違うか。じゃあ、その前に、党から出馬を打診されて、受諾した時の記者会見だったかな。それは東京でやったので、私出てないから、共同電とキー局のニュースで」

ひかるは懸命にノートのページを捲ったが、あれ？　と首を捻るばかりだ。

「どうした？　お前、取材をサボってたんじゃないのか？　どうせビデオが回ってるからメモなんかしなくていいやって」

「それはありません。あとで編集するとき困るから、絶対にメモは取ってます！　取ってたんだけど」

きっぱり言い切りつつ、ひかるの顔は曇った。

「そうね……抱負とか与党批判とか、日本社会の現状への直言とか、そういうことはいくらでも立て板に水で喋ってるんだけど……言われてみれば……自分の過去というか、そう思うに至った経緯について、詳しい履歴は説明してないわね。高校の頃グレていて、少年院暮らしをしたので、数年遅れて大学に入ってすぐに司法試験の猛勉強をし始めたと。少年院に入った経験が、法律家になろうと思ったキッカケだったとか言ってるけど……具体的に、何をやって捕まって少年院に入ったのかは……」

ひかるは懸命にノートのページを捲って探したが、結局、見つからなかった。

「他局や新聞が取材した記事も、調べられる限りは調べてフォローしてたんだけど……」

彼女のノートには、新聞の切り抜きやネットのプリントアウトなども貼り付けられていて、丹念に細島を追っていた過程がよく判る。

「ちょっとネットで検索掛けてみるね」

ひかるはパソコンに向かったが、無駄にキーを叩くだけで結果は思わしくないようだ。

「なんとまあ。高校一年の時に少年審判されて少年院に……というのが一番詳しい具体的なデータね。どんな事件でどこの少年院に、初等か中等かも書いてないし」

「そこだ」

佐脇は飲んでいたビールのコップをドンと置いた。

「一般ピープルはごまかせても、おれはごまかせないぞ。そもそも弁護士で、議員に立候補しようという人間が、少年院に入った過去を告白するだけで、普通なら致命的と言ってもいい経歴上の大汚点だ。だからこそ『少年院に入った』という言葉だけで思考がストップしてしまう。こんな重大なことを隠さないんだから、きっと正直な人なんだろうってな。お前らマスコミだって同じだろ。どんな罪で何年入ってたのか、突っ込んでないだろ」

「それは……個人情報に関わるし、少年犯罪に関してはとてもデリケートな問題なので……」

ひかるは苦しい言い訳をした。

「だって少年院から出てきたということは、すでに罪を償っているんだから、その時点で犯罪歴は消えたわけでしょう？　消えたものを蒸し返すのは少年法の違反になるんじゃないかって」

たしかに、少年法第六十条では「少年のとき犯した罪により刑に処せられてその執行を受け終り、又は執行の免除を受けた者は、人の資格に関する法令の適用については、将来に向つて刑の言渡を受けなかつたものとみなす」と規定されていて、細島が罪を犯した過去は「なかったこと」になっているのだ。

「そうか。マスコミはみんなビビッたんだな。なんせ相手は舌鋒鋭い売り出し中のバリバリの弁護士だ。お前ら全員、横並びで腰が引けたんだろう？　情けないねえ。ええ？」

嘲笑する佐脇に、ひかるは言い返せない。

「意地の悪い記事で鳴らしてる四大週刊誌も同じか。要するに細島の過去を突っ込んだマスコミは皆無って訳だな」

「だから……少年院に入っていたという事実だけで充分なインパクトがあるから」

「でもよ、あのセンセイが殺しで入ってたのか強姦で入ってたのか、それともカツアゲ・カッパライ程度で入ってたのかで印象は大きく違うだろうがよ」

佐脇はクラッカーを齧りながら面白そうにひかるを見た。

「まさか衆議院議員にまで立候補した弁護士のセンセイが、殺しや強姦で少年院に入っていたなんて、そんなはずがないと勝手に判断したって訳か？」

佐脇の指摘をひかるは渋々認めた。

「そうね……別に申し合わせた訳じゃないんだけど、なんとなく、そういう暗黙の了解があった感じで」

「極めて日本人的だねキミ！　と今流行《はや》りの正義の話をする外人の教授ならそう言うぞ」

佐脇は立ちあがり、ここがハーバード白熱教室であるかのようにひかるを指差した。

「根拠のない、誰が作り出したのか定かではない正体不明の『空気』に支配されてしまう。キミらローカル局なら仕方ないが、週刊誌までもがそうなんだから、こりゃ重症だ」

「だから……党の方から、立候補者の過去をあんまり詮索《せんさく》するなっていう指示というか、お願いというか、そういうものがあったような、なかったような」

「それも『空気』だったのかもな！」

弁解するように何か言いかけたひかるを制した佐脇は、服を脱ぐとベッドに潜り込んだ。

「え？　今からするの？　こんな遅い時間なのに」

「寝るんだ！　明日、冴えた頭で調べ物をする！」

その言葉通り、佐脇はすぐにイビキをかいて眠りに落ちた。

翌朝。

ひかるのマンションから書店に寄って細島の著作を買い集めて鳴海署に出勤した佐脇は、警察のデータベースにアクセスして、細島の前歴を照会したが、『細島祐太朗』の名前では、全く何も該当するモノは出てこない。

「おれの検索の仕方が悪いのかな？」

佐脇は、自分よりもパソコンに詳しい水野に相談した。

「警察庁《サッチョウ》の入江《いりえ》サンに頼めば、簡単に情報は出てくるだろうが、あの人をあんまり便利に使ってると、あとが怖いからな。ここぞという時だけのお出ましじゃないと」

「つまり自力で情報を入手したいんですね」

次は水野がいろんなキーワードを打ち込んでみたが、結果は同じだった。

「という事は……もしかして、細島代議士は名前を変えたんじゃないでしょうか?」

「あ?」

それは意外な答えだった。

「それって、その意味するところは……大変なことだぞ」

少年が名前を変えてまで非行歴を隠すのは、重大犯罪を犯したからに他ならない。容易に前歴を知られたくないから、名前を変えてしまうのだ。

「佐脇さんが引っかかってる、あのセンセイが自分の過去をボカしてるというのも、それならうなずけるんじゃありませんか? あまりにも重大な犯罪を犯したので、選挙演説なんかじゃ口が裂けても言えない。言い換えれば、完全に封印してしまいたい……」

たとえば細島の過去の犯罪が殺人だとすれば、その犯行にどんな理由があったにせよ、殺人者に投票するのには抵抗感を持つ人の方が多いはずだ。

「つまり、細島の本名と言うか、前の名前が判らなければ前歴も調べられないのか?」

過去にこの県で起きた少年犯罪を虱潰《しらみ》しに調べて年齢などを照合していけば、いずれ辿《たど》り着けるんだろうが、もっと簡単な方法があるはずだ。

「そうか。市役所に行って、職権で戸籍を調べて貰えばいいんだ。改名する前の名前は、それで判る。そこから先は簡単だ」

そうだそうだと言いながら、佐脇が市役所の戸籍課に向かった、そのわずか三十分後。

佐脇はあっさり戻ってきた。

「案ずるより産むが易《やす》しだな。少々手こずったが、なんとか判った。細島の以前の、というか、事件を起こした時の名前は、梅津靖《うめづやすし》。その後、なんと二度、養子縁組して苗字を変えてる。医療少年院を出て高校に入り直した時と、大学の法学部に入学した時だ。細島って言うのは、いわゆる支援者だ。支援者の養子に入った形になってる」

佐脇は、知り得た情報を嬉々として水野に語った。

「一度くらい戸籍の名前を変えてるだろうとは思っていたが、二度もだからな。それでけっこう調べるのに手間どった。今度、戸籍課の連中に奢ってやらなくちゃな」

佐脇は、裏の手を使ったことを匂わせた。

「しかし二度も苗字を変えているのは……これは何かありますね」

水野も不審に思ったようだ。

「それと、その支援者というのは……細島の後援者って意味ですか？」

「少年犯罪者の更生を助ける会みたいなのがあるんだ。よく言えば篤志家《とくし》だな。ボランティアで有形無形の支援をして、少年の更生を助けてやると。まあ細島は、弁護士になり、さらには議員にまでなったんだから、その細島さんとやらの鼻も高いだろ。支援の甲斐《かい》があったというもんだ」

そう言いながら、佐脇は上機嫌で端末の操作を開始した。改めて警察庁のデータベースを検索しようと言うのだろう。

水野も別件の書類を書くために机に向かっていたが、突然異様な呻《うめ》き声が聞こえた。驚いて振り返ると、声の主は佐脇だった。

「これは不味《まず》いだろう、これは……」

「どうしたんですか佐脇さん」

水野は、それまで自分の上司が怯《おび》えているところを見たことがなかった。心臓に陰毛でも生えてるんじゃないかと思うほど動じることのない佐脇だが、その彼が蒼白になり、指先が小刻みに震えているのを見て、水野も動転した。

「この事件、おれ……知ってるんだよ」

「だから、どうしちゃったんですか」

水野も慌てて席を立ち、端末のディスプレイを覗き込んだ。

細島祐太朗、こと梅津靖は鳴海市立高校一年生だった十五歳の時、桑畑《くわばた》町での強姦致死事件に関与した容疑で、少年審判に付されていた。精神鑑定の結果、神奈川医療少年院に医療入院措置となり、その後、三年五ヵ月の矯正教育と治療を受けて退院したと記録には残っている。

「思い出したんだよ、この事件。おれが警察に入りたてで、交番勤務していた時に起きた事件だ。現場保存とか下働きを随分した。いや、それ以前に通報を受けて真っ先に現場に駆けつけたのがおれだ。巡査になって最初の大事件だから、よく覚えてる。いや、忘れはしない。でも、まさかこの事件が細島と繋《つな》がるとは、まったく考えもしなかった」

佐脇は、これじゃひかるを嗤《わら》えない、とボヤいた。

「これはな、ひどい事件だったんだ。マスコミには詳しいことは発表されなかったが、猟奇殺人と言っていい」

佐脇はほどなく、当時の記憶を克明に思い出した。

一九九〇年七月の、もうすぐ夏休みという夜、鳴海市のはずれ、桑畑町にある廃工場……潰れた自動車整備工場だが、そこから一人の少女が全裸で逃げ出して近くの民家に助けを求めた。その少女は全身に殴られた痕があり、ナイフで切りつけられたものか、胸と頬には深くはないが大きな傷があり、そこから多量に出血していた。

一一〇番通報が入って、まず一番近くの交番から佐脇が駆けつけ、少女を保護した。その直後、少女が逃げ込んだ民家の庭先に、犯人とおぼしき少年が現れたが、制服姿の佐脇を見て逃走。少女は少年の姿を見て激しく怯え、パニックになった。

応援を呼び、少女が流した血の跡をたどって警官隊が現場の廃工場を特定すると……そこには、もう一人の少女が倒れていた。変わり果てた姿となって。性的拷問を加えられて死に至ったことが一目瞭然の死体だった。

逃げ出した少女は、自分も殺されそうになっていたが、ほんの一瞬の隙を見つけて逃げ出したらしかった。恐怖とショックで満足に口も利けず事情聴取は不可能だったが、ほどなく犯人は逮捕された。一瞬目撃した少年の外見を佐脇が正確に伝えたため、緊急配備がすみやかに行なわれ、犯人逮捕につながったのだ。

犯人は二人いた。梅津靖と、もう一人の少年・遠山茂《とおやましげる》。

死体には、バラバラにしようとした痕跡があった。性器や乳房をえぐり取っていた。その少女を殺して死体を損壊する様子を、生き残った少女に見せつけた。完全に自分の言うことを聞かせるためだったらしい。

犯行は遠山茂の主導で行なわれた、と梅津は主張した。生き残った被害者はショックのあまりか事情聴取をしようとすると激しいパニック状態に陥ったので、満足な証言は得られなかった。

梅津の証言によれば、遠山は梅津に命令して、二人の少女を言葉巧みに誘い出させて廃工場に監禁し、凌辱の限りを尽くした。その手の雑誌やビデオで覚えたＳＭプレイにも及んだ。少女二人に強要してレズまでさせたらしい。

梅津は、すべての行為を遠山に強要されて、拒否すればお前も殺すと言われ、否応なくレイプはしたが、殺人や死体損壊については、遠山を止める事は出来なかったと、その後の取り調べで供述した。

生き残った少女が逃げ出したので、遠山は梅津に後を追うように命じた。梅津は、もう駄目だ、自首しようと遠山を説得したが、遠山は何を言うんだ、おれを裏切る気か、と激昂して、梅津に摑み掛かり、そのまま揉み合いになった。遠山からは明らかな殺意が感じられ、怖くなった梅津が必死に抵抗しているうちに、気がつくと、自動車を下から整備するために設けられた奈落のような穴の底に、遠山が倒れているのに気づいた。さほど深い穴ではないのだが、はずみで突き飛ばした拍子に転落した遠山は、底にあった金具に後頭部を打ち付けて死んでしまったのだろう。

梅津は少女の後を追ったが、そこで制服警官に目撃され、怖くなって逃走した。ほどなく逮捕され、自分は何も知らないと犯行への関与を否定したが、生き残った少女の体内、および死体からも、彼の精液が検出されたことが動かぬ証拠となり、逮捕された。

その後、梅津の両親は強力な弁護士を付けて、犯行はすべて遠山に強要されたものだ、以前から遠山との間には上下関係のようなものがあり逆らえなかった、と、あくまでも梅津は従犯に過ぎなかったのだと言い立てた。

審理の末に家庭裁判所もそれを認め、梅津は医療少年院で加療されることになった。

「検察としては逆送致で成人と同じ刑事裁判を受けさせようとしたんだが、ダメだったんだ。今とは時代が違うからな。神戸の例の事件が起きる七年前だったし」

梅津は神奈川県相模原《さがみはら》市にある神奈川医療少年院を退院後、支援者である栃木県在住の細島邦芳《くによし》宅に下宿して、母親の旧姓・菊原《きくはら》を名乗って細島邦芳の自宅から私立の柳田《やなぎだ》学園高校に通学し、無事に卒業した。私大の名門・城南《じようなん》大学法学部に現役合格した際に、再度改名した。すなわち、細島の養子となり、改名もして細島祐太朗と名乗った。大学卒業後、現役で司法試験に合格。司法修習修了後、東京弁護士会に弁護士登録……。

「細島センセイはたしか、『不良としてやんちゃはしたが、本当に悪い事はしていない』ってな事を言ってたよなあ?」

「しかしこれ以上の悪い事って、他にありますかね?」

「従犯だと言ってるしなあ。これが実は主犯だったりすると、ますますとんでもない話なんだが。『過去の事はすべて償《つぐな》った』と言ってた気がするんだが、まあそれはその通りだな。少年法第六十条『少年のとき犯した罪により刑に処せられてその執行を受け終り、又は執行の免除を受けた者は、人の資格に関する法令の適用については、将来に向つて刑の言渡を受けなかつたものとみなす』の規定で、センセイは、そういう罪を犯した前歴自体、ないことになっているんだし」

「でもですよ。そんな凶悪な事件に関わったのだから、主犯・従犯に関係なく、法曹関係には進めないいんじゃないんですか?」

「だから、少年法第六十条なんだよ。この警察データベースは、部外者にはアクセス出来ないし、内容を漏《も》らすと罪になる。かなり厳重なセキュリティで守られているから、外部から盗み見するのもほとんど不可能。それに、親族以外は戸籍も調べられない。第三者が身分を偽って調べたら罪になる。マスコミの連中は怖がって手を出さないよ」

佐脇は妙に誇らしげに言った。倒錯的な感情が去来しているようだ。

「それで取材する側も突っ込めないんでしょうか?」

「取材されても六十条を盾に完全に拒否出来るしな。法を犯してまで取材してやろうという命知らずは居なかったってことだな」

そう言いながら、佐脇には、細島が執拗に自分に絡んでくる理由の一端がようやく摑めたような気がしていた。

＊

「佐脇くん、一体何をやっているんだ。細島議員の事務所から署に苦情があったぞ」

端末を閉じると、ちょうどそこに大久保刑事課長がやって来た。つくづくうんざりした、という表情だ。

「細島議員の警護について、きみに加勢は頼んだが、付きまとえとは言っていない。困るんだ。議員からの苦情は」

「細島の事務所には法律相談に行っただけですが、それが何か?　刑事には、知り合いに弁護士を紹介する自由もないんですかね」

ああ言えばこう言う、と口の減らない佐脇に閉口した様子で、大久保刑事課長は早くも逃げ腰になっている。

「だから。アンタには抱えてるヤマもあるだろ。そういう私用は休みの日にやってくれ」

言われてみれば佐脇もヒマなわけではない。「花子」の件も気にはなっていた。篠井巡査はその後うまくやっているだろうか
「正直言って、難航しています。というか、壁にぶつかってしまって」

生活安全課に顔を出した佐脇に、篠井由美子巡査は生真面目に答えた。

小学校教諭へのひどい暴行で補導された少女、コードネーム「花子」は、篠井がゲームやパソコンの話題を振るとよく反応するが、自分のことになると、ぴたりと口を閉ざす。家族構成や家庭生活、学校生活についてはまったく何も話さない。いや、その話題自体を嫌悪していると言ってもいいほどだ。

「たぶん、あの子の家庭に鍵があるんじゃないかと思うんです」

「で、身元は割れたのか?」

「ええ、なんとか。家出人捜索願も出ていないし、前歴もないので時間がかかったんですが」

花子というコードネームで呼ばれて、ネットの住人には「クリンゴン」と呼ばれていた

のは、横山美知佳《よこやまみちか》、十八歳。オンラインゲームのアカウントから身元が確認出来た。

「現行犯逮捕されてからずっと、身元に関することには黙秘を続けていましたし、所持品検査についても一切同意が得られませんでしたので」

佐脇なら、ほとんど無理矢理にポケットの中に手を突っ込むような真似《まね》をしてでも身元を特定してしまうが、生真面目な篠井は遵法《じゅんぽう》的な捜査しかしない。所持品の無理な検査は緊急かつ他に手段がない場合にのみ許される行為であるという判例があるのだ。

「やっと、身元を明かしてもいい、というところまで仲良くなれました」

真面目な篠井の粘り勝ちだった。

「横山美知佳の両親は健在で、鳴海市在住なので連絡をしたのですが、身元引き受けはおろか面会すら拒否してきたんです」

篠井由美子は顔を曇らせた。

「家族構成や背景は判りました。三歳年上の兄がいます。父親は地元で老舗《しにせ》の総合病院の内科部長、母親は自分の親から引き継いだ個人医院の開業医なので、経済的困窮とは無縁ですね」

それだけの情報からでも、あれこれ想像は出来るしいろいろ思うところもある。しかし、まず両親や兄に会ってみないことには何も始まらない。

二人は、横山の家に向かった。

＊

鳴海市の外れの新興住宅地に、横山美知佳の家はある。

庭付き一戸建ての敷地の半分は広い庭で、モダンな外見の二階建だ。住宅会社のカタログにでも出てきそうなデザインで、大型車が二台入るガレージにはＢＭＷの濃紺のクーペが駐まっている。

だが佐脇はいかにも威圧的なその豪邸の前で、何を思ったのか足を止めてしまった。

「佐脇さん、どうしたんですか。美知佳の両親に会わないと」

「まあ待て。いきなり本丸に攻め込むより、この手の家は脇から固めたほうが良さそうだ」

二人は、近所の聞き込みをはじめた。

この住宅街は、完成して五年。所得水準の高そうな大きな屋敷が並んでいる。

ドアチャイムを押して、少しだけ伺《うかが》いたいことが、とお願いすると、どの家人も不審そうではあるが、一応礼儀正しく応じてくれた。

「ここはいいところですね」

「ええ、静かでね、街並みも奇麗だし。まるで鳴海じゃないみたいですよ」

住宅雑誌の『美しい街並み百選』に取り上げられたこともあるらしい。

「で、あのう、ご近所の横山さんについてなんですが」

そう聞いた途端に、家人の顔に緊張が走ったのを佐脇と篠井は見逃さなかった。

「横山さん……どういったご用でしょう？」

「いえ、お医者さんのご家庭で、ずいぶん立派だなあと思いましてね」

「ええまあ、そうですね……そういうお話なら、ちょっと私の口からは。それにこの街は、近所づきあいが殆《ほとん》どありませんので、何も申し上げられないんですよ」

他人様の事情をあれこれ言うのもアレですので、という同様の反応が数軒続き、横山家の真裏にある家を訪ねると、二年前に越してきたので近所の事情には疎《うと》いのだと言った。

「新築じゃないんですが、本当に建ったばかりの家でね。前のオーナーさんが、三年も住んでいないのに急遽引っ越しされるというので……けっこう安く売りに出されてました。もしかしてなにかあるのかと不動産屋さんに聞いたりしたんですけど……ほら、この家で事件があったとか、イロイロ」

しかし別段、殺人や自殺があった訳でもなく、よんどころない事情で売り急ぐしかなかったのだろうと良い方に考えて買ったという。

「まあ、裏の家には年ごろのお子さんがいらっしゃるようで、以前はたまにそういう音が聞こえてくることもありましたけど、今は静かなものですし」

なんとなく言葉を濁した。

そして二軒先の家の住人が話し好きな老婆だった。町内に一人はいる、いわゆる事情通だ。

「あそこのお宅には聞きました？」

老婆はなるべく表情を崩すまいとするような微妙な顔で、先刻話を聞きに行った、横山家の真裏の家を見やった。

「あそこに前に住んでた寺田《てらだ》さん。気の毒に、裏の横山さんとこの音があんまりうるさいんで、とうとう音《ね》を上げて引っ越しちゃったんですよ」

「寺田さんというのが、前にお住まいだった方なんですね？」

どうやら目的の情報を探り当てたようだ。生真面目に確認する篠井に、老婆は面倒臭そうにハイハイと頷いた。先を話したくてウズウズしているのだ。

「それでまあ、事故物件とまでは言えませんけどね、難あり物件ということで安くしたら、今の方が越してきたんですよ」

「そんなにやかましかったと？」

「ええもう、そりゃちょっとしたものでしたよ。夜になると決まって怒鳴り声とか、何かを壊す音とか、阿鼻叫喚《あびきようかん》っていうんですか？　まあ、尋常じゃない音でしたね。男の子が怒鳴ったり、お母さんが悲鳴をあげたり、若い女の子が怒鳴り返すのもごくたまに聞こえたりして。それがひどい時には何時間も続くんですから、寺田さんとこだってたまりませんよ」

「警察には通報しました？」

佐脇の問いに、老婆は虚を衝かれたような顔をした。

「だって……立派なお医者さんのウチですよ。私らがそんな……滅相《めっそう》もない」

「でも、女の子の悲鳴というのはかなり異常ですよね」

そうなんですけどね、と老婆は顔を曇らせた。

「一度なんか、あそこの娘さんなんですけどね、その女の子がウチの庭に隠れてたことがあるんです。冬なのに裸足で、服もボロボロで。手も足も顔もあざだらけの傷だらけで。私は近所で誰かに襲われたのかと思ったんですよ。それで大丈夫？　あんた横山さんのお嬢さんでしょ、おうちまで送っていこうか、って聞いたら、それはいい、家には知らせないでってにこりともしないし、涙の一つもこぼさないんですよ。まあ可愛げのない子だと思って。電話だけ貸してほしい、と言うから貸してあげたら、どこかに電話して、それから友だちらしい女の子が迎えに来て、それっきりです」

「外で誰かに襲われたのではなかったんですか？」

篠井が確認すると老婆はハッキリと否定した。

「たぶん、あれは家の中でやられたんですよ。家族の誰かに。迷惑をかけられて腹が立ったので、その後横山さんの奥さんに近所で会った時、あたしゃつい嫌みを言っちゃったんです。お嬢さん、こないだウチに見えましたよって。電話をお貸ししましたけど、いけなかったかしらって。横山さん、さっと顔色が変わられて。その後すぐにうちに慌ててやって来られて、ご迷惑をおかけしました申し訳ありませんとペコペコするし、菓子折まで持って来られて、どうかご内聞にとかおっしゃるんで……。だからあたしも黙りましたけど、でも、あの時、お嬢ちゃんの顔は紫色に腫《は》れてましたよ。服ったって、あんなお金持ちの家なのに、安物のジャージみたいなので、なんか、刃物で切り裂いたみたいにビリビリで、そこから足とか見えたんですけど、切り傷もあったような」

「それはかなり深刻じゃないですか」

ええそれがね、となおも話を続けようとした時に、奥から「おい母さん！」と中年男の声がした。

「他所様の家の事をあれこれ喋るなよ！」

のそり、と地味な男が出てきた。

「ウチの母は見ての通りのおしゃべりで、それも思い込みが激しくてガサツなもんで、困ってるんですよ。でまあ、私らはこれからもここに住みたいんで、今の話は絶対に誰にも内緒にしてくださいよ」

「もちろん、警察には守秘義務がありますから」

「それはどうだか」

男の目には不信感があった。昨今の警察不祥事の連続を鑑《かんが》みれば、信用されないのも仕方ないのかもしれない。

「多くの隣人が係わりになるのを避けている一家、か。うち一軒は異常な物音に耐えかねて引っ越し、別の一家の庭には、おそらく美知佳と思われる少女が逃げ込んできて、その後、親が口止めに来た……」

佐脇は頬を指で搔いた。

「よし。大体見えた。確認を取りに、横山の家に行くか」

すでに夜の八時になっていたが、この時間なら忙しい医者でも在宅しているだろうと思い、そのまま予告なしに訪問した。

ドアフォンで来意を告げると、しばらく経ってオーク材の分厚いドアが開いた。

中年男と若い女という警察官二人組にいきなり訪問されたこの家の女主人は、迷惑そうな表情を隠そうともしなかった。

「あの子は、数年前に家を出て勝手気儘《きまま》に暮らしているので……どういう生活をしているのか判らないんですよ。だから、責任の取りようもありません」

案内された応接間には立派な応接セットが置かれて、各種免状賞状感謝状などが額に入れて飾られている。地域医療に貢献したとか、教育振興に協力してくれたという感謝状だ。見栄《みえ》と体面が命の家族であれば、なるほど深夜の怒号や家庭内のトラブルはあくまでも「なかったこと」にしたいのだろう。

佐脇の前で頰を引きつらせている中年の女が、美知佳の母親、紀和子《きわこ》だった。鳴海市の繁華街に内科クリニックを開いている。代々の開業医だが、彼女の代で医院兼自宅を売り払って身軽なクリニックをビルの中に開設し、環境のいい郊外に専用の住居を構えたのだと言った。

美容整形でもしたのかと邪推したくなるほど、紀和子は一見若く見える。顔立ちは整い、美知佳に良く似ている。エステにでも通っているのか全身に無駄な肉がなく、身につけているものも高価そうだ。だが、どことなく冷たい、嫌な雰囲気を漂わせた女だと佐脇は思った。価値観がすべて「金と見栄」で人生を過ごしてくると、こういう風になるのかもしれない。

「美知佳が何をしたにせよ、あの子ももう十八歳ですから、保護者としての責任は私どもには無いはずです。そうですよね？　それでも息子の将来のことがありますから、お金でどうにかなることでしたら、ぜひ先様とお話をさせていただきたいと思っております。こういう場合の相場として、というより、具体的にいくらぐらいお包みすれば、先様に納得していただけるでしょうか？」

とにかく美知佳に前科をつけたくない、というよりも家族から犯罪者を出したくない、その一心のようだ。娘が更生するかどうか、また相手の怪我の程度など、そういうことは、この母親には本質的な問題ではないのだろう。本当に申し訳ないと思っていれば、まず何を置いても相手に謝罪に行きたいと思うはずだ。金の話は普通、その後だろう。

だが佐脇は、示談にして美知佳を釈放できるのならその方が良いのではないかと思った。どう見てもあの少女は少年院にぶち込めばマシになるタイプではない。あの筋金入りの強情さとタフさで、少年院でも徹底的に教官に反抗し、ますます反社会的になるという展開が目に見えるようだ。

何も言わない佐脇に焦《じ》れたのか、紀和子は自己弁護を始めた。

「私だって出来る限りのことをしてきたつもりです。子供の父親、私の夫ですが、うず潮病院の内科部長と理事を兼ねているので、ほとんど家には寝に帰るだけのような状態です。父親の分も私がしっかりしなければ、と思って、仕事も家庭もと欲張ってきちんとやってきた自負はあるのです」

応接間には、美知佳の兄らしい若い男の写真も飾られていた。高校の卒業式で撮った写真らしい。詰め襟の学生服をきちんと着ているが、顔にはまるで生気というものがない。目の前にいる母親に面影は似ているが、社会的成功をひたすら追い求める野心剝《む》き出しの母親に精気をすべて吸い取られたかのような、見るからにどんよりした顔つきだ。

「息子の秀一《しゆういち》です。私の母校でもある、京都大学の医学部を目指して頑張っております」

聞かれてもいないのに教えてくれた。目が輝き、一族の自慢をしたくてたまらない様子が見て取れた。

「ウチはみんな医者の一族ですから。私の父親は開業医の家系ですが、叔父は国立大の医学部で講座を持っておりますし、伯母も大学の付属研究所で基礎の研究をしていますし……旧帝大に入るのが当然なんですよ」

子供の学歴が親の勲章になるのは、よくあるパターンではある。名門と自任する一族の中で、学歴にも厳しいヒエラルキーがあるとしたら……。

「秀一には小さい頃から期待して、頑張って貰ってます」

それからしばらくの間、仕事を持つ身で子供をしっかりと教育した苦労話が続いた。が、話に登場するのは兄の秀一のことばかりだ。いかに厳しく管理してきたか、京大合格を目標にして勉強させてきたかについて、熱弁を振るった。

が、現在も「頑張っている」という表現は、高校を卒業してから浪人生活が続いていると言う意味なのだろう。佐脇の考えを察したかのように紀和子は弁解した。

「まあ、そのような一族なものですから、息子にも京大医学部以外は医学部と思うな、とつねづね言い聞かせております。この県の国立大医学部程度であれば、いつでも合格できる、それだけの能力はある子なんですけどね」

だが、同じ彼女の子供であるはずの、妹の美知佳については、相変わらず触れる気配がない。聞いている佐脇や篠井にも口を挟めない雰囲気があった。

「すみません。ちょっと、お嬢さんのお部屋を拝見させて貰っても……」

篠井がやっと声をかけて、息子自慢とお受験ママの体験談を中断させた。

ハイハイと機嫌良く応じた紀和子は、聞かれもしないのに壁に飾った小さなリトグラフの値段の自慢をしたり、さながらタレントが口を極めてお宅を褒めちぎる番組に出演しているかのような態度だ。

二階のドアを開けて、「こちらです」と二人の警察官を案内した部屋は、だが、まったく、なに一つない空っぽだった。八畳の洋間なのだが天井の明かりは剝き出しの蛍光灯で、カーテンすらない。

住人が引っ越した空き部屋も同然の、がらんどう。

家具などを最近急遽処分したわけではない。それは佐脇が部屋に足を踏み入れると、足跡が付いたことで判った。床には埃が層を作っている。もう、何年も開かずの間になっているのだ。

「……娘は、自分のものを全部持って、出ていきました」

「それは何年前のことですか?」

篠井の質問に、母親は二年前です、とはっきり答えた。

「通っていた高校も自分で勝手に中退してしまいました」

「生活費はどうしてるんです？　毎月仕送りをしてるんですか」

佐脇が訊いた。

「いいえ。要らないと言うので、送ってません。あの子から連絡は一切ないので、こちらからも連絡を取りません。というより、あの子と話すと、気分が悪くなって……」

「高校を中退した未成年女子が、完全に自活していた、とおっしゃるんですね？　手に職もない女子が自力で暮らすには、いろいろ無理も生じるだろうと、そうお考えにはならなかったのですか？」

「だったらどうすれば良かったと言うんです？　あの子は私の言うことをまったく聞かないんですよ！」

紀和子はヒステリックに声を張り上げた。

佐脇と篠井は一瞬視線を合わせ、それから同時に深く頷いて、「そうですね。開業医とご家庭との両立は大変だったでしょうから」などと紀和子を宥《なだ》めた。

「あの、こちら、家政婦さんとかはお使いにならないんですか？」

篠井が軽さを装った口調で訊いた。

「ええ、使いません。他人に入り込まれるのが嫌いなもので」

ぴしゃりとした口調で返事が返ってきた。

「家事と言っても、今は電機製品がいろいろあるので、そんなに大変でもありませんしね。まあ、月に一度、掃除のサービスには来て貰ってますけど」

「あの……もしよろしければ」

おずおずと、篠井が切り出した。

「差し支えなければ、美知佳さんのお父さんとお兄さんにもお目にかかれればと」

「夫は今夜、病院関係の接待があって遅くなります。場合によってはホテルに泊まり、明朝、そのまま病院に出勤すると申しておりました。地方の総合病院の理事も大変ですよ。最近は倒産も多いし、医師の確保が出来なければ、病院の機能が果たせませんからね」

おそらく医師を回してもらうために、医大関係者を接待しているのだろう。

ご苦労お察しします、地域住民には有り難いことです、と篠井は敬意を表しつつさりげなく訊いた。

「で、あの、お兄さんは、こちらに？」

美知佳の部屋と廊下を挟んで向かい合わせの位置にあるドアが、兄・秀一の部屋の入り口に違いない。

二人がその部屋に向かうのを見て、母親は「えっ？」と一転、きつい表情に変わった。

「そこは……秀一の部屋ですが」

「ちょっとお話し出来ませんかね、お兄さんとも」

だが紀和子は「必要ありませんよ！」と切り捨てた。

「しかし今日は、妹さんの件でお訪ねしましたので、ご家族の方とは是非」

「秀一に話を聞く必要はないと申し上げているんですよ。捜査令状でもお持ちなんですか」

「いいえ、ありません。ですから、宜しければと」

「いわゆる、任意でってことですか」

会わせたがらないのは、疚《やま》しいことがあるからだろう。

母親と婦警の押し問答を聞いていた佐脇だが、かなり面倒になってきた。

「おっと、すみません」

彼は、よろけた風を装って、ドアに手を掛け、開けてしまった。

「何をなさるんですか！　困ります」

紀和子は声を上げたが、室内は二人の警察官の予想を上回る異様さだった。

十畳の部屋が、整然と片付いている。二十歳の若い男が暮らしているというのに、生活感がまったくない。

机とベッドと本棚があり、机の上には最新型のタワー型パソコン、本棚には受験関係の参考書や問題集だけがぎっしりと詰まっていた。

普通の男子高校生なら、タレントのポスターとか趣味のバイク雑誌や楽器、アニメ関係のフィギュア、あるいはゲームやコミックス、ライトノベルなど何でもいいが、とにかく勉強以外のアイテムを部屋に置くものではないのだろうか？　だが、そういう佐脇の先入観を完全に裏切る、おそろしく禁欲的な雰囲気だった。よく言えば、病院の無菌室。悪く言えば、独房。

その部屋の隅に、背中を丸めた男がいた。ドアに背を向けている。

「あの、横山秀一さんですか。妹さんのことでちょっと……いやっ」

篠井が呼びかけた途端、若者は振り向きざま分厚い辞書を投げつけてきた。篠井は悲鳴をあげ、かろうじてかわした。

「ですから、やめてくださいと申し上げたんです」

患者との面会を中断させる医師の口調で、紀和子は二人の警官を部屋の入り口から引きはがして、オーク材のドアをバタンと閉めた。

「あの子は勉強に疲れてるんです。大事な時ですから……配慮をお願いします」

そう言われては、これ以上は無理だ。

佐脇と篠井は退散することにした。

階段を下りる時、キッチンがちらっと見えた。

予告なしの訪問だったので、片付ける時間はなかったはずだが、まるでモデルハウスのキッチンのように、すべてがきちんと片付いていた。洗いかけの皿もグラスもなく、使ったままの布巾《ふきん》がぽんと放り出してあったりもしない。

一つとして乱れたところのない、家の中。リビングにテレビが付けっぱなしということもなく、広い邸宅内はしんと静まりかえっている。

「改めて、お伺いしてもいいでしょうか」

初めて、母親から質問が出た。

「あの子が家を出て二年になります。望んで出て行った以上、何をしようが私どもに責任はありません。でも、世間ではそうは見てくれないかもしれません。私どもも、医者として仕事をしている以上、世間体というものも考えなければいけません。秀一の将来に傷がつくのも絶対に困ります。ですので、あの子が暴力を振るったという、その相手の方と示談は出来ないでしょうか？」

「向こうは弁護士を依頼してますが」

「ああ、ならば、弁護士同士の話の方が円滑に進みますね。当事者が感情的になっても拗《こじ》れるだけですものね」

佐脇は、鳴海市にある細島の事務所を教えてやった。

誰が見ても、どう考えても、美知佳の家族には問題がある。

帰りの車中では、佐脇も篠井も気分が重く、話も途切れがちだった。

「……美知佳の部屋があそこまで空っぽだったのは、あの子はもう、あの家に戻る気が絶対にないんだろうな。もしくは、あの母親が娘の持ち物を全部捨ててしまったか」

「たぶん、そうなんでしょう」

篠井は、やりきれない、という表情だ。

「あの母親と家を見て、おれにもいろいろ思うことはあったが、勝手にストーリーをつくって美知佳を庇《かば》ったりすると、またあの細島センセイに攻撃の材料を与えるだけだ。白紙の状態で判断しようじゃないか」

「はい」

篠井は、ハンドルを握る佐脇の横顔をじっと見た。

「ただ、言えるのは、美知佳が一切の対人関係を拒否するのは、まともなコミュニケーションスキルが身に付いていないと言うよりも、他人とのコミュニケーションを、わざと拒否してるんじゃないでしょうか。他人と関わっても、良い事なんか何もないと言う、いわば底なしの諦めのようなものが、骨の髄まで染み込んでいるような感じがします」

「そうかもしれんな」

佐脇もそれ以上、なにも言葉にしたくなかった。

黙り込んだ二人を乗せた警察車輌は、夜の道を走った。

篠井を自宅に送り、車を署に返した佐脇は、二条町のバーに向かった。

嫌なものを見た後は、アルコールによる「消毒」が必要だ。さもないと自分までが汚染されてしまいそうだった。

とにかく、あの子を少年審判にかけて少年院に入れても良いことはない。佐脇は改めてそう思った。美知佳はたしかに一見異常だが、それは少年院で矯正出来る性質のものではない。というより、そもそも彼女には『矯正』が必要なのか？　真に『矯正』されるべきは、彼女の兄であり、母親ではないのか？

だとすれば、美知佳には何をしてやるべきなのだろう？

自分には最も不似合いで不適任な役回りを演じるべきか、佐脇はそれを考えた。

しかし、考えれば考えるほど判らなくなり、自信もなくなったので、そのあとはひたすらグラスを重ね、酔いに逃避することしか出来なくなった。

第三章　恩師殺し／少女の秘密

「横山美知佳の身柄を釈放請求しようと思うんですが」

翌朝。二日酔いで頭がガンガンしている佐脇が出勤するや否や、待ち構えていた篠井由美子に玄関口で声をかけられた。

「もう勾留期限だっけ？」

「勾留期限はまだですが、初犯ですし、被害者が納得すれば、つまり示談がまとまれば、検察官送致にする必要もないかと思います。現に、横山美知佳の親には被害者と示談交渉をする意思があるわけですし」

「示談がまとまるのを待てばいいじゃないか」

「それが……被害者がかなり強硬なんです。なかなか示談に応じてくれなくて」

そう言えば、佐脇は被害者からまだ話を聞いていない。それも篠井に任せていたのだ。

「ちょっとおれが会ってみるかな。マル害を刑事課に呼び出そう」

「ですから被害者の佐々木さんは入院中です。私が病室に行って事情聴取しました」

これが診断書です、と篠井は書類を差し出した。

「病院か。どうもああいう場所は好かん」

そう言うが、鳴龍会の元ナンバー3にして佐脇の宿敵だった北村《きたむら》が入院していた時は、佐脇は嬉々《きき》として再三病院に顔を出し、拷問まがいの「事情聴取」をしていたのだ。

「やっぱりお前さんに任せようかな」

佐脇は酒臭いゲップを放った。

「佐脇さん、だいたい昨夜は何時まで飲んでたんですか？　もう十時ですよ」

「あんな嫌なモノを見せられて飲まずにいられるかってんだ」

一見まともに見える上流家庭が実は崩壊して腐り切り、その皺寄《しわよ》せが家族のいわば一番弱い部分に集中した結果、美知佳の問題が起きたというのに、まわりの大人たちが全員それを黙殺していることに、佐脇は強い憤《いきどお》りを感じていた。

「篠井、おれに意見しようという警察官は、お前で三人目だな」

凄《すご》んで見せた佐脇だが、「それはないでしょう」と言われて、あっさり折れた。

「ま、大久保さんにもけっこう叱《しか》られてるし、正確に言えば、お前を含めて四人以上は、おれに意見したな」

その最右翼は篠井由美子の婚約者だった石井だ。ヤツは歯に衣《きぬ》を着せずいつも直言してきたが、それは佐脇を心配していたからだと判っている。堅物で面白味は無い男だったが、刑事としては実に緻密《ちみつ》で良い仕事をする、優秀なやつだった。

『佐脇さん。いい加減にしたらどうですか？　容疑者の妻と関係して、マスコミに嗅《か》ぎつけられたらどうするんですか？　警察にいられなくなりますよ』

今でも、最後に会った時の、石井の声が時々聞こえるような気がする。

だがその思い出を口にすると篠井を悲しませてしまうので、佐脇は言葉を飲み込んだ。

「……あの子の……横山美知佳の事を考えると、どうにも気分が悪くてな」

釈放するにしても実家があああいう状態だし、警察としても、まったく「なかった事」にするわけにもいくまい。

「保護司を依頼するのは家裁の仕事だが……」

佐脇の脳裏に、ある人物の顔が浮かんだ。

そうだ、あの人なら……。

「おれからもちょっと個人的に頼んでみるかな。おれ自身が面倒を見たら、違う面倒を起こしそうだしな」

その言葉に、篠井は思い切り頷いてしまった。

「とにかくだ、横山美知佳については、あのトシで一人暮らしで学校にも行ってなくて、定職にもついてなくて、おまけに親は見放してるとくれば、誰かが心配してやる必要があるだろ。その適任者に心当たりがある」

その言葉に、篠井は微笑んだ。

「ただの粗暴な酔っぱらい、というわけでもなかったんですね、佐脇さんは」

「当たり前だ」

佐脇はそう言い捨てると、くるりと方向転換してさっき入ってきたばかりの署の玄関から出て行こうとした。

「じゃ、ちょっと行ってくるわ」

「心当たりの保護司さんに会いに行かれるんですか？」

「いや、そいつは後にする」

佐脇は、さっき篠井から受け取ったばかりの診断書をヒラヒラさせた。

「まずは、この嘘つきに会ってくる」


横山美知佳に暴行された被害者・佐々木英輔は、健康堂《けんこうどう》病院という、個人医院に毛の生えたような小さな病院に入院していた。

入っていくと、誰も居ない待合室に一人だけ、顔に絆創膏を貼った若い男が、タバコを吸いながらソファに長い足を投げ出し、くつろいだ格好でマンガ雑誌を読んでいた。

捜査資料の写真に見覚えがあった。

「失礼ですが、港小学校の佐々木先生ですか」

佐脇が声をかけると、その男は「あ?」と顔を上げた。

「私、鳴海署刑事課の佐脇と申します。佐々木英輔さんですね?」

男は飛び上がってソファにきちんと座り直した。

「診断書によれば、全治三ヵ月の大怪我だということですが……お元気そうですな」

佐々木は慌ててタバコを消し、だらしなく前を開けていたパジャマのボタンを留めた。

「今日は……いつになく調子が良かったので」

血色もいいし、ギプスを装着しているわけでもない。佐脇はニヤリとして話を進めた。

「先生も、長期に学校を休むのは気がかりでしょう」

「それはそうです。学校にも、児童にも迷惑を掛けてます。しかしこれは、自分が好んでこうなったわけではないので」

おっしゃる通りです、と佐脇は大きく頷いた。

「先生は不運にも悪質な暴力被害に遭われた。きわめて理不尽なことに、一方的な暴力を振るわれた。帰宅を急ぐ先生を待ち伏せするようにして、犯人は襲ってきたのですね」

「そうです。私の帰宅ルートは決まっているので、待ち伏せされたのではないかと」

それはいけません、許し難いことです、と佐脇は同意した。

「で、先生が止めてくれと必死に懇願したにもかかわらず、犯人の女は執拗に金属バットで殴り続けたんですね。痛みと恐怖のあまり先生は気を失って、気がついたら病院だったと」

「ええ、その通りです」

佐々木は、いかにも誠実そうな小学校の青年教諭の顔になって深く頷いた。

「最初は物盗りの犯行かと思われましたが、先生の所持金はそのまま手つかずでした。カードの類《たぐい》も盗まれていません。というか、財布やカード入れ自体に犯人の女の指紋が付いておりません」

「じゃあ、非行少女の気紛れなオヤジ狩りの餌食《えじき》にされたんでしょうか」

「そうかもしれません。恐ろしい世の中です」

佐脇は、深刻な表情を作った。

「我々も、このような事件が再び起きないよう、巡回パトロールを強化して、治安維持に相務める所存です」

「頼みますよ、ホントに」

佐々木は、被害者として警察にもの申す態度になっていた。

「我々市民の安全を守ること、それが警察の責務でしょう」

「おっしゃるとおりです」

佐脇は平身低頭しつつさりげなく話題を変えた。

「ところで先生は、担ぎ込まれた鳴海市民病院から、どうしてこちらに転院なさったんですか？　この診断書も、こちらで作られてますね」

「それは……」

　佐々木は目を泳がせて言葉を探した。

「ここの院長と以前から懇意《こんい》だったので……」

「主治医という意味ですか？」

「まあ、そんな感じで」

　佐々木は言葉をボカした。

「全治三ヵ月というとかなりの重傷ですが、どうですか、今の状態は」

「お陰様で、今日は調子がいいんですよ。だからこうして病室から出て、気分転換を」

「普通、全治三ヵ月というと、重度の複雑骨折などが該当すると思うんですが、先生の場合は打撲と裂傷ですよね？」

「それは……それは、傷の状態はお医者さんが判断することですからね。全治三ヵ月というのも先生の見立てですし。それがなにか？」

　アナタなにが言いたいんですか、と佐々木は佐脇に正対して抗議しようとした。

「先生、いい加減に本当のことを言いましょうや」

　佐脇はいきなり教師の肩をぽんと叩き、がっしりと鷲摑みにした。

「なっ何をするんだ！」

佐々木は思わず立ち上がり刑事の手を払いのけた。どう見ても健常としか思えない、素早い動きだ。そして自分が何をしたかに気づき、しまったという顔になった。

「実際は、全治十日がいいところじゃないんですか、先生。え？」

佐脇に至近距離から睨みつけられて、小学校教諭は顔を強《こわ》ばらせた。

「こっちの職権で、診断書は取り直せるんだよ。でも、出来ればそういうことはしたくない。アンタにはアンタの都合ってものがあるだろうしな。事件のあった時間にあの場所に居たのも、いつもの決まった帰り道ってのは見え透いた嘘のように思えるがねえ」

事件があったのは夜九時過ぎ。そして現場は佐々木の勤務先である小学校からも、佐々木の自宅からも、かなり離れた公園だ。しかも勤務先と自宅を結ぶ線からは大きく外れている。

「とんでもない遠回りをするのが、アンタの言う、決まった帰り道ってことなのか？」

「…………」

あと少し突っ込めば、佐々木は真相をゲロしそうな雰囲気になっていた。しかし佐脇は寸止めにした。

「ねえ先生。犯人のあの子は初犯なんですよ。それに未成年だ。アンタには理由なき犯行かもしれないが、あの子にはなにか理由があったのかもしれない。もちろん理由なんかなくて単純にムシャクシャしていたからアンタを襲ったのかもしれない。その辺は黙秘していて、全然判らないんだ」

「だから……私は、いきなり襲われたんだよ!」

佐脇は、相手の両肩をポンポンと叩いた。

「判ってますよ。でもね、アンタも教師だ。少年犯罪には理解があるはずだ。ここは教育者として広い心を見せるってのはどうです？　加害者の親が示談交渉を希望していることでもあるし」

言葉は普通だが、佐脇の目には凄味《すごみ》がある。従わないと、アンタにとっても困ることが出てくるかもしれない、と暗に脅《おど》しているのだ。

しばらく言葉が出ない佐々木だったが、ようやく絞り出すような声で訊いた。

「……刑事さんは、どうして犯人の肩を持つんです？　誰か有力者の子弟で、圧力でも掛かったんですか？」

「まさか。おれを誰だと思ってるんだ？」

佐脇は思わず佐々木の胸ぐらを掴んだが、一秒後に手を離した。

「いや、これは失敬。しかしね、おれは上からの命令に従わないので有名な、問題警官なんですよ。かと言って、うっかり馘《くび》にも出来ない。いろんな連中のウラを掴んでるんでね」

「わかりました……示談に応じますよ」

佐々木はかすれた声で言った。

「それは結構。カネならかなり取れますよ。相手の親はカネで解決したがってるんで」

この男に付いているのは、細島の事務所の弁護士だ。弁護士会の前会長だった古狸《ふるだぬき》の勅使河原でさえ、阿漕《あこぎ》だと保証する、あの事務所の弁護士のことだ。さぞや吹っかけて好き放題にむしり取ろうとするのだろう。そしてあの親なら、ほとんど言い値で出すだろう。それで世間の評判が落ちなければ安いものだと考えるに違いない。

病院を出た佐脇は、美知佳の後見を頼もうと思っている人物について、考えた。示談が成立して釈放ということになれば、正式に保護司を付けることは出来ないが、誰かが美知佳のフォローを親身にしてやる必要がある。その件を私的に頼める人物が、一人だけいる。

佐脇の脳裏には、高校の教師から保護司になった笠間啓助《かさまけいすけ》のことが浮かんでいた。

あの人になら、非公式に美知佳を頼めるんじゃないか。

笠間啓助は保護司として、現在も職業上の付き合いがあるが、高校時代の佐脇の恩師でもある。

一年の時の担任で体育教師だったのだ。当時でもすでに珍しかった典型的な熱血教師で、生徒課の指導教師として「鬼の笠間」と呼ばれてワルには恐れられた。生徒にぶつかっていくタイプで、体罰もやったし、今なら「暴力教師」として問題になったかもしれない。生徒を懲《こ》らしめすぎて病院送りにしたことさえ何度かあるのだから。しかしそれが「笠間の伝説」として武勇伝のように語られるほどに、愛され慕われる存在だったのだ。

　ワルではない生徒には愉快なオッサンで、ざっくばらん。家に遊びにいって「内緒だぞ」とビールをご馳走になった奴もいる。

　佐脇は出来の悪い生徒で、笠間にはよく怒られた。成績はよくないし遅刻の常習犯。忘れ物は多いし、とにかくパッとしなかった。一芸に秀でているわけでもなく、スポーツを熱心にやるでもなく、楽器が弾ける訳でもない。

　ただ、根気だけはあって、卒業記念に色タイルでモザイク画を作ろうということになったが、みんな飽きてサボっているのに、佐脇だけはこつこつと作業していたのを覚えてくれていたのが笠間だった。

　卒業してもブラブラしていた彼を呼び出して、警察官になることを勧め、願書などを取り寄せて面倒を見てくれたのだ。三年の担任はそこまで心配もしてくれなかったのに。

　笠間の、厳しく接しはするが生徒への愛情は本物だと感じた佐脇は、その時、この人は恩師と呼べる人だと思い、警官になってからも時々会って、酒を酌み交わしていた。

　定年前に学校を辞めた笠間は、少年スポーツのコーチをしたりするうちに、保護司の仕事もするようになった。保護司は苦労が多いのに完全ボランティアの仕事だ。持ち出しも多かったはずだが、対象の非行少年たちからは慕われていたはずだ。佐脇が遊びに行くと、笠間の家にはいつも誰かがいて、ワイワイやっていた。彼らが多少羽目を外しても、笠間はニコニコ見ていたのだ。

「先生はなぜあいつらを叱らないんですか」

仲間同士で喧嘩を始めたので割って入った佐脇が訊くと、「叱る必要があるか?」と問い返された事があった。

「他人に迷惑をかけてるわけじゃない。今だってお前が中に入ったから収まった。こいつらも馬鹿じゃないから、やり過ぎた、と思えば自分たちで何とかするさ。そこが大事なんだ。いつまでもおれに言われてやってるようじゃ駄目だ。そりゃおれだって怒る時は怒る。おれが怒ると怖いのは知ってるだろ」

年老いてもラグビーから陸上まで、体育教師として鍛《きた》えた大柄な肉体は頑丈で、力も強いし、眼光も鋭い。

「ウチに遊びに来る連中は、根はいいヤツだ。生意気だが、バカじゃない。道理を説いて説明すれば判る。なんだか坊さんの説教みたいだが、そういうことだよ」

好々爺《こうこうや》になった笠間に接していれば、美知佳の心の扉も開くのではないか。

署に戻った佐脇は、自分のデスクに座って居住まいを正し、電話を前にして深呼吸をした。

「どうしたんだ佐脇？　はじめて電話機を見た明治の人みたいじゃないか」

文明開化の音でもするのか？　と近くにいた光田が早速茶化したが、佐脇は相手にしなかった。刑事になってからも、恩師に電話する時は緊張するのだ。

手帳を見ながらぽつぽつと番号をプッシュして、応答があるまでかしこまって待った。恐れる相手ではないのだが、自然とそうなってしまう。

「ああ、笠間先生。佐脇でございます。ご無沙汰しております」

電話に向かって、つい最敬礼してしまう。

『おお、久しぶりだなあ、佐脇くん。まあ、ワタシに用がなかったのは、君に捕まったワルがいないんだろうから、よろこぶべきことではあるが』

「それが先生、ワルがいない、ということには、残念ながらならないのでして。先生に折り入ってお願いがあります」

佐脇が改まった口調でそう言うと、電話の向こうの笠間は豪快に笑った。

『君もそういう改まった口の利き方ができるようになったか。時の流れとは凄いものだな』

「いやだな先生。先生と会う時は、警察に入って以来いつもきちんとしてるつもりですが」

『ああ、そうだったそうだった。どうもね、ワタシもトシで、昔のことを先に思い出してしまうんでな。高校の頃の君はどうもグズグズでいかんかった』

「今もグズグズではありますが。十五の魂四十《しじゅう》まで、ですよ」

『そんな諺《ことわざ》はない』

そう言いつつ、笠間は懐かしそうだ。

『で、用とは?』

「はい。先生にちょっと面倒を見て貰いたい未成年女子がいるのですが……よろしければ今日の午後……いや、今夜にでも一杯やりながらというのは如何ですか」

用件を切り出したところに、電話の向こうで呼び出し音が鳴った。

『ああ、ワタシの携帯に電話だ』

「先生も携帯持ってるんですか」

『当たり前だ。老人にこそ携帯は必需品だ。とくに保護司なんて仕事をしているとな、これが手放せなくなる。ちょっと失礼』

笠間は受話器を置いて、携帯電話に出る様子だ。

『ああ、予定通りでいい。そう、今日は誰もおらんよ。ただ、ワタシもそこそこ忙しいんでな、今ひとつ、人に会う用事ができたことでもあり、用件は手短に頼む。ああ、では」

笠間は電話を切って受話器を取り上げた。

『ああ、すまんすまん。ちょっと野暮用だ』

「先生、今日がお忙しければ、日を改めましょうか？」

佐脇は笠間に先約があることを察して、言った。

『いやいや、構わんよ。こっちも君にちょっと用があったんだ。で、今の電話は、君と同じく、昔の教え子が来ると言うだけだ。多分そんなに時間はかからんだろう。それが済んでからなら大丈夫だ』

承知しました、と答えて、時間は午後五時を約束した。その時間なら、笠間を外に連れ出して料理屋で一献傾けても、遅くならずに送り届けられる。

佐脇は、通話を終えて、これまでの経緯を篠井と水野に話した。

「ところで佐脇さんは、被害者の佐々木さんに会いに行って、どんな話をしたんですか？　あんな凶暴な女は少年院送りにしろ、と強硬に主張していた佐々木さんがさっき突然、示談に応じてもいい、と連絡してきましたよ」

篠井は、疑わしげな目を佐脇に向けた。

「まさか脅したりしなかったでしょうね」

「どうしておれが全治三ヵ月の重傷患者を脅すんだ？　おれはただ、物事の筋道を説いただけだ。全治十日ほどの怪我にしか見えない佐々木さんは、おれの言い分を素直に聴いてくれたよ」

佐々木の身に何が起こったか、二人にはそれで察しがついた。

「美知佳の親は、カネで事件をなかったことにしたいんだろ？　カネを出させるについては佐々木にも異存はないようだったし、双方の利害が一致して良かったじゃないか」

その上で、ベテランの保護司に非公式に頼んでみる、という佐脇の考えを話すと、篠井も賛成してくれた。

「寅《とら》さんじゃないが、こんなおれでも、たまには『エライ兄貴になりたくて』と思う時もあるんだ。いや、それもちょっと違うか。どうもあの子はほっとけない気がして」

「鬼の目に涙というか、ひどい人でもたまに良いことをする、それでみんな騙されるんですね。それでこそ私の上司、悪漢刑事の面目躍如です！」

「おい、それは褒《ほ》めてるのか、それとも貶《けな》しているのか？」

言葉は悪いが、どうやら水野は本気で感動しているようだ。微妙に居心地の悪くなった佐脇は刑事部屋から逃げ出して、このところデスクワークに使っている職員食堂に避難した。


それからしばらく、時間潰しの雑用をして、佐脇は恩師の家に向かった。

鳴海の旧市街にほど近い昔からの住宅街に、笠間の家はある。この界隈は、本来は住宅街だったが、バブルの頃にミニ開発が入って幾つかビルやマンションが建ち、地上げもされたが景気が悪くなって空き地は空き地のままで無惨な虫食いとなり、住民の入れ替わりも激しくて、佐脇が高校生の頃とはかなり様変わりしてしまった。

笠間が保護司になってからも、街の落ち着きはどんどん失われていくばかりだ。

「ごめんください」

昔風の引き戸を開けると、これまた昔風にチリンチリンと鈴が鳴った。

「おお、来たか」

奥から出てきた笠間は、後ろ手に腰を押さえて、少々歩きにくそうだ。

「ウチのモノはみんな温泉に行った。ワタシは、腰がこの通りなんで、一人留守番だ」

いつもは茶の間に通されるのだが、一人で留守番と言うこともあってか、応接間に通された。

田舎の家らしく、六畳の和室にカーペットを敷き応接セットを置いて、和洋折衷《せっちゅう》の設《しつら》えにしてある。

壁の棚には、体育教師時代に率いていたラグビー部の地区大会優勝トロフィーや記念写真、保護司になってからの感謝状や賞状などが飾られている。美知佳の家と違うのは、飾られたどれもが、多くの人の記憶に残っている、中身のあるものばかりだということだ。

「茶の間は散らかってるし、家の者がおらんので……」

「どうかお構いなく。ああ、じゃあ自分が淹《い》れましょうか」

佐脇にとっては、何度も遊びに来ていて勝手知ったる他人の家だ。

「藤屋の茶菓子を買って来ましたし」

「まあ、茶くらいなら淹れるよ。いやいや、お前さんは座ってなさい」

笠間は台所に行ってしまった。

間が持たない佐脇は、タバコを取り出した。応接テーブルには、昔ながらの南部《なんぶ》鉄の、いかにも重そうな灰皿とライターのセットが鎮座していた。使うのが憚《はばか》られるような、風格のあるヤツだ。

「先生。これ、使っていいですか？　いえね、聞き込みなんかで偉いヒトのオフィスに通されると、決まってこういう立派なライターがあるんで、一度こういうので火をつけたいと思いつつ果たせなくて。自分は、見た目よりずっと小心モノですから」

「いいよ。せっかくあるんだから使え。使わないライターなんか、月夜に提灯《ちょうちん》ってヤツだ」

「は？」

意味が判らない佐脇は首を傾げた。

「意味がない、ということだよ。相変わらずお前さんは基礎教養に疎《うと》いな。言葉を知らんと調書を書く時に困るだろう？」

お盆に湯飲みを載せて運んできた笠間が、顎《あご》で卓上ライターを示した。

「自分が扱うのは頭の悪い悪党ばかりなんで、ボキャブラリーは足りてるんです」

そんな事を言いながら、佐脇は見るからに荘厳な卓上ライターを手に取って、ボタンを押して火をつけた。

「けっこう重いですね。使うなと言わんばかりの」

相変わらず口が悪いな、と笠間は笑った。

「これは、ワタシが教師を辞めた年に担任だった時の連中が、翌年の修学旅行で行った岩手で買ってきてくれたんだ。いろいろあったクラスだったが、そういうクラスのほうが思い出に残るんだな。特に何も起こらなかったクラスは、忘却の彼方だ」

「で、私は不良品だったからよく覚えていると」

「その通り」

笠間はにっこり笑った。

雑談を続けたかったが、恩師が別件で人に会う用事があると言っていた事を思い出し、佐脇は本題に入った。横山美知佳を私的に後見して貰う件だ。

「ああいいよ。どうせ保護司の仕事は完全ボランティアだ。個人的に一人引き受けても、別段何の問題もなかろう」

「ちょっと今風の、手の掛かる女の子ですよ。問題行動に走る根っ子は一緒だと思いますが……」

「大丈夫だ。ワタシは、判らんモノは判らんとハッキリ言う。知ったかぶりして相手に迎合するのが一番悪い。コドモはそういうのを見抜くからな」

「仰《おっしゃ》るとおりです」

佐脇は頭を下げた。教師の頃は、ここまで生徒を理解していなかったはずだが、保護司としての経験を通じて、恩師の懐《ふところ》はさらに深くなったのだろう。

「話が決まったところで、どうです、久しぶりに一杯やりませんか？」

うん、と笠間の目は輝いたが、すぐに残念そうな表情を見せた。

「あ。すみません。お約束があるんでしたね」

「そうなんだ。せっかくなんだが」

笠間は一瞬落ち着かない表情になって、隣室に続く襖《ふすま》を見やった。

誰か先客がいるのかもしれない。保護司をやっている以上、いろいろ事情があるのだろう。

佐脇は気を利かせて、辞去しようとした。

「済まんな。ちょっと野暮用があるだけだ。それを済ませれば……そうだな、小一時間ぐらいしたらもう一度来てくれんか。ワタシもお前さんとは、いろいろ話がしたいんだ」

「ああ、判りました。では一時間後に」

恩師の前では極めて礼儀正しい佐脇は、玄関口でぺこりと頭を下げた。

では、と辞去しようとした佐脇だったが、ふと、あることが気になった。

「あの、先生。もしかして先生は、細島……いや、梅津靖の担任ではありませんでしたか？　もしくは生徒課の仕事で梅津の件に関わったとか」

笠間は、一瞬固まったように見えた。が、すぐに軽く頷《うなず》いた。

「如何《いか》にもそうだ。担任ではなかったが、生徒課の教師として、梅津の面倒は見たよ」

そうですか、と佐脇は納得した。

「いえね、ウチの高校でワルの面倒を親身に見ていたのは先生だけだったと思ったので」

では一時間後に、と佐脇は恩師の家を後にした。自分が直接は知らない梅津こと細島の高校時代について、笠間に詳しく話を訊こうと思った。


それから一時間、佐脇はその辺をブラブラして時間を潰したあとホクホクしながら、笠間の家を再訪した。

が。

玄関の前に立つと、刑事独特の勘が働いた。嗅覚と言っていい。

なにか感じるモノがあった。

玄関を入る前に、家の周囲を目視したが、外には異常はない。視線のようなものを感じて振り返ったが、空き地を挟んだ向かいの家の、二階のカーテンが揺れ、きらりと何かが光るのが見えただけだ。

て開いた。

「ごめんください」

声をかけて、ゆっくりと引き戸を開けた。さっきと同様、引き戸はちりちりと音を立てて開いた。

三和土も玄関口も、特に変わったところはない。

が、何度声をかけても、笠間は出てこない。

胸騒ぎは、確信に変わった。

佐脇は特に嗅覚が優れているわけではないが、血の臭いを感じた。

靴を脱ぐべきかどうか、少し迷った。家の中に賊が潜んでいる可能性を考えたのだ。

だが、その選択肢は捨てた。現場を汚さない方が賢明だろう。

靴を脱いで上がった佐脇は廊下に異常はないかと床を注視しながら、応接間に向かった。

ドアは、開いていた。

ドアノブには触れず、ドアの角を指先で引いて開け、中を覗き込んだ。

笠間が、応接テーブルに突っ伏していた。まったく動く気配がない。鮮血が、顔や首筋を真っ赤に染めている。血の臭いは、ここから漂っていたのだ。

「先生！」

不吉な予感が的中してしまった。

佐脇は、胸もつぶれそうな驚愕を抑えて、慎重に室内に入って、恩師に近づいた。

笠間の後頭部には、夥《おびただ》しい量の血が付着していた。一部はまだ流れていて、首筋から
カーペットにぽつりぽつりと滴り落ちている。

かすかな希望とともに、恩師の首筋に指を当ててみた。

だが、恩師はすでに、こときれていた。念のためにポケットティッシュを鼻に近づけて
もみたが、薄い紙は無情にも、微動だにしない。

すでに刑事の顔になっている佐脇は携帯を取り出すと、第一報を入れた。

「保護司の笠間啓助氏が自宅で殺されている。発見者はおれだ。たぶん、第一発見者だ。

現場は保存してある。至急、鑑識を頼む」


ほどなく、水野をはじめ、光田以下の刑事課オールスターがやってきた。

「なんだお前ら、雁首《がんくび》揃えてお出ましか」

「ウチは所帯が小さいからな。さすがに大久保課長は居残りだけど」

恩師の死を悼む教え子としての気持ちは押し殺し、佐脇は刑事として状況を説明した。

「被害者は、笠間啓助、ええと七十三歳のはずだ。高校の教職を退いたのち、現在は保護
司をやっている。被害者の家族にはすでに連絡した。旅行先から急遽戻ってくるそうだ」

だいたい判った、と光田は頷いた。

「で、犯人はあんたか？」

「おい、たとえ冗談にでもそんなことを言うな」

佐脇が光田にかいつまんで経緯を話す間、水野以下の刑事や鑑識は黙々と作業をした。

なるほど、と光田は頷いたが、いまひとつ納得していない顔だ。別段佐脇を疑っているわけではなく、なににつけストレートに受け取らないのが、この男の性分だ。

「お前さんの話が嘘ではないとすれば、その空白の一時間に笠間さんは殺されたことになるな」

「きちんと検死してくれれば死亡推定時刻はそうなる筈だし、おれのアリバイはこの辺をブラついていたから……通行人を捜すことになるな」

光田は、ふん、と面白くなさそうに鼻を鳴らし、部屋の中を検分した。

「凶器はこの灰皿だな。血痕が付着してるし」

佐脇の言葉に、光田が反応した。

「灰皿？　いまどきクリスタルの灰皿が凶器か？　懐かしの二時間ドラマかよ」

「だから、どこにクリスタルの灰皿がある？　南部鉄の灰皿だって言ってるだろうが！」

光田のひねくれた性格はよく判っているが、恩師の死の現場だというのに佐脇をからかうような、いわば「ＫＹ」な態度に、今日ばかりは腹が立って仕方がない。

そのうちに笠間の死体を検分していた検死官が声を上げた。

「下顎に軽度の死後硬直が始まってます。死斑は顔の頬部分に薄桃色のものが少数。この段階では死後一時間以内であろうかと」

光田は頷いている。本心では佐脇が犯人ではないと判っているのだ。

「犯人の遺留品は……あまり期待できませんね。あとは詳しく科捜研に送って分析しますが。カーペットについた複数の足跡は、どれもドアとソファを往復しています」

水野の報告に、佐脇と光田は同時に「外は？」と訊いた。

「逃走経路はまだ特定されません。特別変わった足跡はないところから、犯人は普通に歩いて現場から離れたと思われます。目撃情報を集めます」

「そうしてくれ」と、光田と佐脇は同時に答えた。

「それと、他の部屋はどうだ？」

佐脇は光田と一緒に応接間を出て、家の中を探索した。

笠間の家は、玄関から続く短い廊下があり、玄関から順番に応接間と仏間、廊下を挟んで台所と茶の間と夫婦の居室である和室があり、突き当たりにトイレと風呂と階段がある。階段の上には、和室が二部屋。独立した子供が使っていたのだろう。今は納戸《なんど》のように使われていた。

台所の流しには、飲んだ後の湯飲みが二つと、茶葉が入ったままの急須が一つ、洗う前の状態で置かれている。

「これはたぶん、おれのだ。おれが訪ねたとき、お茶をご馳走になったからな」

佐脇は光田や水野に説明した。

茶の間は、ちゃぶ台の上には今日の新聞が畳んで置いてあり、座布団は三枚出ている。

「家族は旅行中だと言ってたな?」

光田は佐脇に確認した。

「座布団が三枚と言うのは、来客があったとか?」

「普通、茶の間の座布団は出しっぱなしじゃないか? 笠間先生は子供たちが独立して、夫婦二人暮らしだったが、寝転がるときに座布団を枕にしたりもするだろうし」

佐脇はそう言いつつも、来客の可能性も考えた。自分が訪問したときに、笠間が一瞬、別室を気にする様子があったことを覚えている。が、それを今この場で言うべきかどうか。

箪笥や水屋はきちんと閉まっていて、物色された跡はない。

「物盗りのようには見えないね」

光田の見立てに佐脇も他の刑事も同意した。

「じゃあ、怨恨ってことになるか? 痴情のもつれというのは被害者が七十三だとシンドイな。保護司だけに、何か根に持ったワルが突然やってきて、お礼参りみたいにクリスタルの灰皿で」

しつこい光田に、佐脇も仕方なく突っ込んだ。

「だから、クリスタルじゃなくて、南部鉄だ」

ベテラン二人を尻目に、水野は、鑑識班を仕切ってテキパキと仕事を進めている。

それを見て、光田が皮肉っぽく言った。

「水野はよく働くな。お前の下に置いとくのは惜しい。もっと上に行ける人材なのに」

「なのに、っておれの下にいると浮かばれないみたいに言うな」

いつものやり取りなので、佐脇はオチをつけてやった。

「まあ、半分以上は当たってると思うがな」

笠間の遺体は解剖のために国見《くにみ》病院に運ばれ、収集された証拠類も鑑識に回された。

「じゃあ、おれたちは帰るが」

「ああ。おれは笠間先生のご家族の帰りを待つ」

佐脇は光田と水野、そして鑑識たちのチームを送り出した。

一人になった佐脇は、自分の目でもう一度、笠間の家の中を見て回った。

あの時、やはり、応接間の外には誰かが居たのではないか？　笠間本人が隣室を気にしていたのだ。

だが、家の中には、佐脇以外の来客の痕跡はない。科捜研が何か見つけてくれるかもしれないが、今のところ肉眼では何も判らない。

台所の様子も、何度も見直した。流しに出ているのは、佐脇自身が使った湯飲みだ。他に来客があったのなら、別の湯飲みが出ているはずだ。

佐脇がアポを取った時、笠間の携帯に別の電話が入って、『予定通りでいい』と笠間が相手に言っていた言葉は覚えている。その『予定』が、今日だったとしたら?

いろいろな可能性を考えていると、外で怒鳴るような声がした。

「佐脇巡査長! お願いします!」

家の外で警備をしている制服巡査が佐脇を呼んでいた。

「笠間さんのご家族がお戻りです!」

佐脇が慌てて家の外に走り出ると、タクシーを降りた直後の笠間家の人々が立っていた。恩師の夫人に、すでに成人している子供が二人。みんな一様に顔が引き攣《つ》っている。旅行先で夫、あるいは父親が殺されたという悲報に接すれば、当然だ。

「さ、佐脇さん! いったい何があったんです! どうしてこんな事にっ!」

恩師の妻・寿子《ひさこ》は気丈に振る舞おうとしているが、長年連れ添った夫が突然この世を去った、いや、殺されたという事実に強い衝撃を受けているのはハッキリと判る。顔色が、真っ白なのだ。

「お母さん、冷静になって。佐脇さんを責めても仕方がないから」

寿子に声をかけたのは、娘の範子《のりこ》だった。佐脇と同年配で、すでに嫁いでいる。その後には兄の良平《りょうへい》が控えている。こちらは佐脇より少し年配だ。

「状況については、電話でお話しした以上の事はまだ判っていません。警察としては全力で捜査していますから」

「だから、保護司なんて仕事、止めとけって言ったのに」

息子の良平が吐き捨てるように言った。

「相手は不良なんだから、何を根に持たれて逆恨みされるか判らないって、あれほど」

「良平さん、お言葉ですが」

佐脇が努めて冷静に話しかけた。

「お父上は、恨みを買うような人ではありませんでした。高校時代は厳しい先生でしたが、先生に怒られても根に持つ生徒はいませんでしたよ。怒られても、そのウラにある愛情をみんな感じてましたからね」

「それは佐脇さんの年代の生徒はそうだったかもしれません。でも今は時代が違うんですよ。今の若い連中には言葉も、そんな思いも通じないんじゃないですか?」

イヤそんなはずはありませんと言いかけて、佐脇は止めた。今、そういう言い争いをしても意味はないし、相手は悲しみで取り乱しているのだ。

「ご遺体は、さきほどご承諾を頂戴しましたので、国見病院で司法解剖に回されております。ご対面は明日以降という事になろうかと思います。幾つか、事件の証拠品としてお預かりしたものがあり、科学捜査研究所の方で詳細な分析が行なわれております」

どっちにしても、これ以上は立ち話では無理だ。

「今夜は、現場の保存の意味合いもありまして、申し訳ありませんが、ご自宅には入れません。宜しければ、こちらで今夜の宿を取りますが」

この宿泊費は警察持ちなのだろうか、それとも後から被害者給付金として弁済する形になるのだろうか、とふと考えてしまった。

「旅館で泊まるにしても、もうちょっと詳しい説明を聞かないと、今夜は眠れませんね」

良平が突っかかってくる。キツい物言いになるのも仕方がないだろう。

現場近くには警察のワンボックスカーを待機させてある。それで鳴海署に寄って詳しい説明をすべきだろう。その頃には解剖結果なども出てくるはずだ。


鳴海署の応接室で、笠間の遺族に対し、佐脇と光田が時系列に沿った詳しい説明をしていると、国見病院から司法解剖の暫定報告がメモの形で入ってきた。

「正式なものは文書にしますが、今のところ判明しているのは、死因は後頭部を鈍器で殴られた事による脳挫傷《のうざしょう》、および、後頭部からの出血多量による失血死。死亡推定時刻は、本日、十一月四日の午後六時から午後七時頃、ということです」

そこへ水野が入ってきて、二人の刑事を外へ呼び出した。何やら深刻な表情だ。

「少々お待ちください」

笠間の遺族を残して二人は廊下に出た。

「ちょっと困ったことに……実は、佐脇さんの指紋が卓上ライターから見つかりました」

「……ああ、そりゃあそうだろう。おれはあのライターでタバコに火をつけたから」

だが水野には全然安堵する様子がない。

「しかし、卓上ライターの底部にも被害者の血が付いているんです。後頭部の傷の形も、卓上ライターの底の形に符合します」

「おいおいおい。やっぱりお前、やったのか」

光田が佐脇を見たが、佐脇は、馬鹿馬鹿しい、と手を振った。

「卓上ライターからは、他の指紋が出ないんです。佐脇さんと笠間さんご夫妻以外のもの、ということですが」

「犯人が手袋をして犯行に及んだのなら、当然そうなるんじゃないのか?」

「その可能性は大いにあります」

水野は生真面目に頷いた。

「そして致命傷を与えたのは、ライターではなく灰皿のようですが、こちらからは佐脇さんの指紋は出ておりません」

「そりゃそうだ。おれは灰皿を持ち上げたりはしてないからな」

「おいおい。いまどきクリスタルの灰皿が凶器ですか？」

くだらない突っ込みをしつこく繰り返す光田に、佐脇もつい反応する。

「だからクリスタルじゃなくて、南部鉄だから」

「鑑識によると」

水野は、二人のベテラン刑事に説明した。

「被害者である笠間さんは、まず灰皿で、次いで卓上ライターで殴打されて死に至った事が判りました。灰皿で脳挫傷が起き、卓上ライターで裂傷を負って失血したと」

「ホシはわざわざライターでとどめを刺したってことか。けっこう粘着質というか、しつこいやつだな」

光田は佐脇を見て、言った。

「おれを見るな」

「しかも、灰皿で殴った時は手袋をしていて、次にどういうわけかわざわざ手袋をはずしてライターを掴んで、もう一度殴打したってことか？　なぜそんなことをする」

「だから、おれは知らんよ。それに、おれがやったとして、そんな面倒な真似をすると思うか？　手袋をハメたり取ったり。意味がわからん」

「言わずと知れた、捜査の攪乱《かくらん》じゃねえの？」

光田は意地の悪い目を佐脇に向けた。

「……ま、十中八九、お前さんがホシだ……なんてことは、まさかないだろうがな」

「当たり前だ。おれには動機がない」

「そんなものは、後から幾らでも考えつくだろ。おれたちが考えてやってもいいんだぜ。検察の連中なら、もっと説得力のある動機を思いついてくれるだろうし」

「そのへんにしとけよ、光田。青あざ作った顔で笠間の奥さんの前には出たくないだろ」

わかったわかった、と光田は両手を挙げた。

「しかしまあ、ウチとしては、お前を重要参考人のリストに入れざるを得ないし、今日にも捜査本部《ちょうば》が立つと思うが、外れてもらうことになるだろう」

「勝手にしろ！」

佐脇は言い捨てて、その場を離れようとしたが、笠間の遺族を放り出す訳にはいかない。

「重要参考人がご遺族の世話をするってのも、相当な話だな、おい」

だが、佐脇にしてみれば恩師の遺族なのだ。できるかぎりの気遣いはしたい。

結局、娘の範子が母親に付き添って一緒に泊まることになった。息子の良平は自らの家に戻って頭を冷やしたいと言った。

佐脇は、寿子母子を鳴海市で一番いい宿泊施設である、鳴海グランドホテルに案内して、ポケットマネーで宿代を支払った。警察の現場保存が解除になっても、忌まわしい事件が起きた家には戻りたくないと思うかもしれない。その時は、佐脇が最後まで面倒を見るつもりだった。

「ありがとうございます。こんなに気遣っていただいて」

ホテルのロビーで、寿子はしみじみとした口調で佐脇に礼を述べた。

「でも、佐脇さんのせいじゃないんですから……私たちは、自分のことはやれますので」

そう言われた佐脇は、仮に自分が笠間に会いに行っていなければ、この殺人は起きなかったのではないかと、ふとそんな気がした。

何か根拠があるわけではないのだが。

「凶器の一つであるライターに、自分の指紋が付いてるんです。もちろん自分は」

「判ってますよ。あなたは、教え子の中でも、主人とは本当に仲が良かった。佐脇さんを疑ったりするわけがないじゃありませんか」

「自分は、必ず、犯人を挙げますから。自分の命に代えても」

「どうかお願いします」

寿子と娘の範子は、佐脇に深々と頭を下げた。

こういうウエットな場面は苦手なのだが、笠間の事を思えば逃げるわけにはいかない。

佐脇は、母子をラウンジに案内して、ナイトキャップを飲ませた。せめてゆっくり眠れるようにと思ったのだ。

お付き合いでカクテルを数杯飲んで、佐脇が署に戻ってくると、篠井が待ち構えていた。

「ああ、そっちの件か。悪いが、明日にしてくれないか」

「ええ、承知しています。被害者は佐脇さんの恩師の方だとか。お悔やみ申し上げます」

篠井は頭を下げた。

「報告だけ聞いてください。悪いハナシではないんです。ちょっとは佐脇さんの気持ちが晴れるかと思うので。横山美知佳の示談が成立しました」

おおそうか、と佐脇の顔は綻《ほころ》んだが、次の瞬間、どうしたものかという表情になった。

「ああ、そうだったんですよね。亡くなられた笠間さんに、横山美知佳を頼もうと」

「そうなんだ。まさか、その線が犯行と繋がるって可能性は……ないか」

篠井もしばらく考える様子だったが、やがて首を横に振った。

「今のところ、考えにくいのではないかと」

「まあ、よかったじゃないか。釈放は明日か？」

はい、と篠井は答えた。

「明日、示談の合意文書が正式に出来上がりますので、それを家裁に提出してからになります。示談の詳細については判りませんが」

「いいさ。どうせ横山の親は最初から札束で頬を張るつもりで、小学校のセンセイも、取れるものなら一銭でも多く取る気マンマンだったから、すんなり金額が折り合ったんだろ」

佐脇は、まだ残っていた大久保刑事課長に、二つの件を事務的に報告した。

「うん、ご苦労様。今日は大変だったな。君の指紋が出たのはまあ、君の言い分を信じるなら、たまたま君がガイシャの家に行った日に犯行が重なるという、いわば不幸な偶然か。あるもんだよ、そういう事は。とにかくもう帰って寝ろ」

了解しました、と佐脇は素直に受け取って自宅に帰った。

今夜ばかりは外で飲んだくれる気にならず、六畳一間の万年床に座り込んで、前後不覚になってしまうまで焼酎を飲み続けた。

＊

笠間啓助殺害事件については、光田の言った通りに鳴海署内に署長指揮の捜査本部が立ったが、佐脇は捜査から外された。

被害者との個人的関係、そして最後に会ったのも、第一発見者も佐脇だった以上、冷静で公平な捜査は出来ないと思うのが普通だろうから、それは仕方がない。だが遺族との約束もあるので、佐脇は自分一人で動いてでも、犯人を見つけ出すつもりでいた。

そのためにはまず、横山美知佳の件を片付けてしまわなければ。

一夜明けて、弁護士からは示談に関する合意文書が上がって来たので、家裁や地検と合議のうえ、美知佳の釈放が正式に決定した。

「示談の条件として、実家に戻って生活を改めるようにという条項が入ってるが」

佐脇は留置場から鳴海署の会議室に美知佳を呼んで訊いてみた。

「お前さんは実家に戻る気はないだろ？　形だけ戻っても、その一分後ぐらいにはまた家出するつもりでいるよな？」

何をわかりきったことを、という目で美知佳は、佐脇の顔を見ている。

「で、たぶんアンタのおふくろさんも、同じ気持ちだと思うぜ。一緒に暮らすのは何かとカドが立つ。一人で暮らしてくれないかって。この前、アンタの実家に行ってきたんだが」

佐脇の言わんとするところを、美知佳はたちまち理解した。

「じゃあ、釈放はナシってこと？」

「いいや。とりあえずこの条項は被害者側が、とにかくアンタの監督責任について一筆入れて貰わないと困ると強硬に主張したから示談書に付け加えられたんだ。アンタを児童保護施設に入れるという選択肢もあったが、そいつは採らない。思うに、アンタには、事件を起こす前の暮らしが一番合ってたんじゃないのか？　おれとしては、ハナから示談の合意を破れとは言えないが、実行出来ない合意を勝手に作って押しつけても意味はないからな」

「じゃあ、どうするの？」

佐脇は、横にいる篠井に目配せした。

「とりあえずは、おれたちがお前さんの監督をする。本件は事件になっていないから、保護司も付かないし保護監察官の指導監督及び補導援護もない。しかし、お前さんを野放しにする訳にもいかない。これからはお互いの信頼関係の問題になる」

美知佳はしばらく無言で佐脇を見つめていたが、やがて、こくんと首を縦に振った。

「判った。で、具体的にはどうなるの？」

「さしあたり、おれたちがたびたびお前さんの部屋に行く。その時は面倒がらずに付き合ってくれ。茶でも飲んだら帰るから」

判った、と美知佳は頷いた。

「で、こっちの方が大事なんだが。釈放する以上は、お前さんは非を認めて、被害者の佐々木さんに謝れ。暴力を振るった事実について、謝罪するんだ」

それを聞いた瞬間、美知佳の顔には皮肉な笑みが浮かんだ。

「嫌だね。絶対に謝らないから」

「そういうとは思ったが……」

いつもならどやしつけて、相手の胸ぐらを摑んで数発はぶん殴る佐脇だが、相手は未成年の少女だ。いつものチンピラ悪党のタグイではないので、勝手が違う。

「まあな。結局のところ事実関係がハッキリしないままだし、被害者の主張にもウソが多いように感じるが、しかしアンタが被害者をボコボコにした事実は厳然とあるわけだ。どんな場合でも、問答無用の暴力は許されないだろ？」

美知佳は表情を変えずに無反応になった。篠井も諭すように言った。

「あなたも事件については完全黙秘を貫いてしまったし……被害者が主張するオヤジ狩り、もしくは衝動的暴力ではないのかもしれないとは私も思うんだけど、あなたが何も話してくれない以上、私たちにもなにもできないのよ」

「あのな。こういう事をおれが言うのは問題あるんだが……形だけでも頭を下げとくのはどうだ？　薄汚いオトナの遣り口だと軽蔑《けいべつ》するかもしれないが、このままだとアンタの示談は破棄。釈放も当然無し、事によったら成人と同じ扱いの刑事裁判になるかもしれん。悪い方に転がるばかりだぞ」

美知佳はしばらく無言のままだったが、「形だけでいいのなら」と、不承不承という感じで、やっと応じた。

被害者・佐々木英輔の弁護士は、弁護士法人細島法律事務所の鳴海支社に所属する弁護士なので、佐脇や美知佳は鳴海署から直接、細島の事務所に出向いた。

そこには、一足先に到着していた美知佳の母親とその弁護士もいて、「謝罪と手打ち」の儀式になったのだが、美知佳はほんの数センチほど顎《あご》を引いて、口の中でブツブツとなにやら呟《つぶや》いただけだった。それを篠井由美子が『通訳』して、謝罪はなんとか終わった。

極悪な態度の美知佳とは対照的に母親である紀和子は、商売と世間体のためなら頭なんか幾らでも下げますという「腰の低い名士」の面目躍如で、ぺこぺこと頭を下げて愛想を振りまいた。しかし、この場に美知佳の父親の姿はない。

「では、今後の美知佳さんの更生を祈る意味でも、全員で握手して終わりにしましょうか」

佐々木側の弁護士の提案で、みんなが手を差し出したのだが、美知佳だけは頑として握手をしようとはしなかった。「ちょっと、あなた、みなさんに失礼でしょう」とうろたえた紀和子が囁き、佐脇も小声で「ほら、手ぐらい握ってやれ」と言ったのだが、ダメだった。こうなると美知佳は意地でも意志を曲げない。

「まあ、こういう事は無理強いしてもアレですので……警察としても、今後、出来るだけのフォローはして参りたいと、かように思う次第でありまして」

なんだかよく判らないスピーチをして、佐脇は強引にその場をまとめてしまった。

事務所の外に出た途端、紀和子は一転して険《けわ》しい表情に変わり、以後、実の娘とは一度たりとも目を合わさず、自分のＢＭＷに乗り込むとさっさと帰っていった。

「ほら、お笑い芸人のコントで、凄く怒った顔して相手を睨《にら》みつけて、逆ギレしながら謝るっていうネタがあったろ。さっきのお前さんはまさにそれだったな」

美知佳の部屋に送り届けるために、佐脇が公用車を運転した。

鳴海市の中心街から少し離れた、バイパスにほど近い再開発地区に、美知佳の住み処《か》があった。再開発以前のゴミゴミした街の時代から建っているみすぼらしい、築四十年は超えようかという木造アパートだ。

少し離れた場所に車を駐め、ここでいいから帰ってくれという美知佳をかなり強引に説得して、男女二人の警官は部屋の入り口までついて行った。

美知佳はマンションの鉄の外階段を身軽に登ってゆく。返却した私物のリュックから取り出したカギでちゃちな扉を開けると、そこは一畳半ほどの板の間で、左側に申し訳程度のキッチンがついている。右側にあるのはトイレか、それともユニットバスか。板の間の向こうにすりガラスの障子で仕切られた和室があった。

日に焼けた四畳半にはキャンプで使う薄いマットレスに寝袋、簡単なテーブルがあるだけ。しかし、部屋の隅には、巨大なタワー型のパソコンと大きな液晶ディスプレイがあり、テーブルにはキーボードとマウスがあった。よく見ると、テーブルの下にはノートパソコンまである。

「おいおいテレビも冷蔵庫もなしか？　パソコン以外は刑務所みたいな部屋だな」

なるほど留置場に文句を言わなかったわけだ、と佐脇はつい思ってしまった。

「料理はしないしテレビは見ない。でもお風呂はついてるからね。この部屋」

それが何だと言わんばかりに美知佳は答えた。

「このあたりなら家賃は月三万ってとこか。お前さんを崇拝するゲーマーに聞いたんだが、ゲームをやるだけでカネが入ってきて、その上がりで暮らしていけるもんなのか？」

誰のことを言ってるのか知らないけど、と美知佳は答えた。

「あたしのことなら、生活費はほとんどかからない。食べるものが買えて、家賃と光熱費が払えて、パソコンの最新機種を買えて、光回線の料金が払えればそれでいいから」

なんだかんだと言いながら自宅に戻れてほっとしているのか、美知佳は、声が柔らかくなっている。

まっすぐ部屋の中に向かった美知佳を見て、お茶でも出してくれるのかと一瞬期待したが、スイッチを入れたのがガスコンロではなくパソコンだったので、佐脇と篠井は「ダメだこりゃ」と、早々に退散することにした。

＊

その日の夜。

鳴海署刑事課では、美知佳の件が一応片付いて、佐脇は溜まりに溜まった書類を整理していた。広い部屋には佐脇一人。他の刑事は捜査で出払っている。いつもなら事務処理や書類作成を任せている水野も、笠間殺しのヤマの担当になって、聞き込みに回っている。書類と言っても、今はその大半がパソコンで処理されるから、各種報告書もパソコンで入力する。佐脇も二本指でパタパタとキーボードを打つ。

パソコンは官給品のノートパソコンだが、無線ＬＡＮで繋《つな》がっている。温厚で部下の言うことには意外と耳を傾ける大久保が水野の進言を容れ、水野が安い無線ＬＡＮのパーツを探してきて署の予算で買わせ、刑事課の部屋からのたくったケーブルを一掃したのだ。

刑事と言えども今やネットは必需品だ。仲間内の情報交換もメールでやるし、出先で確認したいことが出来た場合にも重宝だ。基本的にハッキング防止のために警察のデータベースは独自のネットに繋がっており、インターネットからはアクセス出来ないのだが。

一段落した佐脇が出前のチャーハンをスープで掻き込んでいると、メール着信を知らせる音が鳴った。

なんだまた援助交際を勧誘するジャンクメールかと思いつつメーラーを開いてみると、差出人不明の怪しげなメールが届いていた。

タイトルが『みるべし』だったので、どうせエロサイトにでも誘導しようとするおとり画像に決まっている、中身を見ないまま削除してしまおうかと思ったが、一見ジャンクメールのようでも、読んでみるとタレコミだったりする場合があるので気が抜けない。

チャーハンの皿を脇に押しやり、メールを開けてみた。

「お！」

思わず声が出た。

メールに添付されていたのは、いわゆる「児童ポルノ」に分類される写真だったのだ。どう見ても子供……小学生から中学生くらいまでの女の子の裸の写真だ。下着姿のものから全裸のものまで。明らかに性行為のあとの写真も混じっている。しかも、その写真に写っている少女の全員が、怯えていたり恐怖に顔を引き攣らせていたり、中にははっきり泣いている様子が判るものさえある。

強姦の途中、および行為が終わった直後を撮影したものではないかと思われた。

なんだ、このメールは。どういうつもりだ？

が、このメールには数個のファイルが添付されているだけで、送り主が書いた文面はなかった。

佐脇は添付ファイルを全部ダウンロードして、一つ一つ開いていった。

胸の痛む画像をいくつも目にしたあとで、突然、文書ファイルが画面にあらわれた。

そこに書かれている内容は驚くべきものだった。

「四月十三日　鳴海中央公園のトイレ　小学五年生　泣き叫ぶが、コロスと脅すと静かになった
四月三十日　ヴィヴィエ鳴海店四階トイレ　中学二年生　処女じゃないので驚いたが、フェラチオをさせてから生ハメ
五月三日　港公園　小学六年生　最中に友達が探しに来たのがヤバい　後ろから」

なんだこれは、と唸《うな》るしかなかった。

もしも文面が画像と関連しているとすれば、これは強姦日記だ。しかも、小中学生だけを狙った、もっとも悪質な連続強姦魔の。

佐脇は、夥《おびただ》しい数の添付画像を一枚ずつ丁寧に見直していった。

と……。

駅の多目的トイレとおぼしき場所で撮られた写真には、少女を犯している最中の犯人の姿が写っていた。いわゆるハメ撮りをしているのだが、室内にあった鏡に、行為の最中の己が姿と顔がハッキリと映ってしまっているのだ。

それは、カメラを構えて鏡の映像を撮影している佐々木英輔に他ならなかった。

洋式便器の蓋を閉め、その上にまず自分が座り、その膝の上に少女を座らせて両脚を広げさせ、うしろから背面座位の体位で犯している。少女は顔を背けているが、佐々木の太いペニスに無残に蹂躙される幼い秘唇も、前を開かれたブラウスから覗く、ふくらみきっていない胸も、すべてがあからさまに鏡に映し出されている。

佐々木はなんとも下劣な笑みを浮かべながら勃起したペニスで少女を下から貫き、左手では少女の桜桃のような乳首をつまみ、右手にはカメラを構えたまま、恍惚として鏡の中の少女に見入っている。

佐脇は黙って受話器を取り、刑事課長の大久保の自宅に電話を入れた。

「夜分どうも。佐脇です。先日の横山美知佳の件ですが……あの事件の被害者である佐々木英輔を、連続少女強姦事件の犯人として逮捕したいと思います。たった今、動かしがたい証拠が出ました」

強姦事件は親告罪だが、被害者が十二歳以下の場合はその限りではない。警察の判断で立件出来る。

「今のところ被害届は……二件出ていますが、証拠となる写真から判断すると、少なくとも十件以上はある模様です。佐々木を緊急逮捕すべきです」

黙って聞いていた大久保は、今から署に戻る、と返事した。

　それからは大騒ぎになった。生活安全課から篠井も駆り出されて、被害届が出ている少女の写真と、佐脇に送られてきたファイルを照合し、精査した上で、佐々木英輔に任意同行を求めた。

「この日記は……ボクが書いたモノかもしれないけれど、完全な空想の産物ですよ。小説みたいなもので。だいたい、書いたことだって忘れていたくらいなのに」

　最初はのらりくらりと否認を続け、警察の横暴を非難していた佐々木だったが、文書のあと、自分も写った画像という動かぬ証拠を突きつけられると一転、顔色を失った。

「まさか……これだけはさすがにヤバいと思ったから、ネットにも上げなかったしメールで他人に送ったこともないはずなのに……どうしてこれが警察に……」

「さあねえ。アンタのようなヤツを野放しにしてはいけないと思った、神の仕業《しわざ》かもしれないねえ」

　そう言いつつ、もしかして美知佳は佐々木のこの悪業を、最初から知っていたのではないか、という疑惑が佐脇には芽生えていた。

　人に見せることのできない写真を撮られ、恐怖と恥辱のあまり訴え出ることも出来ない……そんな少女たちに成り代わって、美知佳自身が佐々木英輔に天誅《てんちゅう》を下したのではないか？

　しかしこの被害は連続強姦事件として報道はされていない。それどころか事件の存在自体知られていないはずだが、美知佳はどうして知ったのだろう?

佐々木英輔が一連の未成年者への強姦を自供して逮捕されたのは、その日の深夜だった。

佐脇は、被害者から一転して容疑者として逮捕された佐々木を勾留したのち、美知佳のアパートに行ってみた。

午前一時を回っていたが、窓には明かりがついている。まだ起きていて、パソコンでゲームでもしているのだろう。

ドアチャイムを押すと、そのままドアが開いて、無愛想な美知佳が顔を出した。

「お前さんに知らせておきたいハナシがあってな」

彼女は黙って身体をずらした。佐脇を中に入れてくれるつもりなのだろう。

「佐々木英輔のことなんだが……さきほど容疑を自供したので逮捕した」

美知佳は無言のまま、テーブルにすわった彼の前に缶コーヒーを置いた。

「匿名のメールが来て、それが決定的な証拠になった。どうやら佐々木英輔のパソコンの中身が吸い出されて、そのままメールに貼り付けられておれのところに送られてきたんだ」

美知佳は無言で聞いていた。

「とにかく、あの佐々木は卑劣なヤツだ。小学校の教師のクセに、小学生から中学生まで、小柄で弱そうな女の子ばかりを毒牙にかけて……詳細な記録までつけていた。あとから思い出して楽しむためだったんだと。おれは吐き気がしたね」

美知佳は、聞いているのかいないのか、佐脇が話している内容を理解しているのか、まるで無反応だ。

だが、佐脇は構わず話し続けた。

「それでふと考えたんだ。お前さんは、佐々木の犯行を知ってたんじゃないかってね。どう調べても、お前さんと佐々木に接点はない。物盗りでもない。ただの鬱憤《うっぷん》晴らしに襲ったにしては、お前さんには前科前歴がないし、暴力的な性格だという証言もない。お前さんが佐々木を襲う理由は、まったくないんだ。この事件を除いてね」

「警察は、女の子たちがひどい目に遭ってるって、気づいてたわけ?」

初めて美知佳が口を開いた。

「いや……お恥ずかしい話、佐々木はまったくノーマークだった。一見、爽やか青年教師という印象で、弁も立つし校長や保護者の受けも良かったからな。被害届が出ていたケースもあるんだが事実上、放置状態だった。被害届自体、交番に出された痴漢被害程度のものので、生活安全課が軽視していたんだ。被害者が小学生ということを、もっと重く見るべきだったんだ。佐々木は女の子たちの写真を撮って、警察に言えば、この写真がネットに出回ってみんながきみの恥ずかしい姿を見ることになるよ、と脅していた。だから女の子も、本当は何をされたか、それを親にさえ言えなかった。二件の被害届が出たあと、後続がなかったこともある。いや、何を言っても言い訳にしかならないんだが」

佐脇は、美知佳にぺこりと頭を下げた。

「いろいろと、済まなかった。君にしてみれば、筋違いの追及や説教をされて、さぞかし腹が立ったことだろう。ほんとうに悪かった」

佐脇は、相手の少女がもっと怒れば、手をついて謝るつもりだった。佐脇自身、美知佳の起こした事件は単純な暴行傷害ではなく、何か別の動機があると引っかかりを感じていたのだが、その線を追わず、ファイルが送信されてくるまで何も判らなかった。それが悔しい。

と……。美知佳が立ち上がり、彼の目の前にきた。と思ったら、顔を近づけてきた。

次の瞬間、頭をがっしりとつかまれ、美知佳の大きめの口が佐脇の唇をとらえていた。

激しい、攻撃的なキスだった。

食われる……なぜかそんな恐怖さえ感じた。

女に関しては場数を踏み、海千山千の佐脇が、年甲斐もなく、起きていることに呆然としていた。何を考えているかまるで判らず、予測のつかない行動をする美知佳だが、さすがにこの事態は予想の斜め四十五度上というか、佐脇の理解を完全に超えるものだ。

頑強に他人とのコミュニケーションを拒否する少女が、自分のような、こんなムサいオッサンに……。

佐脇の驚愕をよそに美知佳はキスを続け、自分のシャツの前をはだけた。毟《むし》り取るようにボタンをはずす音が深夜のアパートに響く。ボタンの付いたシャツを脱ぎ捨てると、その下は裸だった。小ぶりな乳房が震えている。

いかん。

佐脇は美知佳から離れようとした。何と言っても、相手は未成年だ。それに、彼女はまだ信用出来ない。何を考えているのか判らないから、これ以上のことをして、後から攻撃材料にされないという保証はない。

が、そんな佐脇の困惑を気に掛ける風もなく、美知佳は自分から躰《からだ》を寄せてきた。乳房を彼に密着させ、華奢な手は股間に伸びた。

まるで、手練れの商売女のように、ズボンの上から佐脇の分身に触れ、しごこうとした。

「君は……」

声がかすれた。

熟女好きの佐脇にとって、美知佳はコドモ過ぎて性欲の対象になりにくい。おまけに、がりがりで痩せっぽっち、貧乳と言ってもよい体型も実年齢以下にしか見えない。とは言

 っても、ひたむきにキスをし、舌を入れてきて絡め、佐脇に触れてくる美知佳のひたむきさは本気としか思えなかった。その気になっている女を前に、保身を考え、警戒し、裏切られるのではないか、などと心配している自分が、突然ケチくさく思えて嫌になった。

ええいままよ。毒を食らわば皿までだ。今までにおれが据え膳を食わなかったことが、一度でもあったか？　実は何回かあったのだが、それについてはこれからの展開を自分に正当化するために都合良く忘れることにした。

毒入りだってかまうものか、と佐脇は美知佳を万年床に押し倒した。

この子はもしかして、この方面でも「いけないアルバイト」をしてるんじゃないかと思えるほどに、指遣いが巧い。むくむくと大きくなっていくのが判る。

美知佳は大きな目を開けたまま、下から佐脇を見上げている。

不貞腐れているのではなく、どこか一途な感じすらある。

それを見ると、佐脇の男の血が、逆流した。

せき立てられるように自分も服を脱ぐと、少女に重なった。

もう、なにもしなくても、臨戦態勢になっていた。

どう考えても異常な状況のせいか、それとも得体の知れない少女が相手のせいか、佐脇の経験豊富なオジサンの余裕は完全にけし飛び、早くこの肉体を克ち得ないとどこかに消え去ってしまうのではないか、という不安に駆り立てられていた。

ペニスを宛てがった入り口は、硬かった。

美知佳の全身は強ばり、特に秘腔は硬く閉じている。だがことここに及んで引き返すのは無理だ。

全身の体重と力をかけて、佐脇は少女の中に突入した。

と、まるで関門を通過したように、ずるっという感触とともに、急にスムーズに奥へ進めるようになった。

入り口の関門を越えたあとは、比較的すんなりと入っていった。なにやら温かいものも流れ出したような感触があった。

もしかして、この子は……。

「君は……はじめてなのか？」

無粋だが、そう聞かざるを得なかった。

「だから何？」

美知佳らしい、無愛想で怒ったような声が返ってきた。

彼女の中は狭く、彼の怒張しきったものはまるでトンネル工事を掘り進むシールドマシンのように、じわじわと奥に進んで行く。

肉棒は少女の果肉にしっかりと包まれ、締めつけられている。

美知佳は、懸命に平静を装っているが、その顔は強ばっている。痛みを懸命に堪えているのがはっきりと判る。

額《ひたい》にも脂汗《あぶらあせ》が浮いている。だがその視線は一瞬も揺らがなかった。タフな子だ、と佐脇は内心感じ入り、処女ならもっと痛くないように、他にやりようもあったのに、と後悔した。初めてだと知っていればこんな事態にはなっていないのだから、それを考えても意味は無いのだが。

佐脇も、処女を相手にするのは久しぶりだった。腰を少し動かすと、全部の肉襞がすべてついてきそうなほどに締めつけていた。

彼は、そろそろと腰を動かした。グラインドするのは無理だ。ただピストンするのが精一杯だ。

「……う」

痛みのせいか、ついに美知佳は声を漏らしたが、彼女の躰からはだいぶ強ばりが消えていた。とは言え、下腹部の腹筋が緊張している様子はいじらしく、健気《けなげ》だ。

それを感じると、佐脇には倒錯したような痺れるような快感が突き上げてきた。

まだ熟していない乳房を、下からすくい上げるようにして揉みしだく。

豆粒のような乳首は硬く勃っているが、それを摘んでも、少女はびくっとする驚きの反応は示すが、快感を得ているようではない。

果肉もまだ狭く、ぎりぎりという感じで締めつけてくるばかりだ。

佐脇のペニスが動き過ぎて痛いのか、それとも、未開発の性感を刺激されて気持ち悪いのか、少女は逃げるように背中を反らした。

その光景に佐脇はより興奮し、奥底深くから湧き出したマグマが噴出寸前になってきた。

「あ」

次の瞬間、佐脇は全身をがくがくと痙攣させ、熱くて濃いエキスを、少女の花芯深くに注ぎ込んでいた。

「君がはじめてだったとは、想像もしてなかった……」

コトが終わってから、佐脇は、かなり後悔していた。だが美知佳は気にしていない様子だ。

「どうせいつかはやることだから。だったら相手は自分で選んだほうがいい」

さっさと立ち上がり、ユニットバスに向かいながら、ぶっきらぼうにそう言った。

その細い背中と小さなヒップ、すらりとした両脚を佐脇は眺めていた。華奢だが、筋肉はほどよくついている躰だ。世間に流通しているパソコンおたくのイメージとは異なり、躰を動かすことが好きなのかもしれない。

「きみ、なにかスポーツをやっているのか？」

洗いざらしのバスタオルを手に取った美知佳は振り向いた。

「ジムに通うお金がないから時々走ってる。それが何か?」

「格闘技が向いているかもしれないな。護身術を教えてやろうか?」

「考えとく」

美知佳はユニットバスの扉をばたん、と閉めた。

第四章　過去の深淵

翌日。佐脇は昼前に刑事課に顔を出した。

大幅な遅刻だが、前夜は連続少女強姦魔の逮捕で日付が変わるまで働いていたのだから
と、佐脇は大手を振って出勤した。

するとと、刑事課長の大久保が深刻な顔で佐脇を手招きする。

「なんですか。遅刻の累積で罰ゲームですか？」

会議室に呼び込まれた佐脇が後ろ手にドアを閉めるのを確かめた大久保は、難しい表情
で口火を切った。

「佐脇。困ったことになった。お前が笠間殺しのホシだという目撃者が現れたんだ」

「は？」

佐脇はまるで意味が判らず、聞き返した。

「つまり、正確に言えば、お前が犯人としか考えられない傍証となる目撃証言だ」

「なんのことです？　おれが卓上ライターを恩師の後頭部に振り下ろしているのを目撃し

たとか?」

馬鹿馬鹿しい、と佐脇は首を振ったが、大久保は手帳を広げてメモを読んだ。

「笠間さん宅の近所に住んでる老婆の証言だ。午後五時にお前が笠間さん宅に入って以降、光田たちウチの署員が駆けつけるまで、人の出入りはなかったんだと。それに、お前が言った通り、窓越しに、お前が卓上ライターを持ち上げてる姿も見たとまで言っている」

「その婆さんが呆けてるんだ! 痴呆老人ですよ! 冗談じゃない」

佐脇は吐き捨てたが、大久保の険しい表情は変わらない。

「そもそも、今ごろどうしてそういう証言が出てくるんです? 光田たちが近所の聞き込みをした時は、そんな話、全然出てこなかったじゃないですか!」

「あの時は、自分の目撃したことに自信がなかったのと、年寄りで、恐ろしい殺人事件の関わりになるのが恐かったのだそうだ」

「まったくのデタラメだ! その婆さん、おれが一度家から出て、犯人の出入りがあって、またおれが訪ねたその間、居眠りしてたかトイレに行って長時間気張ってたんでしょうよ。ボケ老人なんか、ナニを言い出すか判ったもんじゃない」

「しかし、警察としては如何《いか》なる証言も無視出来ないと言うことは、お前もよく判っているはずだ」

「それは判ってますがね、ああだこうだ言う前に、その婆さんの証言を調書に……それは、婆さんが署に来て喋ったんですか？　それとも電話かなんか？」

「……電話だ」

「じゃあ、婆さんの参考人供述調書をきちっと取るのが先決じゃないんですか！」

まるでオハナシにならない、と佐脇は言いきった。

「おれをどうする気です？　そんな婆さんのタレコミ電話だけでクビには出来ないし謹慎にも休職にも出来ませんよね。昨夜の事件もあるし、仕事に戻りますよ。いいですね！」

ずっと大久保とは良好な関係でいたのだが、どうやらそれもこれで終わりのようだ。

上層部に反抗的な異端の立場にいると、自分の敵を嗅《か》ぎ分ける能力に長《た》けてくる。たとえば口は悪いし好意的でもないが光田は敵ではない。だが自分を無視して敵視すらしている他の連中は違う。そんな中で大久保は例外中の例外で、好意的な上に、仕事上も協力的ですらあったのだ。戦力になる部下は好き嫌いは別にしてこき使うのが上司だろうが、大久保の場合は人間的な繋がりを持とうとするようなところがあったのだ。仕事を離れてもプライベートで付き合える関係、とでも言うか。

しかし、一体何があったものか、そういう雰囲気はまったく消し飛んでしまった。一本のいい加減な目撃証言の電話だけでそうなってしまうほど、警察における人間関係はヤワではない。女子中学生同士が些細なことで仲違《たが》いするのとは訳が違うのだ。

大久保は抽出《ひきだし》から書類袋を取り出した。

「国見病院からの、正式な司法解剖の死体検案書だ。速報と同じく、死因は後頭部を鈍器で殴られた事による脳挫傷、および、後頭部からの出血多量による失血死。死亡推定時刻は、午後六時前後。防御創は見つかっていない」

大久保は、じっと佐脇を見つめた。

「で?」

「一つの仮説が成り立つ。お前さんが一度現場を立ち去ったというのが実は嘘で、被害者の油断に乗じてテーブルにあった卓上ライターで殴打。そのまま第一発見者を装った」

そう言って大久保は佐脇を凝視《ぎようし》した。

「だったらおれの指紋がついてなかった南部鉄の灰皿はどうなるんです? いや、それよりおれの動機は? おれが恩師を殺害する動機はなんです?」

「科捜研によれば、傷口の形状から見て、あの灰皿による殴打が致命傷になったようだが、まず卓上ライターで殴打したあと、とどめを刺そうとして、ハンカチかなにかで灰皿を持って凶行に及んだ。ライターについては普通に使うモノだから指紋が残っていても不自然ではないとして、そのままにした」

「なるほど。で、肝心の動機は?」

佐脇は挑発するように大久保を問い詰めた。

「さあな。動機なんてものは、いくらでも作文出来る。おれたちが思いつかなくても、頭のいい検事サンが考えてくれる。今更そんなこと言うなよ。お互いさんざんやってきたことだろ」

大久保が逆襲してきた。

たしかに、犯行の動機については、容疑者自身がはっきりと言葉に出来ない場合も多い。そういう時は、調書を書く刑事や検事があれこれ考えて補足するケースもある。特に「激情のあまりの犯行」とか「積年の恨みつらみ」となると、明確にこれだと言える直接的な動機を容疑者が述べられない場合も多い。容疑者の動揺が続いて冷静に考えられないケースもあるし、精神状態が正常ではない場合もある。それにつけ込んで、自分の描いた筋書きに当てはめて調書を作り、動機まで勝手に考える刑事や検事もいる。佐脇自身、そういう覚えはある。

だが、今回は動機も何も、そもそもやっていないのだからとんでもない話だ。

「とりあえず、その婆さんの参考人供述調書はきちんと取って、きっちりそのウラも取ってください。その上でおれを疑うなら結構。こっちも徹底抗戦しますよ。でまあ、そっちが何かするまでは、おれは今まで通りに仕事しますから」

では、と佐脇は一方的に会議室を出た。

鳴海署の中で、大久保以外に佐脇犯行説を採る人間は今までいなかったはずだ。だが、刑事課長の意見なら、それに従う人間も増えてくるだろう。

それに、モタモタしていると捜査本部《ちょうば》が署内のものではなく本庁との「共同捜査本部」になって、本庁の刑事が乗り込んで来る。そうなると、余計な口を挟むヤツが増えて、やりにくくなる一方だ。


笠間の遺族のことが気になった。笠間の教え子だった佐脇が犯人だと聞かされれば、佐脇を昔から知っている笠間の妻、寿子は心を痛め、動揺するだろう。自分の口から事情を説明しておくべきではないか。

笠間の妻と娘が泊まっている鳴海グランドホテルを訪ねると、二人は外出していた。行くところと言えば、他にはない。

果たして、母娘は、笠間亡き後の自宅にいた。

現場保存のために、家の周囲には黄色いテープが貼られ、出入りは厳しく制限されている。母娘は、警官立ち会いの下で、自分の衣類と貴重品を取りに来ていたのだ。

「いつまでこういう状態なのでしょう？　あの人の葬式も出さなければいけないし」

「いろいろと申し訳ありません」

佐脇は寿子に頭を下げた。殺害現場となった応接間以外の現場保存は、もう解除になってもいい頃だ。犯人として疑いをかけられていることを佐脇が簡単に説明すると、寿子は顔を曇らせ、まあ、と言った。

「なんてひどいことを。佐脇さんにかぎってそんなことをする筈がないのに。主人だって、あなたのことはとても信頼していたのに」

そう言えば、と寿子が一通の封筒を手渡した。それには「佐脇君へ」と表書きがあった。

「これをお渡ししようと思っていました。あの人の遺品というか、書類整理をしたんです。なにか約束をしていなかったかとか、確認しておかねばと思いましてね。そうしたら、あなた宛の封筒が出て来たので」

「これは、いつ書かれたものでしょうね?」

封筒をためつすがめつ見ながら佐脇は訊いた。

「さあ、いつか折を見て渡そうと用意してあったんじゃないかと思うんですが。内容は、私が読んでもよく判りませんので、主人が望んでいたとおり、佐脇さんにお渡しします」

内容が寿子に判らないとしても無理はない。笠間の性分だと、仕事絡みのことは家人にはほとんど話していなかったのだろうし。

遺品の整理を続ける、という母娘をおいて佐脇は外に出て、そのまま近くのファストフード店に入った。

コーヒーを飲みながら、中を改めた。

封書には封はされておらず、中には佐脇への書きかけの手紙と、もう一通、別の手紙が封筒のまま入っていた。

『佐脇君へ。同封した手紙は、ある事件の被害者だった女性の家族からのものだ。被害者はもう一人いて不幸にも事件の際に死亡しているが、その亡くなった方の女性が事件当時、市立鳴海高校の生徒であり、加害者同様、私のかつての教え子だった。

教え子どうしが起こした事件ということで、自分もずっと気にかかっていたのだが、最近加害者だった人物から連絡があり、ある助力を頼まれた。

その人物がほんとうにあの事件のことを反省したのかどうか、本人の口からだけではなく、自分で確かめたかったので、生き残った方の被害者の家族に問い合わせてみた。

するとその後全く何の謝罪も補償もないどころか、被害者の家族に一切の接触すらないことがわかった。彼が反省しているとはとても思えない。また、事件を生き延びた女性も、おそらく一生を狂わされ、現在も不幸なままであるようだ。

二人の女性に酷いことをした人間が名前を変え、過去を無かったものとして公職に就くなどということがあってはならないと思う。警察で信頼できる人間は君しかいない。かつての被害者だった女性が、現在どこに居てどうしているか、調べてはもらえないだろうか』

笠間の、豪放だった人柄からすれば意外なほどの、小さな緻密《ちみつ》な字で書かれていた。

こんな手紙があるなら、どうして会ったときに渡してくれなかったのだろう?

不審に思いつつ、佐脇は同封されていたもう一通の手紙も開いてみた。

『……お問い合わせの件ですが、娘はずっと以前に家を出て音信不通です。一度、居所を突き止めて連れ戻したのですが、「私がいるとお父さんやお母さん、兄にまで迷惑がかかるから」と言って、また家を出てしまいました。不幸な娘と今では諦めております』

被害者の母親が書いた手紙のようだ。はっきり書かれてはいないが、笠間の手紙から判断するかぎり『ある事件』とは、細島祐太朗こと梅津靖が起こした事件のことではないだろうか。二人の女性が被害者となり、一人は死亡、一人は生き延びた、という点が一致する。佐脇は鼓動が速くなるのを感じた。

笠間も佐脇同様、細島の正体を知っていたのだ。

もしかして先生は梅津靖の担任ではありませんでしたか、とさりげなく訊いた佐脇に、『如何にもそうだ。担任ではなかったが、生徒課の教師として、梅津の面倒は見たよ』と当たり前のように答えた恩師の声が耳に甦《よみがえ》る。

署に戻った佐脇は、この前調べた資料を読み返した。水野が警察データベースからダウンロードしてくれた、細島が少年時代に起こした事件についてだ。

笠間からの私信に同封されていた手紙にあった差出人の名前と、事件の被害者の名前を照らし合わせてみる。

西脇多恵子《にしわきたえこ》。これが差出人の名前だ。そしてデータベースにある被害者の名前は、大瀬《おおせ》由加里《ゆかり》と西脇弥生《やよい》。二人は従姉妹《いとこ》同士で、大瀬由加里が殺され、西脇弥生が生き残って保護されたのだ。

ここまで確認したところで、当時の記憶が正確な事実関係とともに、ようやく時系列で甦ってきた。

警官に成り立ての駆け出し時代。交番勤務だった新人・佐脇が一番最初に出くわした大事件がこれだった。

一一〇番を受けて、通報元の民家に真っ先に駆けつけたのは佐脇だった。

そこはあたりに家のない、畑の真ん中にある農家で、広い庭先に血まみれの少女が胎児のように躰を丸め、全身を震わせていたのだ。

「この子が突然やって来て。ガンガン窓を叩くもんじゃから、こっちもびっくりしてしもうてな」

全裸で血まみれという異様な姿の少女に恐怖した住人が一一〇番通報したのだった。

危害を加える恐れはないと判断した佐脇がその家の人間に頼んだので、少女は裸体を覆う毛布と温かな飲み物を与えられた。

まだ子供と言ってよい少女の、薄い肩に毛布をかけてやる時、佐脇は見た。少女の、左の鎖骨の下あたりから、まだふくらんでいない右胸にかけての、無残な傷を。

刃物で斜めに切りつけられたとおぼしいその傷は、命にかかわる深さではなかったが、大量に出血していた。

少女の左の頬にも、やはり傷があり、血を流していた。毛布をかけてやった時、少女は佐脇を見上げ、すがるような、必死の眼差しで凝視してきた。

その眼にはまぎれもない恐怖があった。

その後、犯人とおぼしき少年が農家の庭先に姿を現したが、制服姿の佐脇を見るや逃走した。

佐脇は、その少年の特徴を鳴海署に報告して緊急配備、および救急車の出動を要請。

佐脇が関わったのはこの少女の保護だけで、凄惨な事件現場の様子は又聞きだ。いずれ刑事になりたいとは思っていたが、交番勤務の駆け出しでは捜査本部に入れてもらうことなど、まだまだ先の話だった。だが。

「あっ！」

プリントアウトをひっくり返し夢中で読んでいた佐脇は、その時、思わず叫んでいた。

刑事課の人間はみんな出払っていて、大久保が胡散《うさん》臭げにこちらを見ただけだったが、突然、二十年前の記憶と、つい最近見た光景が繋がって佐脇は雷に打たれたようになっていた。

そうだ。この西脇弥生というのは、あの女だ。恐らく、間違いない。

少女を保護したとき、すがるように自分を見上げた、あの眼を思い出した。そして、ごく最近抱いたばかりのあの女も、それと同じ眼をしていた……。

記憶の扉を開ける鍵を手に入れた途端、次から次へといろんな光景が、芋づる式に甦ってくる。

廃工場から全裸で逃げ出した被害者は、血まみれで怪我《けが》を負っていた。現場から一番近い民家の庭先に逃げ込んだのだが、その家人は、あまりに異様な状況に驚いてしまって反射的に追い出そうとまでした。しかし、「助けて」という言葉を聞いて冷静さを取り戻して一一〇番に電話をした。

通報を受けてその民家に駆けつけて、少女を保護した佐脇が、救急車を呼んだのだ。

やがて近くの廃工場に鳴海署から急行した刑事が踏み込んで、凄惨な事件を確認した。

あの時の、胸に怪我をしていたが、極度の興奮状態で痛みを感じていなかった、西脇弥生という、まだ小学生だった少女が……おそらく。

佐脇は、慎重に行動した。

直接、西脇弥生に会うのではなく、この手紙の差出人に会うことにしたのだ。

西脇多恵子は、いきなりの刑事の訪問に、当惑を隠せなかった。しかし、笠間の死は二ユースで知っていたので、なんとか話の糸口はあった。

「笠間先生は私の恩師でした。その先生が、こちらに問合わせの手紙を出されていたと知り不躾《ぶしつけ》とは思いましたが、お訪ねした次第でして。先生は、教え子である大瀬由加里さんの親戚に当たる、こちらの弥生さんのその後を、生前気に掛けておられました。私自身も、実は、あの事件、新人だった頃に関わっておりまして」

過去の経緯《いきさつ》を話すと、被害者の母親も納得したようで、その節は有り難うございましたと感謝され、事情を打ち明けてくれた。

高校教師を退職して保護司になってから、あの事件の「その後」が気になっていた笠間が、手紙をくれたのだと、被害者の母親である多恵子は語った。

「殺された由加里ちゃんは、おっしゃるとおり、うちの弥生の従姉でしてね……うちだって、あの事件でひどい事になりましたけど、大瀬さんのところはもう、気の毒というのも憚《はばか》られるほどで。あの事件が起きる以前は親戚ですからちょくちょく行き来してたんですが、その後はこっちも見ているのが辛《つら》くなってしまって……」

多恵子によると、長く苦しい不妊治療の末、ようやく授かった一人娘を殺され、しかもその殺され方の猟奇的な残忍さもあって、由加里の母親は事件後、鬱《うつ》状態になり、寝こんでしまった。ほとんど廃人同様のその病状は、現在も変わらないという。そんな母親の世話を、父親が必死に続けていたが、やがて仕事との両立も難しくなり、興味本位にやってくるマスコミへの応対にも疲れ果てて癌《がん》を発症し、亡くなってしまった。母親は鬱病で入退院を繰り返し、現在は国からの補助と親戚の援助で、やっと生活しているという。

「ええ。犯人の少年からも親からも、一言の謝罪もありませんよ。約束した賠償金も、最初の二回か三回振り込まれただけで、後は全部踏み倒されました。本当に踏んだり蹴ったりなんです」

「たしか、民事訴訟を起こしましたよね」

佐脇の記憶によれば、大瀬と西脇の両家は、犯人に対して民事訴訟を起こしたが、共犯の遠山茂の家族は貧困家庭で、賠償する能力はなかった。

梅津の実家は、鳴海でちょっとしたスーパーを経営していて羽振りも悪くなかったが、事件のあと店を畳んで一家はどこかに転居してしまった。靖を養子にするという条件で、全財産を関東在住の、ある篤志家の名義に書き換えたという噂があったが、それはあくまで噂にしか過ぎないし、当時も、その真偽を調べることはなかった。

「とにかく、貰ったのは全部で二十万円くらいですかねえ……うちはともかく、大瀬さんのところはもう、気の毒で気の毒で……」

多恵子は、梅津靖が、今をときめく細島祐太朗だとは夢にも思っていないようだった。顔も声も変わっているのだから、無理もない。

佐脇は本題に入った。

「娘さんのその後についてなのですが……実は、笠間先生からこの手紙を預かりまして、私も読ませていただきました」

笠間が受け取り、佐脇に託した手紙を見せた。

「はい。書いてある通りです。家の中の恥をお見せするようですが……。あの子は、弥生は何度も家出しまして、その都度探して連れ戻したのですが……いつも何かに怯《おび》えているような様子で、まるでノイローゼのようになってしまって……」

それは、あの事件に巻き込まれ生き残ったが故の、精神的ショックが未だ癒えていないからなのだろうか。今なら、カウンセラーをつけて精神的ケアをするところだが、当時はまだそこまでの配慮はなされなかった。

それでも、事件後しばらくは落ち着きを取り戻して、徐々に普通の生活に戻れるのではないかと、家族も期待していたのだという。

「それが……ある時を境にして、元に戻ってしまったんです。事件のすぐあとの、錯乱というかパニック状態というか……夜もよく眠れない様子で、またうなされるようになりました。学校も行かなくなって、仕事にも就かないまま、引きこもるようになって……」

昼間は部屋にいて、夜になると行き先を言わずにどこかに出かける事が次第に増えて、ついに家を出てしまったのだと。

「ああいうことがあったので、私たちもあんまり強くは言えないままで……ヘンに注意したり叱《しか》ったりすると逆効果になるかもと、腫《は》れ物に触るような感じだったのが、逆に良くなかったのかもしれません……ただ、あの子は、口ぐせのように『私がここにいてはお父さんやお母さん、お兄さんやお義姉さんにまで迷惑がかかるから』って繰り返して言うようになっていたのが気になっておりまして」

「それはたしかに、気になりますね」

弥生は、誰かに脅されていたのか？　だとすれば、何をネタに？　犯行の最中の、凌辱写真をばら撒くぞとでも脅された？　まさか、そんな酷いことが……。

「ちょうどそのころ、あの子の兄が結婚してこの家に同居を始めましたので、娘は余計に居場所がないと感じてしまったのかもしれません。それにあの事件のとき、従姉の由加里ちゃんを助けられなかったことを悔いて、気に病んでいた様子もありました。あの子が悪かったわけではないのに……」

佐脇は、重い告白にそれ以上を訊くのが辛くなったが、敢えて質問を続けた。

「すみません。最後に一つだけ伺ってもいいでしょうか？　娘さんの様子がおかしくなったのは、だいたいいつ頃でしょう？」

それは……と母親は目を泳がせて考えたが、何度も頷いて答えを出した。

「十年前くらいです。ええ、たしか、そうです」

十年前と言うと……梅津が細島と名前を変えて弁護士となり、正式に社会復帰した時期と一致するではないか。

佐脇は、自分の考えが間違っていないことを確信した。

二十年前に細島祐太朗が起こした事件で生き延びた被害者、西脇弥生こそが、佐脇が以前遊んだことのある風俗嬢のエルであるということを。

＊

二条町の飲み屋を無理矢理開けさせて時間を潰してから、佐脇は馴染みのちょんの間の口開けに出かけた。

「佐脇のダンナ。今日は早いのね。さては警察クビになった?」

大女将《おかみ》の婆さんが、いつものしわがれ声で冗談を言ったが、今日は調子を合わせる余裕が無い。

「この前遊んだ、エルって子、出てるか?」

「ええ、あの子、人気ありますからね、今日もおっつけ来ますよ」

「頼むよ。客がおれだってことは言わないでくれ」

佐脇は婆さんにチップをたんまりはずんで座敷に上がった。

一時間くらい掛かると言われていたので、待つ間にビールでも飲みたかったが、酒臭い息をしてする話ではない。

とはいえ、ああでもないこうでもないと頭の中でシミュレーションを繰り返している
と、時間は過ぎて、やがてエルが現れた。

「ご指名、有り難うございます」

彼女は前回と同じく、礼儀正しく三つ指をついて頭を下げた。

佐脇は、彼女をじっと見つめた。

「なにか……顔についてますか？」

ここに来る客は、肉体が目当てだ。制限時間も短いから、即裸になってコトに至る。ジ
ロジロと女の顔を眺める客は珍しいのかもしれない。

「おれに、見覚えはないかい？」

「ええ、この前来たお客さんですよね」

「その前だよ……ずっと前。そうだな、二十年前になるかな。一度、会ったことがある」

しばらく沈黙が続いた。

「……覚えてますよ」

じゃあ、前回どうして言わなかったのだ、などと訊いても意味は無い。

「弥生さん、だよね」

エルこと、西脇弥生は黙って頷いた。

「たしか、左胸の鎖骨の下から右胸にかけて斜めに傷がある。この前の時見たからもう判ってるんだが、その傷は、あの時につけられたものだよね？」

弥生は頷いた。遅い午後の光で見てみると、左頬にも、うっすらと傷跡が残っている。

「で、今更、私に何の用なんですか。この前は、お客さんだって覚えてなかったでしょう？」

「でも君はおれの顔を覚えていた。おれが判らなかったのは……済まなかった。あれからずっといろんな事件が起きて、記憶の中に埋もれてしまったんだ。それに君は……顔をちょっと変えたんじゃないか？」

この子には、一生癒えることのない傷なのに、自分は忘れていた。それは本当に申し訳ないことだと佐脇は忸怩《じくじ》たるものを感じた。

「いいんですよ。そんな。あの時は、まだ子供でしたしね。判らなくて当然です」

弥生は、エルに戻って服を脱ごうとした。

「いや、今日はいいんだ。それより話をしよう」

「お話しすることはないんですけど」

弥生は突き放すように言った。

「確かに、今更なんだと言われても仕方がない。でも、訊かせて欲しいことがあるんだ」

弥生は、表情を硬くした。

「何が訊きたいんですか？」

「もしかして、の話なんだが、もしかして君は、今でもあの時の犯人と会ってるんじゃないか、と思ってね。もちろん、君が望んでのことである筈がない。たぶん、向こうからかなり強引に……」

そこまで言ったとき、弥生はさっと立ちあがった。

「で？　何が言いたいの？　今頃になって」

鋭い語気だった。まるで、佐脇を責めるような。

「何か、君にとって誰にも知られたくない……弱みのようなものを握られているんじゃないのか？　もしそうだったら打ち明けてほしい。君を助けられる筈だ」

「助ける？　あなたなんかに……警察に、一体、何が出来るんですか？」

憎しみさえ感じられる視線で佐脇を睨みつけると、弥生はそのままドアの向こうに消えた。何様のつもり？　と吐き捨てる声が小さく、だがはっきりと聞こえた。

そして、どれだけ待っても、彼女は戻っては来なかった。

やがて、大女将が済まなそうに顔を出した。

「佐脇のダンナ。なんとお詫びしていいか……」

「帰っちまったのか？」

ええ、と大女将は頭を下げた。

「今までは、こんな失礼をする子じゃなかったんですけどねえ……黙って帰るなんて」

いやおれが悪かったんだ、と佐脇は大女将に取りなすと、店を出た。

現在のエル、こと西脇弥生にとって、一番触れられたくない過去に、佐脇はまさに土足で踏み込んでしまったのだ。かと言って、どう話を切り出せば良かったのか。

これは時間が掛かるなと覚悟しつつ、佐脇は車に乗り込んだ。

気がつくと鳴海市の郊外に向かっていた。

二十年前のあの事件の現場となった廃工場は、未《いま》だ取り壊されずに現存していた。持ち主が行方不明な上に権利関係が複雑で、結果的に「塩漬け」された形になっている。辺鄙《へんぴ》な場所にあって、整地して再利用しても元が取れないという事情もあったのだろう。過ぎ去った年月の波に洗われて、廃工場は歳月の分、確実に劣化していた。

あの時、佐脇はこの現場に足は踏み入れなかった。現場検証が済んで封鎖が解除された頃には、彼は違う交番の勤務になって忙しく走り回る日々を送っていたのだ。

スレート屋根とスレート壁の簡単な作りの自動車整備工場。空き地にはスクラップになりかけで放置された廃車が山積みされ、風化しきって朽《く》ちるのを待っているようだ。工場の建物も屋根や壁が壊され放題で、ボロボロになっていた。足で蹴ったりバットで壊したりという、面白半分の破壊の対象になっているのだ。す気遣いすら持ち主にはないようだ。そもそも誰が持ち主なのか不明だから、どうしようもないのだが。

佐脇は、車を降りて、廃工場に足を踏み入れた。

中は、雨が漏り放題で、窪《くぼ》みは水たまりになっている。その水には油が膜をつくり、死んだ虫が浮かんでいる。

金目のものはあらかた持ち去られ、残っているのは建物を支える鉄骨と、取り外しが不可能な、埋め込まれた鉄板くらいのものだ。

これ以上、荒涼とした眺めもないだろう。人に見捨てられたのち、十年単位で放置された建物は、こんなにも荒《すさ》むのかという、見本のような状態だ。

一時、廃墟がブームになって、病院や学校の廃墟に肝試しのように侵入する遊びが流行《はや》り、佐脇も取り締まりに駆り出されたことがあったが、あれは、人間の痕跡が未だ濃厚にあるからこそ恐いし、何かを感じるのだ。

その一方で、建設途中で放棄されたマンションの工事現場も探検の対象にされたり、暴走族の溜まり場になったりしたが、ああいう場所は、不思議と恐くない。利用される前に捨てられたから、良くも悪くも「人の念が宿っていない」のだろう。

そこへいくとこの廃工場は、完全に見捨てられ、地縛霊に支配されているかのような奇妙な空気が漂っている。佐脇自身霊的なものを信じる気持ちはまったくないので、なぜそんなものを感じるのかは判らない。しかし、なにか、この場所は人間が生き、暮らしている世界の外側に、まるでこぼれ落ちてしまったような気がするのだ。

砂利に混じって、小さなネジやビスや金具が落ちていて、足を踏みしめると、ひそやかな金属音が聞こえる。

たいして風もないのに、大きく割れたスレートの裂け目を、わずかな空気の流れが、ビヨオオと異音を立てては通り抜けていく。

工場の中心部に来て、佐脇は足を止めた。

トラックのような大型車を下から修理するために開けたのだろう、そこには大きな穴があった。普通の大人の身長くらいの深さがある。ここに梅津、こと細島の共犯者が落ちて死んだのだ。

こんな程度の深さの穴に落ちて死ぬなんて。

事件当時には、車体を持ち上げるリフトそのほか、様々な工具や機材が穴の中に放置されていたのだろうが、今はまったく何もない。それだけに、こんな何の変哲もない場所で人が死んでしまったことが信じられない。

だが、この穴を見つめていると、違う思いが佐脇の心の中に湧いてきた。

その闇の中に、人間と、人間であることをやめたものとを分かつ、目に見えない線が引かれている……。そんな気がするのだ。

その闇は細島の中にあり、美知佳の母親にもそれは感じ取れたし、佐脇自身の心の中にも少しはある。

一見、何の問題もなさそうでいて、実は致命的なものを含んでいる、なにか。それが、あの男の中にはある。いや、細島の場合は何かがある、というより、普通の人間なら誰にでも「ある」ものが、すっぽり、丸ごと抜け落ちている、と表現するべきか。少なくとも二人の少女を毒牙《どくが》にかけた二十年前の細島は確実にそうだったし、たぶん、現在も変わらないだろう。いや、今の方がいっそう悪化して巧妙になっているかもしれない。

細島の心の、他人には踏み込めない領域。工場の床にぽっかりと開いた深い穴が、まさに細島の心そのものであるように思え、佐脇はぞっとした。

鳴海署に戻ると、光田が玄関で立っていた。煙草を投げ捨てて靴の爪先《つまさき》で躙《にじ》り消す仕草から、明らかに苛立《いらだ》っているのが判る。

「よう、どうした光田？　何をテンパってる。県知事クラスの大物でも逮捕したか？　それとも煙草の値上げで財布が軽くなったか？」

やって来たのが佐脇だと判ると、光田の顔に緊張が走った。

「おい佐脇。お前、ヤバいぞ。今度という今度こそヤバい」

「なにが？　お前のヤバいはもう、オオカミ少年みたいに信憑性がないんだぜ」

「お前の同僚として心配してやってるのに……署長がお前を捜してるんだ」

そんなの毎度のことじゃないか、と佐脇は受け流した。

「バカ。今度こそはマジでヤバいんだ。とにかく、殊勝な顔して署長に会ってこい。それで、何でもいいからハイハイと言うことを聞いてくるんだ」

佐脇の顔さえ見ればいつも笑えない冗談や嫌みを言ってくる光田だが、今日ばかりは声にも視線にも演技とは思えない緊迫感が籠もっている。

「判った。よく判らんが、お前の言うとおりハイハイ御説ごもっともをやってくるよ」

どうやら本気で心配しているらしい光田に、柄にもなくと苦笑しつつ、佐脇は署長室に向かった。

「佐脇君！」

部屋に入ると同時に、署長の多田《ただ》が声をかけてきた。鳴海署署長は毎年のように交代するので、いつから多田が署長なのか、佐脇はよく判っていない。

しかし、目の前には定年退職寸前の、地方公務員キャリア組だが出世競争には敗れた、冴《さ》えないチビ親父が椅子にふんぞり返っていた。

「君ねえ、困るよ。警察官としてあってはならない事態になっているんだ。判ってるのか」

多田は鳴海署とはほとんど縁がないまま署長になったが、前任者から申し送りがあったのか、それとも県警上層部からの指示によるものか、問題警官として佐脇のことだけはマークしていた。

「さあ？　自分が理解している範囲としては、笠間殺害事件の重要参考人候補にされてるってことですかね。それも、モーロクしたババアのいい加減な証言だけで」

　署長室には、大久保もいた。

「まあ、そう言うな。ゆっくり話をしようじゃないか。一服どうだ？」

　大久保が煙草を取り出して勧めてきたので、佐脇も何気なく右手で一本摘み出し、左手でライターを点《つ》けた。

「話を進めよう。その、君の言うところのモーロクしたババアから、本日、参考人供述調書を取った。婆さんは、笠間さん宅の向かいに住む、坂東《ばんどう》ヨネさん八十三歳。いたってカクシャクとした元気なお年寄りで、アタマもはっきりしているぞ」

「なるほど。つまり婆さんが署に来て、あらためて電話による通報を裏付ける供述をして、その調書も取れたと？」

　その通り、と大久保は深く頷いた。

「その上、君にとっては困ったことに、坂東ヨネさんの供述は、科捜研の調べとも合致してるんだ。すなわち、卓上ライターに残った君の指紋の位置から考えて、左手で持って、笠間さんの後頭部を殴ったとしか考えられない。これはヨネさんの証言と合致する。ヨネさんは、君が左手でライターを持って振り下ろしたのを見た、とまで言っているんだ」

「だからそれのどこに信憑性があるんですか。おれはただあのライターの重さをみるために持っただけです」

「でも君は今、なにげなく右手でタバコを取って左手でライターを点けたよな？　それが君のクセなんだ」

馬鹿馬鹿しい、右利きなら誰だってそうするでしょう、とうんざり顔の佐脇に、大久保はさらに言い募った。

「しかも科捜研の調べでは、君が左手で摑んだライターの角度が、死体の傷に合致するんだ。こう、振り下ろされた角度がね」

大久保は手真似をして見せた。

「しかし、致命傷は灰皿なんでしょう？　イマドキ珍しいクリスタルの」

「南部鉄だ」

大久保は大まじめに訂正した。

「灰皿には君の指紋はついていないが、どうしてなのかは君が思い出せばいい。動機にしても、君が考えればいいことだ」

「そんな無茶な！」

佐脇は、声を荒らげた。

「課長は、本気でおれがホシだと信じてるんですか！」

「その他にも、佐脇君」

横から多田署長が口を挟んだ。

「ある筋から、殺人事件の重要参考人であってもおかしくない警察官に通常の勤務をさせておく鳴海署の管理体制は如何なものか、という疑念が寄せられている」

「は？　なんですかそりゃ。ある筋って、誰です？　匿名の投書かなんかですか？　そんなものにいちいち……」

「さる発言力のある人物からだ、と言っておこうか」

多田署長は、重々しく言った。

「県知事とか？」

いいや、と多田は首を横に振った。

「県警本部長……じゃないな。県警のお偉方なら、こんなクレームつける前に直接動く。やはり、外部の人間なんですね？」

佐脇を排除するために、ここまでの露骨な動きをする「発言力のある人物」と言えば、その筆頭はあいつだろう。

「なるほど。今や人気絶頂のイケメン国会議員サンが、おれをクビにしろと文句をつけてきたと。しかし相手は代議士とは言え、まだ駆け出しの新人ですよ？　しかも野党だ。代議士が何か言ってきたら、県警はその都度言うことを聞くんですか？　警察の中立公正ってお題目ですか」

「だから君、そんなのがお題目なのはいちいち言わなくても判ってるだろうが！」

多田は声を張り上げた。

「警察学校に入学したてのガキみたいな寝言を言うな。お前だって今までさんざん、いろんな筋からのチョッカイに悩まされて来たろうが。いや、お前の場合は救われた回数の方が多いのか？」

たしかに、佐脇は県政界や地方財界の大物の弱みを握っているので、鳴龍会との癒着そのほかの不祥事がマスコミに叩かれ、退職に追い込まれそうになった時には、何度かそれを利用した。それとは逆に、県警上層部や県庁のトップレベルから捜査に横槍を入れられ煮え湯を飲まされた回数も、両手では足りないほどだ。

「あの先生には、君をこのままにしておくつもりなら予算委員会で国家公安委員長に質問する、マスコミ関係者にも働きかけると言われた。それだけは鳴海署としても県警としても困る」

多田は立ちあがり、佐脇に詰め寄った。

「あの先生は人気者だから、東京のマスコミはみんな味方だし、発言力もある。野党の中でもチヤホヤされてるんで、テレビ中継のある国会審議で君のことを質問されたら、県知事や県警本部長の顔に泥を塗ることになるし、過去に遡《さかのぼ》って問題にもなるだろう」

「それに今君は、重要参考人になるかどうかというギリギリのポジションにいるんだ。私の判断で逮捕状を請求してもいいんだぞ」

大久保も署長に加勢し、言い募る。

「なんだそれは」

佐脇は呆《あき》れ果て、この二人の馬鹿さ加減と小心ぶりを笑ってやろうとしたが、笑えないことに気づいた。細島への怒りがこみ上げてきたのだ。

「あの口先だけの嘘つき野郎の三百代言が。姑息《こそく》な真似をしやがって！」

「君！　議員を侮辱《ぶじょく》するな！　他人をどうこう言う前に、自分の言動はどうなんだ？」

多田が短軀を震わせて怒鳴った。

「バカかお前は！」

思わず佐脇は言い返していた。

「貴様！　署長に向かって、なんたる口を利く！」

大久保が佐脇の胸ぐらを摑んだが、瞬時に逆手を取られて、逆に腕を捩《ね》じ上げられた。

「相手が警視だろうが警視正だろうが同じことだ。悪党は悪党、バカはバカだ」

佐脇はそう言って、大久保を突き放した。

「懲戒権はアンタらにあるんだから、好きなように処分して貰って結構。ただし、おれをクビにする気なら、それなりの覚悟はして貰いたいがね」

「それは……脅しか」

多田は青くなった。

この、木っ端《こ》《ば》役人根性の抜けない小心者が、と佐脇は内心毒づいた。

「さてね。新人の議員サンがその気なら、こっちにもやり返す材料は山ほどあるんでね。たとえば県警幹部のご子息が今月はどこで何を、どれだけお買い上げになったとか、いろいろなことが耳に入るんでね。堅い仕事の父親がいる坊ちゃんなら、ヤクをやっちゃイカンでしょう」

地元の、若者向けのクラブにヤクを流している売人の情報なら、地元暴力団の鳴龍会から、いくらでも流れてくるのだ。

署長の多田も、刑事課長の大久保も固まったまま、何も言えなくなっている。

「じゃ、そういうことで」

佐脇は署長室を出た。

出た瞬間に、夜叉《やしゃ》の形相《ぎょうそう》になった。

肩を怒らせ前方に目を据え、大股で廊下を歩いているところに声をかけられた。

「あ、佐脇さん！　どちらへ？」

「うるさい！」

反射的に怒鳴り返したが、相手が水野だと判ったので教えてやった。

「正義漢ヅラした食わせ者のところだ！」

＊

怒り心頭で細島との対決を一時は決心した佐脇だが、その前にすることがある、と気づいた。まず、ヤツの人間性なり性格なりを調べなければ。

佐脇は、細島、いや、梅津靖の中学時代の同級生を捜した。ヤツは高校に入ってすぐに例の事件を起こして少年院に入ったから、人となりを知っているのは、中学時代までの友人だろう。

梅津が卒業した鳴海市立昭和《しょうわ》中学校で学籍簿を見せて貰い、三年の時の同級生の住所そのほかをチェックしてゆく。

梅津のかつての住所の近くに家がある、という理由で、山崎健介《やまざきけんすけ》という人物をピックアップした。自分の経験から推測して、子供のころは、お互いの家の近さが親しくなる最大の条件だと思ったからだ。

山崎健介は、地元の工業高校を出て、実家の旋盤《せんばん》工場を継いでいた。

最初は突然の刑事の来訪にぎょっとした様子だったが、自分絡みのことではないと知って安心すると舌もなめらかになった。

「すみませんね。警察って聞くと、つい身構えてしまってね。イヤ別に、自分は聞かれても何も困らないけど、ほら、駐車違反とか飲み屋のツケが溜まってるとか、夜中に酔っぱらって大声を出したとかまあ、あるじゃないですか」

小柄でやせ形の山崎健介は、外見同様、かなり小心な男だった。

「梅津のことですか。あれはもう、とっくに終わった話だと思ってたんで」

この男も、かつての同級生と現在の細島が同一人物であるとは、まったく気づいていない。

いずれにせよ、おそろしく周到に準備された「変身」だったのだろう。今までは、という限定付だが。

「おれは梅津と家が近所で、ヤツにしてみれば何かと便利な存在だったんで、いじめの対象にならなかったですよ。まあ、命拾いしたって言うか」

「ほう？」

考えてみれば、事件以前の梅津について、その素顔を知る人物に会うのは、これが初めてだ。

「つまり、梅津は番長的存在だったんですか？」

「というか……暴力的な番長は他に居たんで。ヤツは生徒会の副会長だったりして、先生の覚えも目出度《めでた》かったし、成績も良かったです。家が金持ちだったんで、奢《おご》ってもらったこともありますよ。カネを渡されて、お前が買って来いと言われれば買って来ますよね」

要するにパシリをしていたのだろう。

「パンとかジュースとかたこ焼きとか、放課後の飲み食いは、ヤツの奢りが多かったですね。だから、そういう感じでグループになっていた面もね……」

山崎は言い淀《よど》んだ。

「もしかして、遠山茂も、アナタがたのグループだった?」

答えに困ったような表情を見せたが、数秒後に諦めて、頷いた。

「どうせ判ってることだから。そうですよ。遠山は、はっきり言って家が貧乏だったから、梅津にかなりいいように使われてましたね。遠山もそれを望んでいたような、というか。少なくとも嫌がってはいないように見えてました」

同級生に子分のように使われて嫌がらないというのは、本心のなせる業だったのだろうか?

「あの事件では、主犯は遠山で、梅津は遠山の言うとおりにしていただけって話でしたよね?」

そうでしたっけ、と山崎は首を傾《かし》げた。

「もうね、よく覚えてないんですよ。何より忘れたかったですし、実際、二十年というのは大昔の話ですからね」

　佐脇は、梅津靖に話を絞った。

「梅津って男は、中学時代はどういう人間でした？　生徒会で副会長をやってたからには学校ではけっこう目立ってたんですよね？」

　どう言ったらいいのかな、と山崎はどこから話そうかと目を泳がせた。

「とにかく人の弱味を探り当てるのが異常に巧《うま》かったです。誰にでも、これだけは触れてほしくないっていう事情やコンプレックスってあるじゃないですか？　そういうことが、ヤツにはなぜか判ってしまう。どんなに隠してもダメなんです。あれは一種の才能というか、特殊能力って感じで」

　佐脇が興味を示したのを受けて、山崎は懸命に思い出して、言葉にした。

「ヤツは、とにかく人当たりのいいやつだったんです。深く付き合えばまた別なんだけど、初対面とかではね。口も巧いし。だから高校に入ってあんな事件を起こしたっていうのが信じられなかったんですが……それはともかく、感じがいいんで、たいていの人が簡単に心を許してしまうっていうか。子供時代なんて、余計にそうですよね。そして、気がついたら、人には話さないような内輪の話までヤツに喋っていたりして。まあ、それは友情の証しみたいなものですけど。でも、ヤツが怖《こわ》いのはそこからなんです」

　山崎は言葉を切った。

「そうやって握った他人の弱味をある時、ぐさりと突いてくるんです。それも本人に一番ダメージのあるやり方で。決定的瞬間を待ってるんです。で、ここぞと言うときに持ち出す。たとえば、みんなの前で、自分の親が酒乱だとか、母親が水商売をしていて身持ちが悪いとか……そういうのって、かなり深刻な秘密でしょう？　周囲はコドモだから、それの本当に意味するところは判らなくても、当人は一番気にしていたり嫌なことじゃないですか。それを、容赦なく、立ち直れないくらいに的確なタイミングで放つんです」

梅津の武器が言葉だったのは、子供の頃から変わらないのか。

「しかも、まだあるんです。そういう秘密をバラされて梅津と仲違《たが》いしてグループを離れたヤツは、裏であることないこと悪い噂を流されるんです。噂と言うより、ウソとかをね。ちょっと今、口にするのは抵抗のある事とかをね」

「差別的な事とか、ですか」

ええまあ、と山崎は曖昧に肯定した。

「とにかく梅津は人当たりがいいから、みんなアイツの言うことを信じます。だからアイツのターゲットにされた人は、逃げようとすればそれまでの人間関係を失うし、とどまればそれっきり、彼の言うなりになるしかない。なんていうのか……支配されてしまうんですね。たぶん、遠山もそうだったんじゃないかな、って思ったんですよ。あの時は」

被害者の一人は山崎とも、高校こそ違うが同学年の少女だった。佐脇は、そろそろ過去を思い出すのが辛くなってきた様子の山崎に、あえて訊いてみた。

「被害者の女の子二人については、知ってましたか？　その、会ったことがあったりするか、というような意味ですが」

「中学の卒業も間近になったころ、他校に、凄く可愛いコがいる、という話はしてました。その子をなんとか誘い出せないかって、梅津は、その件では、遠山とコソコソよく話していた記憶が……いやいや、思い違いかもしれませんけどね」

曖昧なことを言ってヤバいことに巻き込まれたくない、という山崎の小心さがよく判る。佐脇は水を向けてみた。

「中学生と言えば、ワタシも覚えがありますが、急に身体はオトナになって、あっちの方への興味が強くなりますよね。エロビデオを秘かに見たり……今の子なんか、簡単にそのものズバリなモノを見られるけれど、我々の時代はかなり努力が必要だった」

「そうですね。苦労しました」

山崎は素直に頷いた。

「で、その頃の梅津はどうでした？　なんというか……そっち方面のことでなにか悪いことをしたような話は」

「ないですね。番長グループは、年上の女とやった、みたいなことを自慢話にしてましたけど、おれたちは、せいぜいがエロビデオの貸し借りとか、どこどこのポイントに行けば裸が盗み見出来るとか、そんなたわいもないレベルで」

佐脇は、梅津の性的嗜好《しこう》を知りたかったのだ。男同士なら話題に出たこともあるだろう。

「そういやあの頃は、ヘア解禁の前夜みたいな時代でしたかねえ。梅津が、春休みとか夏休みに大阪まで遊びに行って、凄いビデオやエロ本を買ってきたりしてました」

「それはどんな?」

「イヤ普通のですけど。ああ思い出した。一本だけ、凄いSMなのが混じってて。外国のスナッフとか言ってました。ウソかホントか判らないけど、マジで殺してるかもしれないっていうビデオ。おれはそういうの嫌なんで、ちょっとだけ見て返しましたけど……梅津は口では『間違って買ってしまった』と言ってたけど、話をよく聞くと、何度も見てたみたいなんですよ。ちょうどあの頃、スプラッター映画も流行ってましたしね」

もちろん、そういう映画が好きだからと言って、実行に移すような人間はいないだろう。だが絵空事ではなく、実際に人が殺されているかもしれないビデオを好んで繰り返し見るとなると、やはり普通ではない。しかも梅津と遠山が実際には何をしたか、佐脇は知っている。遠山の性的嗜好は判らないが、ここまでの話を聞く限りでは、主犯は梅津であったほうが自然に思える。

佐脇は、もう一つ、気になっていたことを確かめたくなった。

「もしかして、梅津靖の当時の写真などをお持ちじゃないですか？」

「卒業アルバムならすぐ出ますよ。ちょっと待っててください」

山崎は家に入り、しばらくしてアルバムを手に戻ってきた。

集合写真に写っている、整った顔立ちの、しかしどことなく狡猾そうな油断のならない雰囲気の少年……やはりそうだった。梅津靖は整形している。細島祐太朗と名前を変えただけではなく、顔も変えたのだ。昔の知り合いでさえ気がつかなくなるほどに。

山崎と会ったあと、佐脇は、梅津の実の両親に会ってみようとした。

梅津靖の一家の旧住所をたずね、転居先を近所の住人から聞きだそうとしたが、二十年も前の話だ。しかも梅津の父親は事件後しばらくして、ある夜、ひっそりと、夜逃げのように出て行ったので、誰も詳しい事情は知らなかった。

いよいよ、本人と対決する時が来たようだ。佐脇は、細島の事務所に向かった。

＊

「困りますね、刑事さん。アポなしで来るのは逮捕状が出たときだけにして貰えませんか？」

表面上は冗談めかしているが、細島の目は笑っていない。

かなり強引な佐脇の面会要請に、キレかけているのだ。

「重要な面談があるのを待って貰っているんで、話は手短にお願いしますよ」

「単刀直入はこっちも望むところだ」

ここは細島の議員としての事務所で、議員は刑事に向き合っていた。応接室に事務員がお茶を運んできたが、細島はすぐ済むから要らない、と追い返した。

「お茶も出したくないとは、露骨に邪魔者扱いですな」

「文字通り、邪魔者ですからね。いきなりやってきて面会を強要などと、そういう横車を押す手合いは、私は大嫌いなんでね」

「ほほう。横車はお嫌いと。アナタこそ最近、他人に何かを強要したりしませんでしたかね。たとえば県警に目障《ざわ》りな刑事がいるから排除しろとか。自分がやるのはかまわないが、同じことを他人がやるのは大嫌いと。ダブルスタンダードという言葉をご存じですか？」

話は手短にと言われた佐脇は、いきなり核心に迫った。

「細島さん。あなた、またやりましたね？　笠間先生を殺したのは、あなたでしょう？」

そう言われた細島は、一瞬、完全に表情を消し、無言だったが、数秒後、我に返った。

「え？　今、何を言ったんです？　私が笠間先生を殺したと？　国会議員である私が？」

笑い飛ばそうとする隙を与えず、佐脇はそうです、と大きく頷いた。

「あなたには動機がある。まずあなたは、二十年前に起こした事件に決着を付けていない。いいや、少年院で罪を償った以上、法的には『なかった事』に扱われるのは判っているが、あなたは名前を変え顔も変え、完全に別人の人生を手に入れた。被害者の遺族に謝罪すらしていないし民事訴訟で決まった賠償金も、当然払っていない。遺族に問い合わせた笠間先生がその事実を知り、あなたを咎《とが》めた。笠間先生に何か喋《しゃべ》られると困る。そう思ったんじゃありませんか、あなたは？」

一気に喋った佐脇は、言葉を切って細島の反応を見た。だが細島は動ずる気配もない。

「で？　話はそれで終わりですか？　では言わせて戴こう。アナタの話は、論理的に無茶苦茶で、まともに相手をする気にもならない」

いいですか、と細島は法廷でやるように人差し指を突き出し、声を張った。

「まず第一に笠間先生との件ですが、佐脇さん。アナタの言った事は、要するに、推論でしかない。しかも、下手くそな『フェルミ推定』もどきで、まるでオハナシにならない。ところで刑事さんは『フェルミ推定』をご存じですか？」

首を横に振る佐脇に、細島は満面の笑みで応じた。

「そうでしょう。高卒の現場叩き上げの刑事さんはご存じないでしょうね。ではまずここで『フェルミ推定』について説明しておきましょうか」

法科大学院で講師もしていた細島は慣れた講義口調になった。

「イタリアの物理学者のエンリコ・フェルミが好んでやっていた一種の思考実験というかお遊びです。よく引かれる例として、『シカゴにはピアノの調律師は何人いるか』という命題があります。これを解くには、シカゴの人口は何人か、どれくらいの数の家に調律の対象となるピアノがあるか、を推定した上で、ピアノは年一回調律する、ピアノの調律には二時間かかる、調律師は週五日一日八時間働く、という仮定を組み合わせて考えます。その結果、答えは百二十五人、と明快に導かれますが、推定と仮定の両方、もしくは一方が誤っていた場合、その答えは事実とはおよそかけ離れたモノになる。フェルミ自身、この考え方には誤差が付き物であることを認めており、『フェルミのパラドックス』という言葉があるくらいです。ということで佐脇さん、アナタの推論も、そもそもの仮定からして間違っている以上、全部ダメですね」

「フェルミがどうのというのはまるで判らないが、何が間違ってるのか、まずは具体的に言って貰おうか」

佐脇は反撃に出たが、細島は軽くいなした。

「ひとつ。前歴が消えている以上、私が過去、少年法に触れるようなことをしたという仮定は法的には証明できない。証明できない以上、根拠がないものと見なされ、笠間先生が私を咎める理由もなくなる。ふたつ。私は笠間先生とは、鳴海市立高校在学中以来、まったく会っていない。故に、私が笠間先生を殺すことは不可能だ。以上」

細島は話を打ち切って応接室を出て行こうとした。

「待ちなさい。少年法うんぬんはともかく、あなたが笠間先生に『会っていない』証明は出来ないはずだ」

佐脇は、事件のあったあの日、隣室に誰かがいた気配を感じていた。笠間自身も他の約束があると言っていたのだ。

「当然です。それは『悪魔の証明』と言ってね、なにかが『なかった』ことの証明は、非常に困難、もしくは事実上不可能に近いんですから」

面談を打ち切ろうとする細島に佐脇はなおも食い下がった。

「しかしあなたには動機がある。自分はワルで少年院にも行ったが、ちょっとしたヤンチャ程度のものだった……あなたはその経歴を売り物にしているが、実際には何をしたか。それはあなた自身がよく知っているはずだ。同学年の少女を惨殺して、その親戚にあたる幼い少女を凌辱した。しかも、民事の裁判で出た賠償命令さえ完全に無視している。本物の過去がバレたら、凄いスキャンダルだ。次の選挙は落選どころか党が公認すらしないだろう。テレビからは追放されて弁護士の仕事も出来なくなる。まさに身の破滅だ。そのヤバい過去を知る笠間先生があなたを責めたとしたら、充分な動機になりますよね？」

細島は、薄ら笑いを浮かべた。

「だから、笠間先生が私を責めた事実は、ない。この出発点で、すでにアンタの推論は崩れてるんだ」

その時、ドア越しに秘書が「そろそろお時間です」と声をかけてきた。

「あと一分だけ、お願いします。笠間先生は殺されるまえに、西脇弥生の母親と手紙のやり取りをしてるんです。西脇弥生……名前ぐらいは覚えてますよね？　あなたが凌辱した、当時まだ小学生だった少女だ。そしてアナタが被害者側にまったく、なんのケアもしていない事実を笠間先生は知った。先生の性格としては許せないと思っても不思議はない」

「だからそれがなにか？」

細島は笑みすら浮かべた。

「私の過去については、法的にすべて決着がついている。私は細島祐太朗であって、この細島祐太朗はなんら犯罪を犯していないし犯罪に関わってもいない。かつて、梅津靖が起こした事件については、梅津靖は少年院に入所して正式に退院し、少年法に基づいて法的にきちんと罪を償った以上、前歴は消えている。しかも、すでにこの世には梅津靖なる人間は存在しない。私は如何なる意味においても細島祐太朗であって、前科などない、まっさらの人間だ。私は誰に対しても謝る必要はないし、一銭たりとも賠償をする必要はない。これに対して何か反論があるとしたら、それは法律に無知な人間の妄言でしかない」

笑みを浮かべる細島には、余裕すら感じられた。恐らく、このような場面が来ることを予期して、何度も頭の中で予行演習を繰り返していたのだろう。

「そして、梅津靖が起こした件の賠償については、梅津の保護者が当事者であって、梅津自身に責任はない。梅津は実家とは完全に縁が切れている。相続権も放棄している以上、親の借金を背負う義務もない。従って、現在、仮に梅津靖なる人物が存在するとしても、何人に対しても、また一銭たりとも、金銭的な義務に関しては一切これを負うことはない。これがまず第一」

細島の弁舌には一点の曇りもない。

「第二。梅津の父親は、息子の裁判に多額の費用を支出し、その後、事業も継続が困難になりすべてを売却して借金返済に充てたので、賠償に充てられるべき金は無くなった。故に、民事訴訟がどう決着しようと、ない袖は振れない。ゼロはゼロであって、法律はそれをどうすることも出来ない」

「あんたが細島の姓を名乗るに当たり、細島氏に多額の金銭が流れたという噂があるがね」

「細島氏は私の親だが、彼は金で動く人ではない。芯からの善意の篤志家であって、資産家でもある。そんな薄汚い噂が出る根拠などは無い」

「ではセンセイ、あんたが大学を出て司法試験に合格するまでの学費の出所はどうなんです？　あんたの実の親が隠し持っていた財産から出たんじゃないんですか？」

　証拠があるわけではない。想像に基づくハッタリだ。

「身内から犯罪者が出た場合、全財産を速攻で親戚名義に移したりして、被害者にはビタ一文払わない、最低最悪な連中も多いんでね」

「最低最悪な刑事と呼ばれるアナタに、そんなことを言われる筋合いはない」

　細島は冷笑して見せた。

「笠間先生が私についてどう思っていようがそれは笠間先生の自由だ。思想・信条の自由は憲法にも保障されているからね。だが頭の中で思ったことと、実際の行動が同じとは限らない。そんなのは常識だ。まともな刑事なら、イヤ、まともな社会人なら、せめてもっと、具体的な証拠を前に話をして貰わないとね。頭の悪い妄想みたいなヨタ話に付き合ってる時間はないんですよ、私には。乏しい時間を割いて選挙区に帰ってきてるんだ。これからすぐ東京に戻って国会の代表質問の準備をしなきゃいけないし、先輩の選挙の応援にも行かなければならない」

「ここに来る前にね……例の現場に行ってきたんですよ」

　佐脇はわざとゆっくりした口調で言った。

「二十年前の、犯行現場ですよ。アナタが大瀬由加里を殺し、共犯とされた遠山茂も殺した現場をね」

「おやおや。妄想の上塗りですか？　勝手に殺した人数を増やすとは恐れ入ったものだ。検察にかぎらず、刑事というのは思い込みで事実を捏造《ねつぞう》するものだとは思っていたが」

佐脇は、細島の揶揄《やゆ》を無視して続けた。

「廃工場の、例の穴を見て、おれは思いましたね。アンタの心の闇をね」

「なんのことやら」

細島は笑った。

「あんた、刑事ドラマの見過ぎだろ。最近は、刑事も検事も自分の都合に合わせて証拠は改竄《かいざん》するし勝手に人情噺《ばなし》をでっち上げて勝手に感動するし、どうかしてますな。国会の法務委員会で話題にしますよ」

「どうぞご随意に」

動じる様子もない佐脇に苛立ったのか、細島は付け加えた。

「そもそも、ああいう事件に巻き込まれる女自身、どこかおかしいし、まともではないんだ。自分が弁護士をしていた体験からもそう言い切れる。性犯罪に巻き込まれて、被害者ヅラしている女は、だいたいが自分から持ちかけたセックスが思惑通りに行かずヤリ捨てされたか、あるいは貰えるはずの金額が値切られたりして腹を立てたとか、そんなのばっかりなんだ。それでレイプされたただの襲われたただの申し立ててくる。そういう女には共通点があってね、ほとんどがカラダの線を強調した煽情的な服を着て男の気を引く娼婦か、娼婦もどきだ。年齢も職業も関係ない。若くて普通の仕事についていても娼婦の思考を持った、ダメな女も多いんです。そんなおかしな女どものせいで、心ならずも犯罪者の汚名を着せられた男たちが気の毒だ」

「それで死に至っても、女の方が悪いと？」

「当然でしょう」

勢いで口走ったのか、細島はそう言い切った。

「なるほどね、しかしセンセイもお忙しくて大変ですな。時には極端な意見も言ってみせないと、テレビからお座敷がかからなくなりますからね。電波芸者とはよく言ったもんだ」

佐脇は相手の目の前に人差し指を突きつけた。

「その上、被害者の女性にもまだ会っていたりして、下半身もご活躍のようで」

なんだと？　と細島の顔色が変わった。

「それは、どういう意味です？」

「センセイ、あんたは今も西脇弥生に会ってるんじゃないんですか？　無理やりレイプしてて言うことを聞かせた、あの時のあの味が忘れられませんか？　いつでも簡単に会えるよう、彼女を風俗嬢のエルに仕立てたのも、センセイの意向じゃないですか？」

「な、なにを根拠に」

「人間、偉くなればなるほどセックスは変態に走るようですからな。医者や弁護士に変態が多いというのは常識。ならばセンセイだって不思議はないですな。高校時代に手を染めた猟奇セックスが忘れられずに、西脇弥生を未だに奴隷にしていても」

細島が夜叉《やしゃ》の形相《ぎようそう》になり、拳を振り上げつつ飛びかかってきた。

難なくかわしたが、反射的に突き出した拳が細島の顎に命中した。予想以上の手応えが

……と感じた瞬間、細島はふっ飛び、ドアに頭をぶつけて倒れ込んでいた。

異変を察知した秘書が廊下を走ってくる音がする。

「聞き分けのない犬には叩いて教える。お前は犬以下だ」

仰向けに倒れたまま呆然と見上げる細島に、佐脇は吐き捨てずにはいられなかった。

＊

「……というわけで、おれはしばらく謹慎だ。相手が相手だけに、もしかするとこのままクビになるかもしれん」

鳴海署の食堂で、佐脇は水野と篠井に言った。

「佐脇さん。これ、相手の思う壺にハマったんでしょう？　ダメですよ、挑発に乗っちゃ」

部下の水野に窘められて、佐脇は頭を掻《か》いた。

「その通りだな……つい、カラダが動いてしまって。だが、殴《なぐ》ってから、自分は間違っていないと確信したがな」

しかし、自分でクビの可能性を口にはしたが、むざむざと警察を追われるつもりはない。笠間を殺害したのは、ほぼ間違いなく細島だ。クビになる前に細島を挙げれば良いのだ。そしてエルこと西脇弥生の存在がある。彼女が口を開けば、さらにもう一つ、細島の命取りになる、おぞましい悪業が明らかになるだろう。

かつての少年犯罪者とその被害者との間には何かがある。知られてはならない何かが。

「ま、有給休暇のつもりで、しばらく遊んで暮らすわ。そろそろ、ひかるともヨリを戻して、旅行にでも行ってくるかな」

「あ、それはいいと思います」

篠井由美子は賛成した。

「でも、謹慎でしょう。自宅軟禁というか、家から一歩でも出たらマズイんじゃないんですか?」

水野が心配した。

「それって、サムライの蟄居《ちっきょ》だろ? というか、おれがアウン・サン・スー・チーで県警は軍事政権か?」

佐脇は気に掛ける様子もない。

「ま、あれだ。ちょうどいい機会だから、とりあえず美知佳のご機嫌伺いでもしてくるよ」

佐脇は、刑事課の業務のあれこれを水野に引き継いで、鳴海署をあとにした。

美知佳と男女の関係になってしまったことは、誰にも言っていない。アレはどちらかと言えば佐脇が「食われた」ような状況だった……と言っても誰も信じてはくれないだろうし、なるべく早く距離を修正して、警察官と保護観察を受ける未成年者の関係に戻りたい。

である以上、恋人気取りで美知佳に連絡を入れたりもしていない。美知佳がどう思っているかは知らないが。

オタクの若者が好きそうな食い物を買って、彼女のワンルームマンションを訪れた。

「あ」

美知佳はそう言って佐脇を中に入れた。

「君は最少限の言葉しか使わないんだな」

無愛想なのか照れ隠しなのか、他人との付き合いに慣れていないのか、美知佳は来訪者にお茶を出す素振りすら見せず、黙ったまま再びパソコンに向かった。

「食べるかどうか判らないが、ピザとフライドチキンを買って来た。一応コーラもあるからおれに気を使うこともないぞ」

佐脇は、小さなテーブルに食べ物を広げ、缶コーラを美知佳に渡した。

「どうも」

彼女はそう言ってプルタブを開け、グビグビとコーラを飲んだ。

「メシとかどうしてる？　こういうものばっかりだと身体に悪いぞ……って、まるでオヤジが言うみたいなこと言ってるな、おれは」

佐脇としては、ヒジョーに居心地が悪い。いつもの彼は、女の方にアレコレ気を使って貰う立場だから、黙って座ってればいいし、話だって普通に展開していく。しかし、美知佳が相手だと、すべてこちらから話を振らなければならないのだ。

「食べろよ。おれを気にするな」

そう言うと、無愛想な少女はピザに手を伸ばした。

佐脇はチキンを食い、しばらくは狭い部屋に、二人が咀嚼《そしゃく》する音だけが響いた。

次第にその雰囲気が耐えられなくなってきた。沈黙は苦手なのだ。

「なあ、テレビとか……そうか。ここにはテレビはないもんな」

「あるよ。何か見たいの？」

美知佳が床に置いたキーボードを操作すると、パソコンの画面にテレビが映った。

「これ、普通のテレビか？　うず潮テレビは映るか？」

美知佳が黙って操作すると、地元ローカル局のニュースが映し出された。

「すごいな。どんな裏技を使ってるんだ」

「別に何もしてない。ケーブルテレビを映してるだけ」

「ケーブルテレビって、パソコンで見られるのか？」

「まあね、それなりに」

美知佳はそう答えたが、どう考えても、正規の受信料を払って視聴しているとは考えにくい。得意のパソコンの技術を使って、ズルをして見ているのではないのか？

「ああ、そういや、佐々木英輔の件は、身柄を検察に送って、おっつけ起訴される。かなり悪質だから、相当の期間お勤めして貰う事になるだろうな」

そう、と美知佳は無関心を装った。

「でな、ちょっと疑問があってな。タイミングのことなんだ。君が釈放されてここに戻って、すぐというか、その夜だったか……おれのアドレスに佐々木英輔の犯罪を立証する文書が送られてきたのは。アレはもしかして、君がやったのか？」

美知佳は聞こえないふりをして、知らん顔をしている。

「この前も同じ事を聞いたが、君は知らん顔をしてたな。まあ、それはいいや。どうせおれには理解出来ないアレコレが絡んでくるんだろうし」

話が途切れてしまった。

パソコンのディスプレイに映し出されたニュースでは、T県警のパトカーが些細《ささい》な交通違反車両を見つけて追跡したが、その違反車両が暴走してコンクリート塀に激突して大破し、運転していた男は死亡という事故を流していた。

『県警は、追跡は適法で問題はなかったと言っていますが、最近こういう事故が多いですね。警察が必要以上に違反車を追うから事故が起きるんじゃないでしょうか？』

スタジオで解説者に意見を訊いているのは磯部ひかるだった。

『パトカーが追跡中、逃げた車が歩行者の列に突っ込んで死傷者が出た例もあります。無関係な市民が巻き添えになることだけは絶対に避けて欲しいですね』

解説者は、これも佐脇の知り合いである、うず潮新聞社会部長の春山だった。

「当たり障りのないことしか言わないのが、いかにもテレビだな。言わないというより、言えないんだがな。だいたい違反して逃げたヤツが一番悪いのに決まってるだろ。逃げなきゃパトカーが追う必要もないんだ」

佐脇はそう言って、チキンの肉を骨からがぶり、と食いちぎった。

「無理な追尾と言えば、おれも似たようなことをやったがな。乗ってたのはパトカーじゃなくおれのバルケッタで、逃げた相手は死んじまった。派手にコンクリート塀に激突してな。まあ、あの時は殺してやろうと思って追ったんだがな」

佐脇は自慢するでもなく、ぼそっと言った。

「その意味じゃ、おれもお前さんも似たようなもんだ。悪い奴を罰したんだ」

ニュースから目を離すと、美知佳が自分をじっと見ているのに気づいて、佐脇は当惑した。

「なんだよ。飯粒でも顔についてるか？」

「……頼みがあるんだけど」

美知佳から積極的な言葉が出るのはこれが初めてだ。佐脇は素直に喜んだ。

「おう。いいぞ。おれに出来る事なら何でも言ってくれ」

「車の運転を教えて」

そんなもの、教習所に行けと言いそうになって、我慢した。この子は教習所でうるさい教官に接したらキレてしまうだろう。

「いいよ。何か仕事につくにも、免許があれば有利だろうしな。たまたま事情があっておれもヒマだ。どこか公道じゃないところで練習しようか。付き合ってやるよ。それで練習して免許センターの試験に受かればいい」

しばらく警察に出入り禁止になったんだ、と説明した。

「それと、護身術を教えて」

「護身術？　何に使う？　今度佐々木みたいな奴が出てきたらトドメでも刺すつもり

か？」

　前に誘った時にはその気もなかったくせに、気が変わったか。

「いや、そりゃまあ、君も女の子だし、そういう心得があった方が安心っちゃ、安心だがな」

「そうだよ。自分の身は自分で守らなきゃ。いいから、教えてよ」

　美知佳の口調に変化があった。今まで言葉の断片だけだったのが、違ってきた。話す表情も、気のせいか、いくぶん柔和になってきた感じがある。

「おれとしては、教えられることはなんでも教えてやるが、お前さんにしか出来ないことがあるだろう？　そっちの道は究めろよ。その、なんだ、パソコンはおれにはちんぷんかんぷんだが、お前さんの得意分野だろ。なんか、尊敬されてるんだってな。違う名前で」

「……知ってるの」

「知ってるさ。警察の調査能力をバカにしちゃいかん。クリ……クリトリスじゃなくて
……オヤジギャグで済まんな」

　つい口にでた下品な言葉を謝った。

「そのクリなんとかって、神とか言われてるんだろ。だったらアレか、誰かのパソコンに侵入して日記とかを盗み見するのもお茶の子さいさいか」

　さあ、と美知佳は知らん顔をした。

佐脇は、彼女の内面にどこまで踏み込んでいいものか、まだ判らない。異常と言っても良い家庭環境について、実家を訪問して知るに至ったことも、今は言わない方がいいだろう。

最初に取り調べをした時は、手のつけられない凶悪不良少女としか思えなかったが、今では彼女がどうしてそうなったか、なぜ何を聞いても黙っていたのか、なぜ信じられないほどの暴力を佐々木のような男に振るったのか、その理由も察しがつく。

だからこそ、無理をするつもりはない。

「じゃあ、どうする？　これから車の練習をするか？　ここからなら、那和《なわ》川の河川敷なんかいいんじゃないか？　河川敷は公道みたいなもんだが、おれがいれば大丈夫だ。それに、人も来ないだろうから、護身術の初歩も教えてやろう。ついでに魚釣りとか火のおこし方とか、うまいバーベキューの作り方とか、そういうアウトドア関係はどうだ？」

「……そういうのは興味ないし」

美知佳は、初めて笑みを見せた。

第五章　生き残りの秘策

細島祐太朗は苛立《いらだ》っていた。

完全犯罪とは言えないが、なんとか逃げ切れるはずだった計画に黄色信号が点滅し始めていたからだ。

衝動的にやってしまったのはまずかった。弁護士としての経験からも、衝動的犯行ほど割に合わないものはないのは判りきっているのに。

当然ながら後先《あとさき》の目算を立てずにやってしまうから痕跡は完全には消せないし、アリバイの立証も難しい。そしてなにより、疑いをかけられ取り調べを受けた場合、前後の行動の説明をすることが難しくなる。

本来なら、事故死か自殺に見せかける工作をすべきだった。どうせこんな田舎《いなか》ではマトモに検死すらされないケースが多い。ガスの不完全燃焼とか練炭自殺とか、やりようはいくらでもあったのだ。バカな田舎警察がろくに調べもせずに事故または自殺と判断すれば、死体は荼毘《だび》に付されて証拠は消える。あとから疑念を持たれても、決定的証拠が失われている以上、容疑者を有罪とする決め手はなくなる。

本来なら、そうするべきだった。しかし……最初は、殺す気はなかったのだ。

あの瞬間を思い出すと口の中が苦くなる。冷蔵庫から缶ビールを出した細島は、乱暴にプルタブを引きぐいぐいと呷《あお》った。

落ち着け……落ち着くんだ、と懸命に自分に言い聞かせた。

世の中の殺人事件の大半を占めるのは、衝動的犯行だ。これほど愚《おろ》かしい犯罪はない。なにしろ人生を左右する重大な行為を、無計画に、一時的な感情でやってしまうのだから、こんな愚行はないだろう。以前から、世の中には信じられないほどのバカがこんなにも多いとは、と呆《あき》れていた細島だが、そんな下等な犯罪者どもの一員に、他ならぬ自分も入ってしまったことが、我ながら信じられない。

未熟な高校時代のあの殺人だって、すべてを衝動的に行なったわけではなかった。大瀬由加里を殺すまでに暴走したのは当初の計画とは違ったが、きちんと口封じの方法も考えてあったし、最終的にはすべての罪を遠山に着せたことも計算通りだった。

しかしまあ、と細島は無理に気を楽にしようと努めた。ここは自分の強運を信じることだ、と自分に言い聞かせる。完璧な計画と、運の強さ。どちらが物を言うかと言えば、当然、後者だろう。そうでなければ、自分はここまで登り詰めてはいない。

完璧に計画した上での犯行でも、予期せぬアクシデントは発生するし、そこから足が付くこともある。要するに何をどうやろうがケチがつくときにはケチがつくし、露見するときには露見するのだ。

逆に、衝動的犯行の場合は、計画性のないことがかえって警察の捜査を攪乱《かくらん》して、真犯人にたどりつけないことがある。

だから、犯罪、いや、あらゆる計画の成否はほとんど時の運である、というのが細島の基本的な考えだった。そして、自分は強運の持ち主だと細島は信じている。

高校の時の殺人にしても、主犯は遠山ということにされ、あれほどのことを計画・実行した自分なのに、それは一切「なかったこと」になり、自分はこうして衆議院議員にまでなっている。これを運の強さと言わずして何と言おうか。

しかもあの時は、世の中の男たちが渇望《かつぼう》し、しかし決して実行には移せない、夢のような数時間を過ごすことが出来たのだ。ただ一人、自分になびかなかった大瀬由加里を屈服させ、ありとあらゆる性的な恥辱と恐怖を与え、従妹の弥生だけは助けてほしいと涙ながらに哀願させ、最終的には弥生の見ている前で由加里を生きたまま解体して、精神的にも肉体的にも、文字通り破壊し尽くした。あの時の全能感と恍惚《こうこつ》感を思い出すだけで、今でも股間が勃然とする。そしてエルを呼び出してはその破壊衝動をぶつけずにはいられなくなる。

たしかに少年院に行って数年間の回り道はした。だがあの数時間で味わった、空前の快感と陶酔と恍惚を思えば、それだけの犠牲を払った価値は十分にあったと言える。

やはり自分には強運がついているし、何よりも常人とはかけ離れた頭の良さがあるのだ。細島はひそかな満足とともに自画自賛せずにはいられなかった。

その意味では、今回もいい線をいっていた。咄嗟《とっさ》とはいえ、佐脇に罪をなすりつける事を思いついたのは、我ながら素晴らしい逆転の発想だ。

とにかく自分は、成功者としての人生を全うしなければならない。どんな手を使ってでも、だ。自分を溺愛《できあい》していた母親の言葉を思い出す。

『やっちゃんはかわいくて頭が良くて、普通の子供とは全然違う、特別な子なんだから、何をしてもいいのよ』

そのとおりだと思う。これほどにも人に優れた自分なのだから、あの「特別な数時間」を味わう当然の権利があったのだし、それで罪に問われる必要もない。このカリスマと能力があれば、いずれ位人臣をきわめるのも可能だろう。その邪魔になるものは、近所の貧乏な幼なじみであれ、正義面をして自分のささいな過去をあげつらう自称熱血教師であれ、さらには分をわきまえずしつこくつきまとう県警の刑事であれ、すべて『排除』されて当然なのだ。

細島は少年院に入っていた分、大学進学が遅れたし、転居したり名前を変えたりと過去を断ち切る手間も必要だった。言わばマイナスからのスタートだったが、持ち前の強運で現在の状況がある。

少年院に入っていたことをカミングアウトしているのだから嘘はついていない。しかし、過去を詮索《せんさく》されて良いことは何もないので、実の両親とは完全に音信不通だ。自分はもう『梅津靖』ではない。高校一年までの人生は、自分にはない。自分で消去した。

実の親のことはもともと嫌いで、一度たりとも愛情を感じたことはない。

つねに自分を溺愛して特別扱いした母親は、彼が近所の子をいじめて玩具《おもちゃ》や菓子を奪い取っても、学校で気に入らない級友の持ち物を盗んだり隠したりしても、彼を叱《しか》るどころか、彼以上に激昂して隣人や学校側に食ってかかった。

だがそんな母親の愛情も細島にとってはわずらわしいものでしかなく、風の噂で母親が入院していると聞いたが、見舞いに行こうとも思わない。今は他人なのだから当然だ。

根っからの商売人で、苦労人であることを自任していた実父は、自身が無学歴なのを恥じて、二代目である自分に勉強を強いた。

梅津の家に金はあったが、所詮は田舎の小金持ちだ。垢《あか》抜けなさと田舎臭さが耐えられなかった。自分のような優れた人間にはもっと都会的な、洗練された家庭環境がふさわしいと思っていたが、その望みも、ひょんなことから叶えられてしまった。『例の事件』を機に養子に入った細島の家こそが、まさに自分の理想とする環境そのものだったのだ。

とにかく生物学的な両親については、暑苦しい愛情を押しつけてきた母親も、田舎じみて金勘定にうるさい父親も、細島にとっては思い出したくもない存在だ。

そんな親を切り捨てることは当然、なんともなかった。重大犯罪を犯した息子の存在に呆然とし、次いで巨額の賠償金を請求された父親には、弁護士を通じてうまく自分の意向を伝えた。馬鹿正直に賠償金を払うことはない。そんなカネがあるのなら、養父の細島に渡すように。自分はそのカネで大学に進学して、高収入の得られる仕事に就く。そうすれば父さんたちの老後も安泰だからと。

まんまとその気になった父親は細島の言うとおりに行動した。細島の家に金が渡った時点で、彼は相続権などもすべて放棄して、実家とは完全に縁を切った。その後、父親は賠償金を払うこともなく、というよりは払えず、息子が有名になるのを見ることもなく、心労から病を得て亡くなった。父親の老後を保障する必要がなくなり、過去がバレる心配もひとつ消え、細島はせいせいした。やっぱり自分には強運がついているのだと思った。

そして篤志家《とくし》の細島は、善意の塊のような人物だった。彼の学資や生活費はすべて実父から提供されていたのだが、とにかく自由にさせてくれた。

入り直した高校では成績が良く、医者でもなんでもなれると進路指導の教師に言われたときも、経済か経営の勉強をしろと言ってきた実父とは対照的に、養父は彼の自由にさせてくれた。もっとも、重大犯罪を犯した少年が、少年法の保護があるとは言え、法曹人を志す無謀さにまでは考えが及ばなかったのかもしれないが。

彼自身は、法律家になるリスクは承知していたが、他の仕事を選択する気持ちはなかった。法律というモノを武器にして弁舌で戦う仕事は天職だと思ったのだ。それも、裁判官や検察官よりも、弁護士がいい。大きな事件を扱えばカネにもなる。マイナスからのスタートを補うには、金の力は大きいと考えたのは、実父の「血」かもしれない。

計画を慎重に練った彼は、名前を変えるだけではなく、美容整形手術を受けて顔も変え、声帯を弄《いじ》って声も変えた。その変身のタイミングも考えに考えた末に、大学入学の直前、つまり社会生活の再開と同時期に行なった。つまり細島祐太朗として大学生になった時には、以前の顔も声も葬り去っていたのだ。これなら大学で法律を学び、司法修習生となった同期からも怪しまれることはない。高校以前の友人とはきっぱりと手を切った。

「少年院出身の弁護士」というダーティでマイナスな経歴を「異色の苦労人」「裁かれる側の気持ちが判る男」などとプラスに転じて看板に出来たのは、自分の才覚と周到な計画の成果ではあるが、運も良かった。下手《へた》をすれば叩かれて過去を掘り起こされ、非難の集中砲火を浴び、こんなことならカミングアウトなどしなければ良かったと後悔していた可能性は充分にあった。

だが彼は自分の強運を信じていたし、何よりも強すぎる自己愛が一介の弁護士という肩書きでは満たされなかった。特別な存在である自分には、もっと素晴らしい栄光と名声が用意されているはずだ、との気持ちが次第にふくれあがり、どうしようもなくなったのだ。

さらにその、無謀とも言える選択を強固に支持してくれた、ある人物の存在があった。

彼にある事件の処理を頼んできた芸能プロの幹部が、彼の押しの強い喋りと性格を知り、「異色の弁護士タレント」として売り出すことを思いついた。お笑いタレント級の頭と舌の回転の良さにプラスして、どことなく『暗さ』を感じさせるところが、「その方面」と通じていなければ仕事にならない芸能プロ幹部の興味をいたく刺激した。「あの男には何かがある。普通じゃない」という、判る人には判る強い印象を与えたのだ。

普通ではない、危険な何かを持っている、と感じさせることは、少なくとも人気商売の人間には大きな成功の要因になる。しかしその「危険な香り」は誰もが気づくようなものであってはならない。ごく一部の、嗅覚の鋭い人間が感じればいいことなのだ。

「君を売り出したい」

と言ってきた幹部に、彼は乗った。それは、細島当人が考えていたことでもあった。

弁護士過剰時代と言われる時代、突出した存在でなければ生き残れない。いつまでもイソ弁で細々生きていく気はないし、普通の弁護士として仕事をしても、儲からない国選弁護の仕事だけではろくな生活が出来ない。

振り出しは関東ローカルの夕方に放送される小さな番組で、弁護士として事件を解説し、感想を述べるコメンテイターをやったが、細島は、法律家というとイメージされる中立で冷静というポジションを敢えて無視した。あくまでも主観に立ち、独断と偏見を恐れない、徹底した直言スタイルが、次第に注目されるようになった。

法律をネタにする芸人はそれまでにもいたが、細島は何といっても本職の弁護士だ。プロの法律家が「君の顔は刑法第二百四十六条違反だ。化粧を落とせば別人になる以上、詐《さ》欺《ぎ》罪が成立する」などと濃厚メイクが売り物の女性タレントに言い放つのは、まさに言語道断で想定外なキャラクターだった。

実際、所属する弁護士会の重鎮からは内々にお叱りを受けたが、全国ネットの番組に呼ばれて人気が爆発して以降は、そういう横槍もなくなった。

それというのも、ただ乱暴な毒舌を振り撒くだけではなく、時として社会悪を攻撃する熱い正義漢ぶりを見せて、弁護士ならではのキャラクターも立つように計算したからだ。

結果、「硬軟両刀を使い分ける油断ならない男」として細島は視聴者に強い印象を与え、タレントとしての人気に火が付いた。

それからのトントン拍子の成功は、自分でも恐ろしいくらいだった。

そうさ。おれは、選ばれた人間なんだ。だから成功したんだ。

そう思うと、心の底からプライドと満足感が湧き上がってくる。

細島はさらに一本缶ビールを開け、今度はグラスに注ぎ、ゆっくりと飲んだ。

成功してみて驚いたのは、どんなスキャンダルでも暴けるはずのマスコミが、テレビ局の看板番組に出ている人気者の汚点については敢えて触れないどころか、過去を封印するのに一役買ってさえくれたことだ。いわゆる『オトナの事情』というやつだろう。

同じ傾向の毒舌タレントでも、落ち目になると容赦なく暴き立てて、屍《しかばね》までも商売にするハイエナかコンドルのような芸能マスコミだが、細島のように上り坂で勢いのある、いわゆる『旬』のタレントには一切手出しをしない上に、見て見ぬフリをする。

テレビ局と系列関係にある新聞社も同じく見て見ぬフリだ。出版社系の週刊誌は系列が違うので、細島はタレント本を書くことにした。『ちょっとアブない法律相談』『こちらヤンキー法律事務所』などのあざとい書名で、男女関係や近隣トラブルなど身近な問題に、薄い法律知識を絡めた内容の本を出してみたところ、テレビでの知名度もあり、馬鹿馬鹿しいほど売れた。ベストセラーが欲しい出版社も以後は申し合わせたように、彼の過去について系列の週刊誌で触れることは一切なくなった。

予想した以上のチョロさに、世の中すべてを知った気になっていた彼もさすがに驚いた。

考えてみれば、彼の後ろ盾になってくれた芸能プロ幹部の存在も大きかった。この大物の検閲をパスした情報しかマスコミに載ることを許されない、彼はそれほどの力を持っていた。

こういういわば一種の情報統制のもとに、細島は「昔はヤンチャをし過ぎて回り道をしたが、今は立派に罪を償《つぐな》って更生した男」とのイメージを定着させ、過去の「ヤンチャ」が逆に現在のクリーンさを強調するという、不動の人気を獲得した。

『寄らば大樹の陰』という言葉の意味を、この時ほど噛みしめたことはなかった。

マスコミの寵児となるに従って本業も順調になり、彼一人では仕事が回らなくなって、多数の弁護士をスタッフとして雇い、自分は事務所の広告塔に徹する形になった。

収入も爆発的に増えて、成功者のみが入居出来る、都心の有名な商業施設に付属する、超高級高層マンションで暮らすようにもなった。

独身だから、浮き名は流し放題。しかし、やり過ぎると反感を買ってしまうのは先刻承知なので、そのへんは上手く立ち回った。自分に群がるマスコミ関係者にも一様に『幸せをお裾分け』したのだ。

そうなると、多少の失点も揉み消せる。覚醒剤に手を出したり、殺傷事件を起こすのはアウトだが、それ以外の事なら、なんとかなった。

世間には彼の虚像が流布した。そのあげくに、彼の人気の高さに目をつけた野党から、国政選挙に出ないかという話が舞い込んだ。

数あわせの陣笠議員ではなく、政権を奪還した暁には閣僚となり、総理総裁の有力候補としての将来も約束するという好条件の誘いだ。むろん、そんな約束に何の意味もないと判ってはいるが、人気者である事実をバックに党のために働けば、いずれそれなりの見返りは確実にあるだろう。

まさに、順風満帆。

高級外車を乗り回し、超高級マンションや党本部に国会、テレビ局をハシゴする華麗な毎日。銀行の預金残高をまるで気にする必要のない生活。

この栄光と豊かな生活を手放してなるものか。あんな田舎刑事のために……。

細島は、飲み干したビールのグラスを思い切り床に叩きつけて割ってしまった。

掃除はあの女にさせれば良い。だが呼んでおいたのに、あの女が来ない！

細島は、ストレスがたまると決まって、過激なセックスに耽溺《たんでき》する。その相手はいつも決まっていた。その女以外の相手では、同じプレイをしてもまるでしっくり来ないのだ。

高校一年の時の、あの日、あの時のセックス。

最後は殺人で終わった、あの時のセックス以上のものはこれまでになく、これからも無いと細島には判っていた。セックス殺人を繰り返せない以上、あの時の恍惚《こうこつ》を思い出させる相手とでなければ、女を抱く意味はない。それにはあの時、あの場所にいて、一部始終を目撃していた、いや、させた、あの体験を共有した女が必要だった。

いわば細島の性奴隷ともいえる、特定の女でなければ、躰の芯《しん》から燃えるようなセックスが出来ないのだ。

だからこそ、その女が約束の時間になっても来ないことに、細島は苛ついた。

ご主人様のおれを待たせるとは、何事だ！

なにをやってるんだ！　と細島はガラスのテーブルを足で蹴り割った。大学時代、護身術として空手を習っていた。自分の正体を嗅ぎつけた誰かに襲われることを考えていたのだ。

今いるこの部屋は、選挙用に鳴海の自宅として買った１ＬＤＫだ。鳴海を地盤として選挙に出る以上、名目だけでも自宅が必要だった。選挙中は面倒なのでホテル住まいをしていたし、当選してからも、地元での生活はもっぱらホテルだ。

だが、ホテルには誰の目や耳があるか判ったものではない。細島はホテルの従業員を一切信じていない。敵陣営に買収されて隠しカメラやマイクを仕込まれているかもしれない。

だからセックスをするときは、この部屋を使う。この部屋の鍵は、彼しか持っていない。支援者や後援会関係者と会うときは事務所やホテルを使う。いつも行動を共にする秘書がこの部屋に入る場合もあるが、合鍵は持っていない。部屋の掃除は自分でする。

誰かに監視される可能性もあるが、この部屋は下が商店で上がマンションという複合ビルだ。出入り口も複数あるので、万が一監視されているとしても、呼んだ女が細島の部屋に来たという証拠を押さえるのは困難だろう。

おれはここまで用意周到で慎重で、他人を信じない性格なのに、魔が差すと言うこともあるんだな。

苦い後悔とともに細島はそう思った。

かえすがえすも、あのときの衝動的な行為が、自分でもよく判らない。どうして発作的にやってしまったのか、いくら考えてもよく判らないのだ。

そもそもは、話し合いに行ったのだ。

顔も名前も変えたが、高校まで暮らして事件も起こした、その同じ地で立候補する企て自体が、大胆すぎたのかもしれない。しかし選挙の話が出たときは、かなり舞い上がってしまい、「毒をもって毒を制す」などとかなり強引な論法で自分や周囲を納得させたのだ。

いわゆる「ヤンチャ」程度の犯罪なら、問題になるはずもない。そして彼は、「高校の頃ヤンチャをし過ぎた」という表現を多用していたのだから、地元からの出馬を回避する理由がなくなったのだ。

過去は法律的にもマスコミ的にも、完全に封印されている、という自信もあった。

しかし彼は、過去の自分の悪行を知る、数少ない人間を取り込む必要を感じていた。

それが、鳴海市立高校の教師だった笠間だった。

どのようにして調べたのか、笠間は、ある日突然手紙を送ってきた。驚いたことに笠間は、自分がかつて梅津靖だった過去を知っていた。整形しても、教師の勘というものは働くのかもしれないし、公にした経歴を見て怪しいと思って調べたのかもしれない。

とにかく、笠間の口止めは、急務だった。

誰もいないところで、密談する必要があった。面談の約束をする際に、家族が旅行で家を空ける事を知り、その日に約束をした。

車を近くの駐車場に駐め、笠間の自宅を訪れると、応接間に通された。

応接間は狭い庭を挟んで道路に面していて、その向こうは民家だった。民家のカーテンが揺れ、そこから顔を出した老婆といきなり目が合って驚いた。

向かいの家に住む老婆が、暇を持てあまして窓越しにこちらを眺めていたのだ。

「坂東の婆さんは、いつもああだ。こっちがヒマだと窓を開けて世間話をするんだがね」

老婆は細島を見て、ぷいと目を逸らすと部屋の奥に消えた。

細島はさっそく本題に入った。

「書簡を拝見いたしました。私の未熟さゆえに、先生のお怒りを招いたとは、まことに私の不徳の致すところと言うしかなく、忸怩《じくじ》たる思いを抱いておりますが、つきましては一つお願いが……先生には私の私設秘書をしていただけないか、と実は考えているのでして。ご存じのとおり、私は至らない人間ですので、先生に宜しくご指導を仰ぎたいと、熟慮した末のお願いに上がりました」

笠間が淹《い》れた茶を勧められ、彼は菓子折を差し出しながら、ひたすら下手《したて》に出た。

「しかし君が細島祐太朗代議士だとはねえ。こっちが先生と呼ぶべきだな」

そう言われて、細島はイヤイヤと頭を下げた。

「なまじ中途半端に弁が立つもので、ついつい請われるままにテレビに出てしまい、それで生意気だとか偉そうだとか、どうもそういう印象がついてしまいまして……これは国政に携《たずさ》わるものとしてはマイナスです。そういう、私の至らないところを是非、先生にご指導願えないものかと」

笠間はタバコを出しかけて手を止めた。

「いかんいかん。禁煙していたんだ。私は教師時代、かなり乱暴な生徒指導をしたものだ。殴《なぐ》ったり怒鳴ったりしてな。そういう意味では前科者だ。君と同じくな」

年老いてはいるが往年の鋭い眼光に射られて、細島は尻がむず痒《がゆ》くなった。高校時代、この男だけは苦手だった。他の大人たちとは違って、正面切って迫られると、笠間だけは口先で丸め込むことが出来なかったのだ。

「前科とおっしゃいますが先生、少年法で私の前歴は……」

「判ってる！　そういう建前《たてまえ》は判ってる。私が言うのは、内のことだ。心の中の問題だ」

そう言われれば、細島もハイと頷《うなず》くしかない。

「それで先生……話を続けさせて戴《いただ》きますと、先生にお引き受け戴けた場合は、もちろんそれなりの報酬はご用意させていただこうと。先生には良い医療を受けて腰を治して戴いて、どこにでも旅行出来て安心出来る老後を送れる、それだけの額を……」

餌《えさ》をちらつかせる細島に、だが恩師は激怒した。

「人間というものは変わらんな！　君もいろいろ苦労して成長したかと思ったが、全然ダメだ。昔とまるで変わらんじゃないか。家の金を持ち出して、それを餌に手下にいろいろな悪事をやらせていたな。自分だけはいつも火の粉《こ》のかからないところにいるつもりだったのだろうが、それが通らないのは、あの事件で身に染みたんじゃなかったのか？」

すっくと立ちあがった笠間に、細島は慌てた。

「いやいや先生、お金のことを不用意に持ち出しまして大変失礼致しました。弁護士稼業などをしているせいで、いろいろと綺麗事を言ってはいても結局はカネ、という空気にドップリ浸かってしまったようで……申し訳ありません」

細島の詫びは、笠間には通じなかった。本心が透けて見えていたからだ。

「つまり、何か。君は私を雇って自分の手下にして、それで口封じをしようって言う魂胆なんだろう？」

「いえ先生。それは誤解です」

「いや誤解とは思えん。大体そんな無駄金を私に使う前に、やるべき事があるだろう！」

なんですかそれは、と細島が言い返したときに、ドアチャイムが鳴った。

細島は同じ日に笠間が佐脇と約束をしているとは知らなかったが、その訪問が思ったより早くなったのだった。

「来客だ。帰ってくれないか」

そう言う笠間に、細島は取りすがった。ここで決裂しては取り返しがつかない。

「まだお話は終わっていません。先生。何卒最後まで話を聞いてください！」

必死になった。まるで予期せぬ展開になってしまった。笠間が頑固なのは予想以上だった。金で動かない人間はいない、という細島の信念も通用しなかった。単刀直入に、ビジネスライクの話の進め方もまずかった。

「とにかくこのままでは私も帰れません」

「それは君の都合だ。大人になってまで自分のわがままを通すつもりかね？」

そう言われて、細島は土下座した。

「とにかく、ご来客の間、この家のどこかで待たせて戴けませんか？　小さくなっておりますので……」

あくまで低姿勢で懇願する細島を無碍《むげ》に出来なくなったのか笠間は、応接室の隣の仏間に隠れるようにと指示した。

彼は、持参したが開けてもくれないままの菓子折と、自分が飲んだ湯呑みを持って、隣室に移った。

通された仏間で大人しく座っていた細島だが、隣から聞こえてくる声に胸騒ぎがした。

襖《ふすま》の隙間から覗いた細島は、来客が佐脇だったのに驚いた。あの食えない田舎刑事・

佐脇も、細島の過去の悪行を知る数少ない一人だったからだ。

あの男は何をしに来たのだ。よりによってこのタイミングで、笠間に会いに来るなんて。

だが二人の会話には、細島の事務所で示談を扱った横山美知佳の件しか出てこない。美知佳の件も、依頼人である佐々木に有利に事を運ぼうとしていたら、この田舎刑事がしゃしゃり出てきて、佐々木が連続女児強姦事件の犯人だと暴《あば》いてしまった。おかげで、たっぷり報酬が取れるはずの佐々木は暴行事件の被害者から一転、連続強姦事件の容疑者になったのだ。

考えてみればこの件でも佐脇には煮え湯を飲まされているわけで、ふつふつと怒りが湧き上がってきた。それもあって細島は、佐脇の来訪の意図を完全に誤解した。

美知佳の保護の件は単なる口実であって、本当の用件は自分のことに違いない、と細島は決めつけた。自分の過去について笠間と情報を照合して、暴き立てる算段なのに違いない。どうして？　もちろんそれは華々しい自分の存在が気にくわないからだろう。

が、佐脇は、笠間が心ここにあらずという様子なのを敏感に察知したようだ。先約があるようでしたらそれが済む頃を見計らってまた来ますと、立ち上がった。

自分の話を出さないままいったん辞去するのは、笠間が自分の存在を気にして、本題に入らなかったからだろう、と細島は推測した。自分を追い返してから、佐脇とじっくり話し合う手筈にしたのだろう。

もう一刻の猶予もならない。

笠間と佐脇の共謀は、なんとしても妨《さまた》げなくてはならない。

土下座までしたというのに、笠間には取り合う気はなさそうだ。けんもほろろの返事だったのは、あの刑事と既に下話が出来ていたからに違いない。

まず、あの刑事を県警から排除しなければならない。追い落とされ、破滅させられる前に……。

笠間一人であれば、基本的には人が良い元熱血教師のことだ。細島得意の口先で、同情を引き、丸め込むのは可能だろう。笠間が苦手だったのは昔の話で、現在の自分は今をときめくタレントにして国会議員なのだ。未熟な高校生の時とは別人だ。

佐脇が辞去したのち、細島はゆっくりと仏間から応接室に戻った。

「……先生。今のは鳴海署の刑事ですよね？」

「ああ。私が教師を辞めてからも訪ねてくれるんだ。出来は悪いがいい男でな」

細島の思ったとおり、笠間は佐脇に取り込まれているのだ。自分に手紙を寄越したのもそのせいだ、と邪推した。ところで、と笠間が言った。

「君は、弁護士としては人権派のように振る舞っているが、自分がしでかした犯罪の被害者を放りっぱなしにしていることについて、なんの良心の呵責もないのかね？」

「ですから……あの件は既に終結してるんです。今の私にはなんの関係もないことで」

「法律的にはそうだろうが、道義的にはどうなんだ？　君のアタマの中には自分を守ることばかりが詰まっているのか？　自分のせいで不幸になった人たちのことは、これぽっちもないんだな！」

細島には、笠間のこの論法が理解出来なかった。

自分の罪は少年院を満期退院したことで償《つぐな》ったし、少年法上、前歴も消えている。民事訴訟の当事者も実父で、その実父は破産して賠償に充てる金はない。当時未成年だった自分に賠償の義務はなく、責任があるのは、あくまでも保護者だった実父だ。しかし今はその実父とも戸籍の上でも相続的にも完全に縁が切れている以上、親の負債を引き継ぐ義務はない。そんな自分に、なんの道義的責任があるというのだ？

「判った。お前がそういう考えならば、私は私の考えで動く。お前には政治家でいる資格などない。高い金を取って誰かを弁護する資格もない。お前は一生かけて、被害者に償いをしなければならないんだ」

「え？」

細島には、笠間が何を言いたいのかまったく判らなくなった。

「おっしゃる意味が判りませんが」

「そうだな。お前には判らないだろう。だが、私は何もかもを表に出すつもりだ。今、お前と話して、そうするしかないと気持ちが固まった。もうそんなに人生は長くない。ならば最後は教え子の不始末を少しでも償って、サッパリしたいんだ」

「サッパリって……先生は気が済むでしょうが、この私はどうなるんです!」

「だから何度も言ってるだろう! 罪を償えと!」

さあ帰れと言うように、笠間は立ちあがった。そのまま、広くもない庭を無言で眺めた。

黙っている間にさっさと出て行け、と言う態度だ。

細島は瞬時に行動していた。

ポケットからハンカチを出すと素早く右手に巻きつけ、南部鉄の大きな灰皿を掴んで持ち上げた。狙いを定め、反動をつけるように後ろに振りかぶったそれを、笠間の後頭部に思い切り叩きつけた。

ゆで卵が割れるような嫌な音がした。ぐぐっ、と喉《のど》を詰まらせたような声をあげた笠間は、激しくよろめき、ソファに倒れ込んだ。

細島は夢中になっていた。高校の時、自分になびかなかった大瀬由加里を呼び出し、強姦し、ついには生きたまま解体してしまった時の、あの興奮が戻ってきていた。鼻をつく血の臭い。人間が人間の尊厳を失う時の、無力なうめき声。肉体が破壊されてゆく、それもこの手で破壊しつつあるという、しっかりした手応え。それをふたたび味わいたくて、応接テーブルに伏すように倒れた笠間の後頭部を、細島は灰皿で何度も殴打した。恩師の身体がぴくぴくと痙攣《けいれん》するのが憎らしく、それが止まるまで、夢中で灰皿を振り下ろし続けた。

鈍器だったせいか後頭部の肉片が飛び散ることもなく、返り血を浴びることもなかった。

動かなくなった笠間を見下ろして、細島は呆然《ぼうぜん》となった。

どれほどの時間が経ったろうか。

時計を見ると、ホワイトアウトしていた時間は僅かだった。

細島は、気を取り直して、ハンカチを左手に巻き直して卓上ライターを摑んだ。自分でも恐ろしいほどに頭の回転が速くなっている。さっき盗み見していたとき、佐脇がこのライターを持って火を付けたのを目撃していたのだ。あの男は、右手でタバコを持ち、左手でライターを持っていた。

とどめのつもりで、ライターを振り下ろした。

骨が砕ける音がしたが、その時にはもう、笠間はまったく動かなくなっていた。

細島は冷静になった。

返り血は浴びていないようだった。

台所に行って、自分が使った湯飲みを綺麗に洗った。佐脇が使ったものはもちろんそのままにした。

自分が触ったと思われる箇所をすべてハンカチで拭いた。もちろん指紋を消すためだ。

一通り見渡して、遺漏がないかどうか確かめた。

部屋の中に痕跡はないはずだ。

また来ると佐脇は言っていた。ならば、ヤツが第一発見者になるだろう。

とにかく早くここを離れなければ。それしか頭になかった。

裏口か勝手口を捜したが、この小さな家にそんなたいそうなモノはない。

その時、窓外の家に気がついた。道を挟んで笠間の家の向かいにある家だ。その家の中から先刻、老婆がこちらを覗いていたのだ。

ここを出る際に姿を見られては困る。

そう思いながら外を見ると幸い、向かいの家の窓に老婆の姿はなかった。

やはり自分は運が強い、と思った。乗り切れるだろう。この犯罪も。

細島は、一気に笠間邸から脱出したが、職業柄、向かいの家の表札を確認しておいた。

『坂東』とあった。笠間も「坂東の婆さん」と呼んでいた。

平静を装って車を駐めた場所へと歩き、ゆっくりと車を出して定宿にしているホテルに戻った。そしてその後は外出せず、テレビを食い入るように見た。やがて地元のローカルニュースが元高校教師が殺されたことを伝え、第一発見者が刑事であることも伝えた。

「警察では周囲に聞き込みをして目撃情報を集めています」

現場からの中継でリポーターが、はっきりとそう言った。

いかん。おれはミスをした！

細島は、あの老婆の存在を思い出した。笠間の家から逃げ出すときは、坂東の婆さんに見られていないから安心していた。しかし、実はあの老婆に、犯行の一部始終を目撃された可能性がある。そして、それを警察に喋られてしまったら……。

いろいろと考えた細島は、翌日、老婆の家を訪問した。

しかし現場には警察関係者がウロウロしていたので、車に乗ったまま、何食わぬ顔で通り過ぎるしかなかった。警察が来ない以上、老婆は細島の姿を見ていないか、見ていても、まだ警察には喋っていないのだろう。

その数時間後、ようやく現場から警察の姿が消えたので、細島は老婆を訪ねた。

はいはいと奥から出て来た老婆は、玄関に立つ男を胡散臭そうに眺め、メガネをかけた。

「あ、あんたは！」

玄関に立っている人物が、現在鳴海で一番の有名人だと知って、老婆は驚いた。

「あの……テレビに出てた」

老婆は目を剝《む》いた。

ろばせた。

「なな、なんの御用で」

「はい、わたくし、坂東さんを見込んで、ぜひお願いが」

笠間に受け取って貰えなかった菓子折を渡すと、根性の悪そうな老婆はすぐに顔をほころばせた。

「篠原《しのはら》の最中かね。これは美味しくてね」

彼は家に上がらせて貰って、笠間の家が見える部屋に入れて貰った。老婆には細島を怪しむ素振りはない。ということは……この婆さんは、細島の犯行を見ていないのだ。

細島は内心ホッとするとともに、気持ちを引き締めた。この婆さんをうまく誘導して、警察に喋らせたいことがある。ここが腕の見せ所だ。

「なるほど、この部屋ですと、お向かいの玄関と表の道が見渡せますね」

「そうじゃな。時間のあるときはここから外を眺めて防犯の役に立っとるでな。怪しい輩がいたら、すぐ一一〇番するしな」

「地域の安全を守ろうとする心掛けですね。なかなか出来ないことです。頭が下がります」

如才なく持ち上げられて老婆は気分が良さそうだ。

「ところで、お向かいの笠間さんが大変なことになりましたね」

「それよ！」

問うまでもなく坂東の婆さんは堰《せき》を切ったように話し始めた。

「あの日、来客があるなあと思うとったら、あの騒ぎで。警察やらナニやらがウチにも大勢聞きに来るし、もう大変だった」

「そうですよねえ、こんな静かな住宅街で、いきなりですからねえ」

いやもうそれは……と、老婆は自分が体験した一世一代の大事件を、ツバを飛ばして興奮も露わに喋りまくった。

「本当に恐ろしいことですよねえ」

細島は同情を装ってみせた。そんな細島に、老婆はさらりと決定的なことを言った。

「そういや、あんた。あんたがあの日、笠間さんと話しとったのは見えておった」

細島の背中に寒気が走った。見られていない、と思ったのは甘かった。これは口先で丸め込むだけでは済まず、違う口封じをしなければならないのか?

いやいや、と細島は必死に冷静になろうとした。

「なにかご覧になりましたか?」

「いーや。ワシもいろいろ忙しいんでな。テレビ見たり便所に行ったりご飯食べたり……あんたは笠間さんと話しとっただろ」

殺人現場を見ていたのなら、こんな調子で殺人者と話は出来ないだろう。この老婆は、やはり決定的場面は見ていないのだ。

「で、坂東さんは、警察にそのことを？」

「いや、何も言っとらんよ」

老婆は澄まして言った。

「警察にかかわると後々、なにかと面倒じゃろ？　ほれ、よく刑事ドラマで何人かの顔を見せて、『あれが犯人か？』とか指さしさせられとるじゃろう？　ワシはそういうのは御免なんだよ」

一切御免、とばかりに老婆は払いのけるような仕草で手を振った。

細島はほっとした。

予想していたのは、もっと悪い事態だった。最低でも、佐脇が、まだ生きている笠間に見送られて帰って行くのを見た、と既に警察に話していると想定していたのだ。

よし。やっぱり運はおれに味方している。おれには強運がついている。

細島はおもむろに、考えておいた嘘八百のシナリオを話し始めた。

「お婆ちゃん。国会議員として、とても大事なお願いがあるのですが。実は私は、ある男に逆恨みされておりまして、その刑事が私を陥れようと必死になっているのです」

「ほう、それは気の毒にの。確かに、あんたのような男前は人から憎まれて大変じゃろう」

老婆はあっさりと信じた。

「この県を良くして、お婆ちゃんのようなお年寄りが安心して暮らせるようにするためにこの不肖《ふしょう》細島、国会で頑張らせていただきたいと思っているのですが、どうも、それを良く思わない連中もいるようなんです。この男です。中年の、見るからに柄の悪い男……」

彼は、入手しておいた佐脇の写真を老婆に見せた。

「ああ、このヒトならあんたが来た後に来て、家の中で笠間さんと話しとるのを見たがの」

細島は思わず身を乗り出した。

「で？　そのあとのことは？」

「いや、ワシだって忙しいから、ずっと見張ってたわけでもない。それにな、このメガネを向こうの部屋に置き忘れて、しばらく探しておったんでな、目もよくは見えんかった」

あっさりと言う老婆を、細島はじっくり説得にかかった。

「お婆ちゃん、それは確かですか？　いえ、お婆ちゃんを疑うわけじゃないんですが、ちょっとね、ご覧になったことについてもう一度、よーく考えてみませんか？　いえ、お婆ちゃんが見たことについて、考えを変えろっていうんじゃないんです。もう一度、ほんのちょっと、思い出していただければ良いんですから。もちろん、ご協力戴けたら、それなりの御礼はさせていただきます。なにしろ選挙が近いし、この県と皆様の暮らしを良くできるかどうかの瀬戸際ですから、あんな男に邪魔されるわけにはいかないんです」

これはほんの手付けということで、と言いつつ、剝き出しで十万円の金を手渡した。

「こらまたご丁寧に。そんな、気を遣わんでもいいのに」

そう言いつつ、老婆はすんなりとカネを受け取った。

「で、ワシは警察に、何をどう言えばいいんじゃ？」

歳を考えれば驚くべき察しの良さだ。細島は、踊りの振りを教えるように、すべてのくだりを老婆に教え込んだ。

「……とにかく、この中年のムサイ男は、なんとか私を追い落として、この県の政治も、皆様の暮らしも滅茶苦茶にしてしまおうという、とんでもない奴なんです。笠間さんを殺したのもこの男です。あげく、その罪を私に着せようとまでして……。しかし県民の皆様のためにも、この細島、ここでむざむざと罪を着せられるわけには行かないのです。どうかこの私を助けると思って……ご協力、お願いできませんか？」

細島は両手で老婆の手を握りしめ、全身全霊で訴えかける気持ちを視線に込めて哀願して見せた。こんな芝居は朝飯前だ。女でも有権者でもここぞという時、こうして泣きを入れれば、簡単に心を動かすことが出来た。そしてこの老婆も例外ではなかった。

「ほうか。あんたも頑張っているのに、悪いやつらに妬《ねた》まれてしもうて気の毒にのう。心配いらんよ。ワシに出来ることなら何でもするから」

内心ほくそ笑みつつ細島は『協力金』の残りを後日持参すると付け加え、話はまとまった。

「ではくれぐれもよろしくお願いしますよ」

大丈夫、大船に乗った気でいてくれと老婆が答えたので、彼は辞去した。

この工作がうまくいけば災い転じてなんとやらで、笠間殺しの罪を逃れ、佐脇も追い落とせるという一石二鳥になる。

果たして、坂東の婆さんは、思った以上に頑張ってくれた。わざわざ警察に電話をかけ、参考人供述調書まで取られたのに、きちんと細島の頼んだ通りの事を言ってくれたのだ。

だが……。

老婆に証言させ、わざと自分を殴らせた程度では、勝利を完全に手にしたとは言えない。逆に、謹慎処分になって自由に動けるようになったあの田舎刑事が、どんな手で攻めてくるか判ったものではない。

警視庁など大都会の洗練された刑事のやり口なら一通りは知っている自負があるが、T県という田舎の、そのまた田舎の鳴海の、現場叩き上げの刑事となると、何を考えているのかよく判らない。それが不安だ。

こういう時こそ、激しいセックスをして麻薬のような快感に痺《しび》れてすべてを忘れたいのに、女が来ないのはどういうことだ！

と思考がループして元に戻った細島がふたたび荒れてコーヒーカップや皿を割りまくろうとしたとき、ようやくチャイムが鳴った。

それまでの荒れ狂った表情から一転、クールを装った細島は、背筋を伸ばしてドアを開けた。

そこに立っていたのは、エルこと西脇弥生だった。下着が見えそうな超ミニに、ぴちTの胸のラインを引き立てるようなジャケットが、全裸よりも下着姿よりも濃厚なセックスを感じさせて、大いにそそる。

若い頃からセックスをし過ぎたせいかもしれないが、細島は普通のプレイでは満足出来ない。その相手は、彼の性癖を熟知した弥生でなければならない。

「……遅れてしまってごめんなさい」

弥生はおどおどした態度で声を震わせた。顔を上げて細島を見る勇気すら無いのだ。

「前のお客さんが二度も延長するから……」

「まあ、閉めろよ」

細島はドアを閉めさせて、弥生を部屋に上げた。

「ということは、ついさっきまで他の男に抱かれていたわけだな？」

この淫乱の色情狂のメス犬が、と罵りながら、彼は弥生を捕らえるように後ろから羽交《はが》い締めにすると、執拗《しつよう》に胸を揉み始めた。量感もあり美しいラインを描く乳房を、今にも壊してしまおうかという勢いで、強引に乱暴に絞り上げては揉むというより搾る。それはあたかも搗《つ》きたての餅を千切るような手つきだ。

ノーブラの豊かな乳房は細島の手の中で自在に変形するが、張りの良さで見事に元に戻る。細島はそれを愉《たの》しんでいた。

「お前の胸は、揉めば揉むほど成長するな。ガキの頃なんか、ちょっと盛り上がった程度だったのにな。男の精子を浴びて膨らんだんだな、このセックスしか能のないビッチが！……ほうら、乳首がかちかちに勃ってきたぞ。今男とヤッて来たばかりだってのに、まだヤリたいか！」

細島の指の中で弥生の乳首は硬くなり、ぴちTを突き上げた。

弥生は、頬を真っ赤に染めて、この恥辱に耐えている。

自分が高校生、この女がまだ小学生だった『あの日』。忘れられないあの日に、この女の処女を奪ってからずっと、自由にしてきた。離れていたのは自分が少年院に入り、大学の入学準備をしていた、ほんの数年だけだ。

いずれ飽きればヤリ捨てしようと思っていたが、そうはならなかった。あの『黄金の瞬間』を常に思い出させ、甦らせることのできる、この女はいわば細島のトロフィーだからだ。抱けば抱くほどに執着が増し、とことん恥辱を味あわせてやりたい衝動に駆られて、セックスを仕事にさせた。いろんな男の精子にまみれ、女として底の底まで墜ちた姿を嗤ってやりつつ、サディスティックに抱きたいからだ。

どんな人間でも、どんな恥辱にまみれた仕事をしていても、「慣れ」はやってくる。感覚が鈍って恥を恥とも思わなくなる。そうでもしなければ普通、精神のバランスが保てなくなるからだ。慣れるのはいわば自然の摂理だ。

だが、娼婦になって十年になろうかというのに、弥生は違った。細島が言葉で貶《おとし》め、辱めてやるたびに、その恥辱を全身で受け止めて身悶《もだ》えする。だからこそ、娼婦としてベテランと言えるキャリアを積んでいるのに清潔感を漂わせ、抱くたびに新鮮なのかもしれないし、彼がこの女に執着するのもそれが理由なのかもしれない。

細島は、弥生に会うたびに、徹底した恥辱プレイを施したくて堪らなくなる。若い頃はかなりの無茶もした。屋外で露出プレイもどきなこともさせたが、今はさすがに出来ない。弥生の花芯にバイブを仕込んでリモコンで操作してイカせる、ということもやったが、これは意外に興奮しない。やはり自分の肉体で女をどうしようもなく興奮させて恥辱を与える、というプロセスを踏むことが大切なのだ。

だが今はそんなことはどうでもいい。

細島は、弥生の腰を摑むと後ろ向きにさせ、超ミニを捲り上げてヒップを剝《む》き出しにさせた。

「こんなに乳首を勃てやがって、お前は何度やっても足りないんだろ！　チンポでヤリまくられたいんだろ！」

そう言いつつショーツを毟《むし》り取ると、前戯もなにも省略して、犯すように挿入した。

「ひっ！」

弥生の悲鳴には恐怖が感じられた。まだ小学生だったこの女をレイプして処女を奪った時と同じ悲鳴だ。細島はぞくぞくした。

しかし心はともかく、弥生の躰は二十年前と同じではなかった。すでに蜜であふれていた恥裂は、すんなりと細島のモノを受け入れてしまった。

「見ろ。嫌がってるのはポーズじゃないか。お前のここはぐちょぐちょに濡れてる」

彼は前に手を回して秘毛を弄《いじ》った。腰を使いながら、数本摑んで、無理矢理引き抜いた。

「お前はセックスだけの女だからな。他にはなんの値打ちもないし能力もない。ただのオマンコ女だ。これを剃ってしまえば、誰の目にも証拠は歴然だしな」

細島は大学生の頃、弥生の下腹部を剃り上げて、刺青《いれずみ》を施していた。恥毛で隠れているが、剃ればそこには卑猥な刻印が現れるのだ。

それもあって、弥生は一生まともな暮らしは出来ないと諦めて、細島の言うがままになった。彼としては、いずれヤクザに引き取らせるつもりだったが、この女への奇妙な執着は増すばかりだ。それは愛情とか愛着とは違う。自分が完全に生殺与奪の権を握っている歪《ゆが》んだ快感があるだけだ。この女には幸福は似合わない。不幸こそが与えられたポジションなのだ。不幸のままペニスを貪るのがこの女に相応しいのだ。

「ほら、もっと悶えろ！　大好きなチンポを入れて貰ってるんだから、腰を振って悦べ！」

細島は弥生の臀部を思い切りひっぱたいた。

「ひいっ！」

抽送を受けつつ、痛みに弥生の背中が反り返る。それを見ると、彼のリビドーはにわかに盛り上がって、一気に弾けた。

弥生を無視して、細島は果てた。だがこれは飲み会における「取りあえずビール」のようなもので、ほんの序の口だ。

今日はじっくりこの女を味わい尽くしてやる。

「なにしてる。おれのをきれいにしろ」

弥生の顔を自分の下腹部に押しつけた。

彼女は、従順に舌で精液と淫液にまみれた細島の肉茎をきれいに舐め上げ、そのままフェラチオに移った。

弥生は、自分からペニスを口に含んだ。

亀頭に舌が触れただけで、細島の背筋に電気が走る。他の女では味わえない、なんともぞくぞくする感覚だ。これまでの「弥生の凌辱史」が大いに作用しているのは間違いない。

彼は弥生の髪を掴み、激しく前後に揺さぶった。

「いいぞ。その調子だ」

弥生は、細島の劣情を満足させるためだけに奉仕する道具に成り切り、そう扱われることを完全に受け入れていた。

それが被虐の歓びを呼んでいないとは言えない。乱暴に扱われている弥生は、全身をピンク色に染め熱く火照《ほて》らせている。口での奉仕以外の行為でも、性奴隷として惨めに扱えば扱うほどに、この女の官能には火が付くのだ。

弥生は、さながら生きたダッチワイフのように扱われることに、惨めさが生む甘美なマゾヒスティックな快感を得ているのだろう。

仕事で男の急所を知り尽くした彼女の舌技は絶妙だった。舌はちろちろと敏感な部分に攻め込んで、硬くすぼめた唇がサオをしこしことしごいた。

「さすがに、毎日チンポをしゃぶってるとフェラの名人になるもんだな」

言葉でも辱める細島の男根は、彼女の口の中で蠢動した。弥生が舌をカリにねっとりと絡め、亀頭の裏側を擦るたびにびくんびくんと反応し、やがて二度目の決壊を迎えた。

「お前、まだイッてないから欲求不満だろ。だったらイくところをおれに見せろ」

スッキリした顔で細島は言い放った。

これも、いつもの展開ではあった。

トイレで局部を洗わせてから、細島は彼女の服を脱がせ、持ってこさせた下着をつけさせた。着ている方が淫靡な、シースルーの上下。しかもトップには乳首の部分に穴が開き、ボトムも、局部にはスリットが入っている。娼婦用のプレイ・ランジェリーだ。

オナニーショーを求められた弥生は、小さく頷いてリビングの床に座ってソファにもたれた。床に投げ出された長い脚を広げて、細島によく見えるように指で秘部を広げた。

指先で、クリトリスを撫で上げ、もう片方の手では美乳を自分で揉んだ。

最初は一人の観客に見せるショーのようで冷えた雰囲気だったが、やがて、弥生の官能にふたたび火が付いた。

強姦のように犯されたり、奴隷的フェラチオでもMな官能は刺激されるが、今、弥生が溺れつつある恥辱の感覚はまた一段と強烈なようだ。それは細島が見ても一目瞭然だった。

「これ使えよ」

彼が渡したのは、卵形の振動するローターだった。

弥生は、それを秘唇に挿し入れた。

ぐっと押されたローターは、濡れそぼった秘腔にぬるりと飲み込まれていく。

た。

「あはアン、うぅぁぁぁあっ……」

ローターが柔肉の中に吸い込まれてしまうと、彼女は声にならない呻きを洩らしはじめた。

腰がくねり、肩もうねる。羞恥で全身がいっそう赤く染まる。

「あ、ああ……」

腰を震わせつつ、弥生はローターをつるりと引き出した。

「あ。あはあああん……」

悩ましい声が出て腰がくねりくねりと、蠢《うごめ》く。

彼女の手は、自分の乳首を摘《つま》んで、こりこりとくじっていた。

その目は憑《つ》かれたように潤《うる》み、全身も紅潮してふるふると震え始め、ローターをいっそう強く、濡れそぼった部分に押し当てている。

「いっ、い、い……あああん」

弥生の躰はがくがくと揺れ始めた。

「あああッ！」

彼女の蜜壺に密着して振動するローターには、愛液が付着して鈍く光っている。

ローターを押しつける指が、欲情してぷっくり膨らんだ肉芽に触れた。

その瞬間、弥生は、ひいっと狂ったように肩を震わせ、あられもない悲鳴をあげた。

「あああ、あっ！」

彼女は、クリトリスからの強烈な刺激で、絶頂寸前に追い込まれた。

「はあああ……！」

弥生は、絶え間なく躰を弓なりに反らしてがくがくと痙攣を繰りかえしている。乳房も小刻みに震え、悩殺、という言葉が今の状態をぴたりと言い当てている。

そんな弥生のイく寸前の恥態を、細島はストレートのスコッチを舐めながら見物していたが、ついにたまらなくなって手を出した。

ほとんどイきそうになっている彼女の秘部からローターを抜き取ると、もっと太くて長い、張形状のバイブレーターを、濡れてひくつく蜜壷の奥深くに差し入れたのだ。

「ああああっ」

強烈な刺激に、弥生はまたも激しく悶え始めた。

「おれがいいと言うまでアクメでイきっぱなしになってろ」

快感も過ぎれば苦痛だ。だが自分でバイブを抜くと、大変な目に遭わされる。弥生は逆らわずに、何度も襲ってくるオーガズムに際限なく身をゆだねる方を選んだ。

がくがくとイきまくり、命じられるまま、自分でクリットや乳首を弄ってさらなる快楽に叩き落とされる弥生を眺めて、細島はこの上ない満足感に浸った。

弥生は細島に、昔撮影された画像や動画をネタにずっと脅され続けていた。その中には、彼女の肉体に刻まれた刺青の様子が写ったものもある。

弥生の人生は、まだ何も知らない幸せな小学生だった「あの日」、細島に誘い出されたあの日を境に暗転した。目の前で大好きだった「おねえちゃん」、大瀬由加里が細島に弄ばれ、惨殺される光景を目撃させられた。そのあと自らの処女も散らされた。

そして数年後、社会復帰した細島の手はふたたび弥生に伸びた。以来、細島から変態的セックスを強要され続け、半ば強要されて娼婦になり、完全に人生を転落していた。

恐怖に支配され、家族を気遣う優しい弥生は逃げることができなかった。細島はそんな弥生の肉体だけではなく、人生そのものを弄ぶ快感に酔っていた。

そもそもは、弥生の従姉《いとこ》である大瀬由加里が原因だった。

中学校を卒業して高校に入る間の春休みに、別の中学の卒業アルバムに載っていたある美少女の写真が細島の目を惹いた。細島は中学では生徒会の副会長をやっていたので、交流会などを通じて他校にも人脈があった。

その人脈を駆使して、彼はその美少女、すなわち大瀬由加里を呼び出した。

「先輩がキミの写真をキミの中学の卒業アルバムで見てさ、一度会いたいって言ってるんだ。先輩は成績もいいし、キミと同じ高校に入学することになってる。見た目もいいから女子にも結構人気あるよ。断ったりしたら、入学したあと気まずくなるんじゃない」

そんな誘い文句を手下である後輩に言わせて、由加里を自宅に呼び出したのだ。大勢で集まってパーティをするから、と聞いていたのに、自宅には細島以外、誰もいなかった。

広い大きな邸宅に、細島と彼女だけ。

彼はいきなり「君のウチってラブホテルやってるんだよね」と言い放った。

傍から見れば些細《ささい》なことだが、多感な思春期のまっただ中にいた由加里としては、家業がラブホテル経営というのは、誰にも知られたくない秘密だった。

細島は彼女の個人情報を徹底的に調べあげていたのだ。

「家がラブホだったら、君もいろいろ知ってるんじゃないの？　僕はもう知ってるよ。だったらさあ、カッコつけないで、仲良く、よろしくやろうよ」

細島のカマシに、由加里は激しく混乱してしまった。こうなれば、ヘゲモニーは完全に細島の手にあった。

彼は、家から持ち出した金を使って、中学生だというのにフーゾク遊びを覚えていた。ソープはもちろん、大人びた風貌を利用してラブホに入ってホテトル嬢を呼ぶこともあったし、金を与えて同年代の少女を買ったりもしていた。根っからのプロのテクニックを愉しむのもいいが、同年代の少女を巧妙にたらし込んで援助交際させるのも面白かった。当人が金ほしさに躰を投げ出すパターンもあったが、普通のデートでレイプ同様に躰を奪い、カネを渡して黙らせることまでやっていたのだ。だが、ほとんどはその中間のシチュエーションで、セックスは未経験なのに、なんとなく服を脱いでセックスをして、なんとなく金を受け取るユルイ女が多いことに彼は驚き、そういうものかという思いも強くした。

だから彼は、由加里に対しても強気に出て、一気に彼女の心を翻弄《ほんろう》してしまったのだ。蛇《へび》に睨《にら》まれた蛙のように、由加里は細島の言いなりになってしまった。

抱きついて唇を奪ってやると、由加里は呆然となって、されるがままになった。暴力を使わなくてもこの女は自由に出来る。彼はそう思い込んだ。

実際、この時の由加里は、何か魅入られたように自分から服を脱ぎ、組み伏せられるままに彼を受け入れてしまい、処女を奪われたのだ。

その事実で、彼女は恐怖と困惑とショックのあまり思考が麻痺したようになっていた。

それにつけ込んで、細島は、由加里にいろんな体位を強いた。これがいわゆるマインドコントロールと呼ばれるもので、誰に教わることもなく自分はそれを実践していたのだと、細島自身もあとから知ることになったのだが。

由加里が初めてだったことは良心の呵責を呼び起こすどころか、もっと徹底的にやりたい、この女を完膚なきまでに辱めたいという細島の加虐欲をエスカレートさせただけだった。つい一時間前までは処女だったというのに由加里は、命じられるままに次々と、騎乗位や後背位、鏡に映しての背面座位などの恥ずかしい体位を取らされ、細島の男根に貫かれるままになった。顔面を含め何度も射精されたあとは、強制フェラチオや乳房、秘毛までをも使った奉仕も教え込まれ、無理やりやらされた。

数時間にも及んだ凌辱のあと、もはや自分で制服を着る気力すらなくなっていた由加里を、細島は誰にも言うなよ、言ったらお前がヤリマンだって噂を流してやるからな、と脅して解放した。

少しびくびくしていたが、その後、別に何の問題も起きなかったので、細島は安心した。やはり世の中はチョロいとも思った。徹底的に犯したことが逆に良かったのだ。由加里にとって、あまりにも激しくて恥ずかしくて異常な展開だったので、彼女は誰にも言えなかったのに間違いない。

そろそろ由加里をまた呼び出して、今度は何を試してみるか、もっと恥ずかしいことをやらせてみよう、そういえば浣腸やバイブの挿入は、まだ女にやらせたことがなかったな、とわくわくしていた細島は、この意味では甘かった。

由加里の細島への恐怖と嫌悪は想像以上だった。高校入学後も、細島のことを徹底的に避け続けた。校内でバッタリ会っても、顔をこわばらせ、足早に逃げてゆく。

その舐めた態度に細島は怒りを募らせた。何度か呼び出して「お前とのこと、みんなに喋るぞ」と脅しても、彼女のガードは堅かった。

「そんなことしたら、自分のほうが大変なことになるって、判らないの？」

たしかに、優等生で通っていた細島は、自分のイメージを失墜させたくなかった。

いくら「由加里が自分から裸になって脚を開いた」と言っても、彼女がレイプされたと言えば男の立場は弱い。

あの時、そのものズバリの写真を撮っておかなかったことを、細島は死ぬほど後悔した。一生の不覚だった。

だが、執念深い細島は、彼女のことを諦める気はなかった。一度は自分が絶対的な支配下に置いたはずの女が意のままにならないことが信じられず、その事実が許せず、受け入れることも出来なかった。

なんとかして由加里を自由にしたい。あの時のように、意のままにもてあそびたい。

そんなどす黒い欲望に駆られて、細島は引き続き彼女の身辺に探りを入れていた。

と、やがて、朗報がもたらされた。彼女と同じクラスにいる手下からの報告があったのだ。

「あの女、従妹が近所に引っ越してきたって喜んでました。大阪に転勤していたのが、また転勤で戻ってきたそうです。きょうだい同然に育った子で、私は一人っ子で妹が欲しかったから、すごく可愛がっていたし、あの子もすごく私を慕ってくれてたしって」

それを聞いた細島の脳裏には、悪魔的で、かつ完璧な作戦が一気に出来上がった。

まずその従妹を手なずけて拉致し、レイプして、その姿を写真に撮って、廃工場に美少女を呼び出す……。

その、由加里が可愛がっていた従妹が、西脇弥生だった。

「お前が来なければあの子がどうなるか知らないぞ。春休み、お前にしたのと同じこと、いやもっとひどいことをしてやってもいいんだぞ」

パニックになった由加里は、言われるままに廃工場に飛んできた。

……二人の少女はこれで細島のものになった。

だが、二人を相手にするには、こちらにも共犯者が必要だ。

細島は、手下の中でも、最も言いつけを守って忠実な遠山を選んだ。

遠山は、彼の期待に違わず、活躍した。

由加里は最初は怒り、あくまで抵抗の姿勢を見せたが、細島がナイフで従妹の頬と胸に切りつけて血を見せてやると、途端に魂が抜けたようになってしまった。自分以上に、自分の愛する者が目の前で傷つけられる、その心の痛みに耐えられなかったのだ。

ようやく言いなりになった由加里と弥生に無理矢理レズ行為をさせ、ほかにも強制排尿など、さまざまな辱めを与えたあとで、細島は由加里を思いきり犯した。今度はその画像をしっかり撮影しながら。

共犯者の遠山は終始顔色が悪く、「ここまでやっていいのか」と言い続けていた。そのくせ股間は盛り上がっていた。理性と裏腹に本能は刺激されて大興奮していたわけだ。

「お前、先にやれよ。おれが撮るから」

細島はまず、由加里を遠山に犯させる様子をビデオに撮った……。

……その時の光景、股間から脳天までが痺《しび》れるような興奮と陶酔を思い出すと、細島は、弥生のオナニーを眺めているだけでは我慢出来なくなった。

すでに二発抜いているのだが、どす黒い欲情は底なし沼のように湧いてくる。

「来いよ」

彼は、女の股間からバイブを引き抜くと、すでに屹立している肉棒を一気に挿入した。

細島に貫かれると、弥生は激しく身悶えした。サディスティックな天性の命じるまま、芸能界、次いで政界での生き残りをかけた死闘を繰り広げてきた結果生じるストレスを、細島は弥生にぶちまけた。それを一身に受けた弥生も、身も心もM女として飼育され調教されてしまったのだ。

「あ、ああっ！　あはあ！」

秘門は、後ろから攻めたときよりきつくなっていた。弥生の興奮が増して、締めつけてきたのだろう。

「ああっ……イイッ！」

弥生は、悔しげな気持ちの籠もった呻き声を上げ、激しく腰を揺すり立てた。くびれた女の下半身が、みずから快楽を求めてクネクネと蠢く。

肉茎に伝わってくる締まりと、ひりつくような摩擦感は相変わらず素晴らしい。東京のどんな高級な女も、弥生のこの名器具合には敵わない。

きゅうと締めてくる肉襞を力いっぱい突き上げてやると、弥生は背中を大きく反らせて身悶えた。自分から豊かな乳房を揉み、ぷるぷると震わせた。

心ならずも肉体の芯から感じてしまってどうしようもないという、恨みの籠もった暗い目差しが、淫靡さを倍加させる。

細島は彼女の乳房の実りに舌を這わせ、淡いピンクの乳首を吸った。

「ひ。ひいっ！」

弥生はさらに肩を震わせ腰をくねらせた。

豊かな乳房を両手で潰すように揉み上げ、乳首に歯を立て、軽く噛んでやる。

「は、はうっ！　はうううっ！」

弥生は全身を硬直させて躰を反り返らせると、がくがくっと激しく痙攣した。

「いつも、どの客にもこんな具合にイくのか？」

「……そ、そうじゃないけど」

「まあいいさ。どうせお前は十二の時から雌豚なんだから」

二十年前、由加里が遠山に犯される姿を、彼はビデオに撮っていた。大好きな「おねえちゃん」が、知らないお兄ちゃんたちに「いやらしいこと」をされる光景を、小学生だった弥生は、ただひたすら泣きじゃくりながら見ていた。それがまた細島の興奮と加虐欲をそそった。

その行為の一部始終は、三脚に固定したビデオカメラがすべて映していた。

「お前らは二人とも、揃いも揃って淫乱なメス犬だ。このビデオをばら撒いたら、どうなるだろうな？　こんな田舎町で、ギタギタに犯されてるんだぜ？　それも、高校生と小学生が。お前ら、もう終わったな」

細島は、由加里を組み伏せ腰を突き上げながら言った。

「なに言ってるの？　気は確かなの」

気丈な性格の由加里が、下から睨みつけ、とぎれとぎれに言い返す。

「どう見たって、どっちが悪いか、誰が無理矢理やってるか、判るでしょうに。ばら撒いたら、アンタらだって人生終わるのよ」

「うるせえ、バカ！」

細島はセックスしながら由加里の顔を殴った。

殴っても殴っても、少女は下から睨みつけてくる。それが邪魔で、また殴る。

セックスしているのか少女に馬乗りになって殴っているのか判らなくなってきた。綺麗だった由加里の顔は次第に紫色に変色した。

それでも由加里は、細島を睨みつけている。まるで幽霊にロックオンされたかのように、細島が顔を背けても、由加里は目を逸《そ》らさずに無言でキツイ目を向けてきた。

「なんだコイツ!」

怒りが爆発した。発作的に近くにあった鉄の棒を摑んで、無茶苦茶に女を殴りつけた。

「や、止めろよっ!　死んじゃうだろ!」

弥生を犯していた遠山が思わず止めに入るほどの狂乱だった。

「うるさい!　馬鹿野郎!　邪魔するな」

だが由加里をメチャクチャに殴っているとき、細島は最高のエクスタシーに浸っていた。

女の首を絞めながら交わると秘芯が締まって最高のセックスになると、まことしやかに言われるが、細島の場合は、女を殴りながら犯すという、常軌を逸した狂気のセックスが、人生で最高の蕩《とろ》けるような快感をもたらしたのだ。

現実とは思えないほどの、表現出来ない最高の法悦に声を上げながら、細島は射精した。

由加里は、すでに息絶えようとしていた。

「だけどこいつ、まだ生きてるぜ！　お前、やるか？」

そう言われた遠山は、腰を抜かしたまま後ずさりした。

「馬鹿だな。よく締まるし、最高だぜ？」

一度抜いた細島のペニスは、射精してもまったく萎《な》えないまま突き勃っていた。

彼はそのまま再度交わった。

そこで、信じられない行為を始めた。

細島は、まだ息が残っている由加里を、文字通り解体し始めたのだ。

生きたままの解体。

「なにしてる……やめろったら」

細島よりはまともな神経を持っていた遠山は怯え、やめさせようとした。

「バカだな。こうなったらお前もおれも捕まるかもしれないんだぜ。それに、こんなこと、どれだけ金積んだって出来ない凄いことなんだぜ。このチャンスを逃すってのか、お前は」

細島は信じられねえと何度も叫んだ。

「だから貧乏人はダメなんだよ！　小さく凝《こ》り固まってよ！　だからお前の親は一生浮かばれネエし、お前もダメなんだよ！」

「そんなことはいい。だけど細島、それだけはやめろ！　いや頼む、やめてくれ！」

遠山も必死になって細島にむしゃぶりついてきた。

男同士の揉み合いになったが、狂気の度合いで、完全に細島の勢いが勝っていた。

遠山を思いきり殴りつけ、突き飛ばしたと思った次の瞬間、遠山の姿は消えて、がぎっという、鈍いような鋭いような音が響いた。

それまで遠山が立っていた、そのうしろには廃工場の、自動車整備用か何かの穴がぽっかりと口を開けていた。覗き込むと、遠山がおかしな姿勢で倒れていた。頭の打ち所がわるくて、そのまま動かなくなったのだろう。

「あ〜あ」

完全に他人事のような声を上げた細島は、狂っているのか冷静なのか判らない目で、弥生を見据えた。殴られて血まみれになり、手足を切断されかけ、断末魔の呻きを弱々しく洩らすのみの「おねえちゃん」の傍で、いたいけな小学生は固まり、震えていた。

「いいか。こうなった以上、お前は一生、おれの奴隷だ。いいか？　ここで何があったかを知っているのは、おれとお前だけだ。だが、このビデオにはお前たちが何をされたかが、全部映っているんだぞ……意味は判るな？」

細島は、二人殺した昂揚感が欲情に変わり、弥生に覆い被さった。

……その感触は、今もありありと思い出せる。

「これが表に出ると、お前だけじゃない、お前の家族全員が後ろ指さされて生きていけなくなるぞ。それでもいいというのなら、お前の家に火をつけて、お前の家族も皆殺しにしてやる」

「おねえちゃん」を目の前で惨殺された弥生は、細島の脅しに屈した……。

彼は、あの時の由加里とは正反対の、今も従順この上ない弥生を抱き寄せてディープキスをした。彼が差し入れた舌に、長期間、性奴隷にされた女は飢えたように吸いついてきた。

キスを続けながら、細島は弥生の、今では豊かに育っている胸を揉んだ。はち切れそうなその膨らみは、強い弾力で彼の指を押し返した。

指先で乳首をくじってやると、弥生は声にならない呻きを洩らした。

完全に、細島のセックスにチューニングされていた。

思えば、彼が警察に捕まってから少年院を退院するまでの三年と少しの間だけが、弥生の自由な時間だった。社会復帰した細島は、秘かに鳴海にやってきては弥生を呼び出して抱いた。弥生が東京や栃木に呼び出されることもあった。それを彼女の両親は、非行に走ったがゆえの家出だと今も誤解したままだ。

頻繁に呼び出されてセックスを求められるうちに、高校に行けなくなった。大学生になっていた細島に、東京で自分専用のセフレになれと言われたのだ。それだけではない。彼の愉しみのためにいろんな男に抱かれ、3P4Pを強要されるうちに、細島が「娼婦に身を落とした自分の女を抱くってのも最高の気分だろうな」と言い出して、勝手に話が決められてしまったのだ。

細島の立候補に合わせて鳴海に戻ってきても、弥生はエルという娼婦になりきっていた。

「ちょっと休憩だ。おれが休むあいだ、口でやれ」

言われるまま、弥生は、自分から躰をかがめて細島のペニスを口に含み、巧みなフェラチオをしてきた。

舌はちろちろと敏感な部分に攻め込み、硬く窄《すぼ》めた唇がサオをしごいた。

「さすがプロだな」

細島の嘲りは褒《ほ》め言葉でもある。その手管に、彼のモノは、瞬くうちに怒張した。

「また入れたくなった」

細島は弥生をふたたび押し倒し、いきり立つモノをずぶずぶと沈めた。

「はあっ！」

彼が抽送を再開すると、それに合わせて腰をくねらせ、ひくひくと全身を痙攣させた。

「お前からセックスをとったら、なんにも残らないな」

細島がそう言うと、弥生は顔を背けた。

「しおらしい反応をするな！」

彼は弥生の秘部を指でなぶり、肉芽に触れた。

「うっ！」

弥生はびくんと躰を震わせた。硬くなり始めた肉芽を指先で潰してやるだけで、ガクガクと激しく腰が揺れた。

弥生の肌がうっすらと熱を帯びて汗ばみ、瞳も潤んで焦点が失われていく。肉棒と指で攻められている腰は、躰の芯が暴れるのに耐えきれなくなったかのように、跳ねた。

「はあああ……」

細島は弥生の両脚を担ぎ上げ、ずんずんと深く突き上げた。

「あうっ！　ああ……」

この女をここまでに仕立て上げたのは、このおれだ。

細島は、最高の気分で腰を使った。

弥生は、由加里に顔がよく似てきた。性格は正反対だが、顔は似ている。時々、生き返ってきた由加里を抱いているんじゃないかと思うときがあるほどだ。

たぶん、この女は、おれじゃなければこれほどのオーガズムは得られないだろう。娼婦として接する客とは、金とセックスだけの繋がりしかないが、おれとこの女には、宿命のような、切っても切れない繋がりがあるのだ。

近い将来、おれがどこかの有力者の娘と結婚しても、この女は手放さない。

「おい。お前は一度逃げ出して、おれの人生をぶっ壊しかけた。その償いをしているんだと判ってるか?」

正気とは思えない事を口にしながら、細島は激しく弥生の奥を突き、ぐるぐるとグラインドさせた。肉棒全体で、女壺の肉襞を擦り上げていく。

弥生は迫りくるアクメに何も考えられず、「判ってます……判っています」と繰り返すばかりだ。

「ああ、もう……もうやめてください……」

言葉とはうらはらに弥生の肉襞はぐっしょりと愛液で濡れそぼり、くいくいと彼の肉茎を締めつけてくる。

弥生は背中を弓なりに反らせ、肩を大きく震わせ、頭もがくがくと上下に揺れている。まるで電気ショックを受けて全身が痙攣しているかのようだ。

「あ、あああ……も、もう、だ、だめ……」

全身が硬直し、ぐいっと反り返った。

そのオーガズムの瞬間、弥生の淫襞は最高に締まった。肉棒に甘美な電気が走り、細島も思わず声を出すほどの快感に浸った。

二人は同時に絶頂に達し、そのまま全身を硬直させ、また弛緩させてがくがくと激しい痙攣を繰り返した。

「いいか？」

細島は弥生の顎を摑んで目を見合わせた。

「二度とおれから逃げる事は許さない。どんな意味においてもだ」

今、細島は弥生を必要としていた。

「返事をしろ」

弥生は黙って頷いた。

「声に出して返事をしろ。お前はおれから絶対に逃げない。おれの言う通りにする。いいな？」

「……私は、細島さんから絶対、逃げません。細島さんの言う通りにします」

よし、と細島はにやりと笑った。

「ならば、まず、おれのアリバイを証明しろ。十一月四日、お前はおれとずっと会っていた。この部屋でずっと一緒にいた。いいな」

十一月四日とは、細島が笠間を亡き者にした日だ。

「え……でも」

いきなり細島は、彼女の頰を平手打ちした。

「でもと言うな！　お前はおれに従えばいいんだ。セックスしか能のないバカ女なんだから、おれが言った通りにすればいいんだ。判ったか！」

はい、と弥生は頷くしかなかった。

「お前、パパラッチって知ってるか？　スキャンダル写真を撮ってマスコミに売り込む連中だ。あいつらは敵にするとやっかいだが、味方にすると、かなり重宝だ。スキャンダルをでっち上げてくれたりもするしな」

細島は、弁護士で売り出し中、訴訟の相手方を不利にするために、ありもしないスキャンダルをでっち上げたことが何度もある。裏金を受け取ったとか、愛人と会っていたとか、そのたぐいの醜聞だ。相手にまったく身に覚えがない場合はうまく行かないが、多少なりとも埃《ほこり》が出るカラダなら、証拠写真があれば、だいたいは不承不承ながら折れてくる。今度もその手を使うのだ。

「おれのところに出入りしているパパラッチに、手柄を与えるんだ。スキャンダル写真をそいつに撮らせる。お前とここでしっぽりやってる写真をな。日付はどうにでもなる。パパラッチが何日に撮りましたと主張してそれをおれが認めれば、今日撮っても十一月四日の写真ってことになるんだ」

テレビの人気者になってから、細島は何人もの記者やカメラマンと仲良くしていた。しつこい取材にも快く応じ、記者には気前よく奢《おご》り、たまに知り合いの芸能人の特ダネを提供してやったりもして、たっぷりと恩を売ってきたのだ。

その恩を返してもらう時が来た。いや、衆議院議員である自分のスキャンダル写真を撮らせてやろうというのだから、さらに恩を売ったということになるのかもしれない。

「来いよ」

細島は弥生の肩を抱いて裸のまま窓際まで連れてくると、強く抱きしめてディープキスをした。

弥生の口中深くに舌を差し入れ、ねっとりと絡める。

女はされるままに、息を荒げた。

セックスの余韻を残し、火照ったままの肌に、また赤みが差してきた。

強く唇を吸いながら、見事なラインを描く弥生の乳房を揉み、乳首を摘んでくじった。

「ああん……」

何も知らない弥生が、甘い吐息を漏らした瞬間、細島はいきなり窓を開けた。

マンションの真向かいには、望遠レンズを構えたカメラマンがいた。

第六章　悪あがき

定休日のショッピングセンターのだだっ広い駐車場を、白の、二〇〇〇年型トヨタチェイサーが走っていた。ゲートの閉じられた駐車場に他の車の姿はない。

それをいい事にチェイサーは蛇行運転をするわ、猛ダッシュしてフェンス際で急カーブを切るわ、通常考えられないような高速走行でバックするわで、文字通り傍若無人《ぼうじやくぶじん》な走行を繰り返している。ハンドルを切るたびに無駄に後輪をドリフトさせ、タイヤがスライドする派手な音を響かせている。

逆走状態から急ブレーキを掛けたチェイサーは駐車場の端、ぎりぎりで止まったが、すぐに爆音を上げた。またもアクセルを目一杯踏み込んでの急加速だ。猛然と走り出したが、中央付近で右ハンドルを切るとともにいきなり減速した。ギギギーッとタイヤが嫌な音を立てたと思った瞬間、ロックした後輪が左にスライドし、トップがぐるり、と右に回った。そのまま百八十度方向転換……するつもりだったようだが、惜しくも回りきれず、百二十度くらいの角度でとまってしまった。

「なんでかなあ……スピードは充分だったのに」

残念そうな美知佳を助手席の佐脇が怒鳴《どな》りつけた。

「馬鹿かお前。免許もないくせにいい加減にしろ！」

「いいじゃん。スピンターンぐらい。基本じゃん」

助手席の佐脇に怒られた美知佳はむくれている。

「バカ。お前、やり過ぎだ。ちょっとならと大目に見てやったが、どうしてまともな運転をマスターしねえで、無茶な走りばっかりやろうとするんだ！」

「けど『グランド・セフト・オート』ではこういう走りばっかりでこれが普通だもん」

「なんだそのグランド何とかってのは？　ああ、またゲームの話か。おれにゲームゲームと、ゲームの世界を現実の世界と混ぜてるようなことを言うな！　アタマがおかしくなるっ！　このクソバカが！」

佐脇は頭に来てドアを乱暴に開けて車外に出た。

この中古車は、美知佳の自動車教習のために佐脇が借りてやった。彼の愛車フィアット・バルケッタを整備に出す代わりに、この車を召し上げるように貸し出させたのだ。多少凹《へこ》ませても文句を言わないという無茶な条件付きで。

「ＦＲのマニュアル車でなるべくタイヤがすり減ったようなのがいいって、お前の希望は結局、こういうことか？　ドリフトばかり練習しやがって。こんな調子じゃ、いつまでたっても公道なんか走れないぞ！」

「無免許なんだから公道を走れるわけないじゃん。そもそも」

「だからおれが横に座ってれば大丈夫なんだ！」

美知佳の揶揄《からか》うような言葉に、中年オヤジはムキになって言い返した。

「まあ公道はヤバいにしても、河川敷とか港の岸壁とか、公道に近いところで徐々に慣らしていこうと思ってるのに、その、いわば親心がお前に」

そこまで言って、佐脇は萎《な》えた。

「……判るわけ、ないよなぁ」

脱力した佐脇はタバコに火をつけた。

「ねえねえ、今のはスピードも出てたし、ちゃんとハンドル切ってクラッチ切って、同時にサイドを引いたのに、なぜ回りきれなかったんだろう？」

まるで悪怯《わるび》れず、美知佳が訊いてきた。

「サイドを引くタイミングが早かったな」

反射的に答えてしまった自分に、佐脇は内心舌打ちした。

「早ければいいってもんじゃない。確実にやったほうがいい。サイドの利きが悪いようなら引くと同時にフットブレーキをちょっと、ほんのちょっとだけ踏む。そうすると荷重が前にいって後輪がロックしやすくなる……って、今日はスピンターンの練習に来たんじゃやねえぞ。何のつもりだ」

「判った。もう一度やってみる」

運転免許というものについて何か根本的な考え違いをしているとしか思えないが、ずっと自分の殻《から》から出てこなかった美知佳に変化が出て来たのは喜ばしい。

「馬鹿。そんなことはやらなくていい。とにかく、安全運転も出来ないヤツが妙なワザを覚える必要はない。今度は、そこの駐車ワクに車を止めてみろ」

はいはい、と言いながら美知佳はアクセルを踏み込んだ。車庫入れをするのかと思いきや、またも急加速して右ハンドルを切り、佐脇に言われたとおりフットブレーキを一瞬踏むと同時にサイドブレーキを引いた。右から重力が掛かってフロントグラスの景色がぐるりと横に流れ、チェイサーは今度こそはきっかり百八十度回転したあと、ぴたりと止まった。

そのタイヤ音の派手さは、何事かとショッピングセンターの警備員が飛んできたほどだ。

「馬鹿野郎！　車庫入れをしろと言ったんだ！」

いや、すまんねえ、と佐脇は警備員に頭を下げながら、美知佳を怒った。

「言うことを聞かないなら、今日はもう止めるぞ！」

そう言われると、美知佳はゆっくりとバックして車庫入れの練習を始めた。

佐脇は外に立って、鬼軍曹のように「もっと右にハンドル切って!」「左に戻す!」と怒鳴る。

「案外筋はいいじゃねえか。車庫入れが出来たら、今度はS字とかクランクをやるか」

懸命にハンドルを操作して車を操る美知佳の姿は案外素直なので佐脇が褒《ほ》めていると、携帯電話が鳴った。

「おお、水野か。今、前途ある青少年に運転を教えているところだ……え?」

水野は、驚くべき事を知らせてきた。

『ネットに、細島議員のスキャンダル写真が流れてます。最終版のスポーツ紙にも載ったみたいで、テレビでも話題になってますよ』

「スキャンダルって、あいつが人殺ししてる現場の写真か?」

『いえ、女との情事の写真ですね。盗撮です。イケメンで女性層にアピールしてきたセンセイですから、それなりにダメージがあると思います』

細島の対抗勢力の仕業か? しかし今、細島が前回の選挙で破った相手は政界を引退してしまったし、対抗勢力と言えるのはこのおれだけだぞ。

佐脇はそう考えて首を傾げた。

「それは、画像だけが流れてるのか? なんか補足説明とかないのか?」

『えーと、タイトルが、「十一月四日の細島」とありますが』

十一月四日、というのは、笠間が殺された日ではないか。ということは……。

『とにかく画像を見てください。佐脇さんの携帯って、メールで画像見られましたっけ?』

「よく判らねえが、送ってみてくれ」

しばし間があって、メールが着信した。

画像は数枚表示されたが、どれも窓際で裸の男女がいちゃついているとしか判らない。ましてや、男が誰だか判別不能だ。最後の一枚は、画像を拡大処理したもので、ピントは甘くなっているが、どうにか細島らしいようには見える。そして、相手の女は……。

「おい。練習は中止だ。緊急事態だ。署に行く」

佐脇は美知佳に告げた。

「どうやら肉を切らせて骨を断つってヤツだ。ヤツが勝負に出た」

美知佳が判ろうが判るまいが気に掛ける余裕もなく、考えていることを口にしていた。

「署に行くって、あんた、謹慎中じゃなかったっけ?」

「知るか。お前は帰れ。送っていってやる」

などと言っていると、水野から再度電話が入った。

「佐脇さんに至急連絡をつけてほしいという女性から署に電話が入ってます。名前は名乗りません。どうします?」

女と言っても星の数ほど居るぜ、と五十年前の色男のような台詞《せりふ》を吐《は》こうとしたが、この状況、このタイミングで会いたいと言ってくる女は一人しかいない。

「判った。おれの携帯の番号を教えろ」

ほどなく佐脇の携帯が鳴った。

『お願い。助けてください！　頼れる人がほかにいないんです』

西脇弥生、ことエルの声だった。

今どこにいる、と訊く佐脇に、弥生は、バイパス近くにある複合マンションだと告げた。下がオシャレな店で上が高級マンションになっている、鳴海では垢抜《あかぬ》けたビルだ。

佐脇は助手席に美知佳を追いやって発車しようとしたが、この娘をどうしようか一瞬考えた。

「女に会いに行くわけ？」

「ああ。コドモには関係ない」

にべもなく言われたので、美知佳はムッとした様子だ。

「急ぐんでしょう？　だったら、このまま行けば？　あたしは大人しくしてるから」

美知佳をアパートに送り届ける時間はない。佐脇は、そのままチェイサーを弥生の告げた住所に走らせた。

目的地であるショッピング・ビルのマンション入り口は異常な事態になっていた。

オートロックの、その入り口にマイクをかつぎカメラを構えたマスコミ人種が蝟集《いしゅう》していたのだ。

「西脇さぁん！　西脇弥生さん！　そこにいることは判っているんですよ。出てきてちょっとお話を聞かせていただけませんかぁ？」

「今いるお部屋は細島議員の自宅ですよね？　細島議員とはどういうご関係なんですか？」

「細島議員は今、そこにいるんですか？」

大勢が口々にインターフォンに向かって怒鳴るように呼びかけ、大騒ぎになっているただ中に、佐脇は大股で近づいた。腕章やカメラについているロゴを見る限り、全員がキー局の連中のようだ。地元のマスコミは来ていない。

佐脇は警察手帳を掲げ、負けずに大声で怒鳴った。

「あんたら、すぐに退去してくれ。このビルのテナントや住人から苦情が出ている。不法侵入だぞ。さあ帰った帰った！」

「テナントや住人って具体的には誰ですか？　警察が通報を受けたって証拠を見せてくださいよ。議員だからって警察が庇《かば》ってるんじゃないですかぁ？」

「そうですよ。国民には知る権利があるんですから」

何人かはそれでも逆らったが、佐脇が「うるさい！　邪魔するやつは片っ端から公務執行妨害でしょっぴくぞ」と凄《すご》むと、全員がしぶしぶ帰り支度を始めてロビーから出て行った。

　最後の一人がいなくなったところで、オートロックのドアが開いた。インターフォンがカメラ付きなので、弥生は部屋からロビーの様子を見ていたのだろう。

『九階の九〇八号室です。上がってきてください』

　西脇弥生の声がした。

　佐脇がエレベーターに乗り込み、扉が閉まろうとしたところで、するり、と乗り込んで来た者がいる。美知佳だった。

「誰が来ていいと言った？　車の中で待てと言ったはずだぞ」

　佐脇は咄嗟に『開』のボタンを押し、美知佳を押し出そうとした。

「いいじゃん。車は裏の駐車場に駐めたよ」

　どうやらチェイサーを勝手に動かしたらしい。

「で、裏から入る人がいたから、ついでに入れてもらった」

「じゃあまた駐車場に戻れ。そこで待ってろ。これは仕事なんだ」

「仕事？　女の人に会うのが？　さっき番号を教えて、携帯に掛けてきた人でしょ」

「うるさい。コドモに説明してるヒマはないんだ」

　力まかせに押し出すと、ひどく不満そうな美知佳の前で扉が閉まり、エレベーターは上昇して行った。

九〇八号室のドアチャイムを押すと、わずかに扉が開いて弥生が顔を出し、佐脇一人であることを確認するとチェーンをはずして室内に招き入れた。蒼白な顔には冷や汗が滲《にじ》み、乱れた髪が貼り付いている。憔悴《しょうすい》しきった様子だ。

「あの人に……細島……さんに、ここに来るように呼び出されて……でも、あの人は来なくて、連絡もつかなくて……かわりにマスコミの人たちが」

佐脇には細島の思惑が手に取るように判った。アリバイ工作のためにスキャンダルを広めたい細島は、弥生をここに呼び出したうえで、その居所をリークしたのだろう。

「私、どうしたらいいんでしょう？　私のことは誰にも知られたくなくて……ずっと隠れて生きてきたのに……なぜ、今になって」

弥生はひどく怯《おび》えている。

佐脇は鳴海署にいる水野から携帯に転送されてきた画像を見せた。

「ここに写っているのは今、あんたがいるこの部屋で、この男は細島。そして女の方は、あんた自身だよな？」

携帯を渡された弥生は、小さな画面に目を凝らし、まじまじと見た。その顔が恐怖と緊張に強ばってゆく。

「刑事さんが……どうしてこれを？　これをマスコミの人に流したのは、あなたなんですか？」

絶望の表情でにらみつける弥生に、佐脇は言った。

「あんた、何も知らないのか？　この画像を流したのはおれじゃない。今はもう大勢の連中が知っている。インターネットに流れてるんだ」

「あああぁッ」

弥生は悲鳴をあげて頭を抱えた。

「そんな……ひどい……私をさらし者にして。それだけは……それだけはしない約束だったのに」

弥生は泣いている。佐脇はどうしたものか、と考えた。

「あんたには色々と訊きたいことがあるんだが……細島とは一体、どういうつながりなんだ？　愛人なのか」

昔、あんなことがあったのに、という言葉は呑み込んだ。弥生は泣くばかりで返事をしない。

「じゃあ肉体的関係だけの、単なるセフレってヤツか？」

「違いますっ！」

弥生は顔を上げ、キッとなって佐脇を見返してきた。

「お金なんかどうでもいい。あの人に抱かれているのも……おねえちゃんにあんなことがあったのに……自分でもひどいと思うけど、仕方がないんです」

「仕方がないなんてことはない。嫌なら別れればいい。それとも金で割り切った関係か？　金とセックス、要するにそういうことか？」

「もう……いいです」

弥生は拳で涙をぬぐった。

「それはこんな仕事をしているから……見下されても仕方がないし、誰かに判ってもらえるとも思ってなかったけど……やっぱり、そういう風にしか見られてないんですね、私」

弥生は立ちあがった。

「帰ってください。やっぱり電話なんかするんじゃなかった。この部屋から出られなくなって、どうしていいか判らなくなって……だから、どうもすみませんでした」

氷のように冷たい口調と表情で、帰れと言う弥生を佐脇は落ち着かせようとした。

「まあ待て。おれも言葉が悪かった。おれにはあんたを見下して卑《いや》しめる気持ちは全くないんだ。というか、いろいろ調べて、ハッキリとではないが、判ってきた部分もある」

佐脇は弥生をソファに座らせた。

「あんたは、二十年前のあの事件の被害者だ。そんなあんたが、犯人である細島と会っている。それは誰にも知られたくないことだろう。それなのに、ああいう写真が撮られて世間に流れてしまった。それであんたはパニックになっている。そうだな？」

弥生は佐脇をじっと見つめたが、心なしか微《かす》かに頷いたように見えた。

「あんたと細島の関係については、簡単に話せるとも思えないから、おれも根掘り葉掘りは訊かないが……」

弥生が自分をじっと見つめるので、佐脇はちょっと弱って目を逸《そ》らし、タバコに火をつけた。

「……すまん。とにかく、おれはあんたの味方だ。少なくとも、あんたが嫌だと思うような真似《まね》はしない。それだけはとりあえず、信じてくれないか」

弥生はしばらく黙っていたが、言葉を選ぶように切り出した。

「ネットに出てしまった写真というのは、回収不可能なんですよね？」

「ああ。残念ながら無理だな。それにもう、スポーツ紙が載せてしまったそうだ」

「あたし……一体どうすればいいのか……」

弥生は顔に手を当てて、再び嗚咽《おえつ》し始めた。緊張の糸がぷつんと切れてしまったようだ。

「おれとしても、あんたに是非確認したいことがあるんだが……」

弥生は、手で顔を覆ったまま泣き続けている。

「ネットでは、あの写真は十一月四日に撮ったという話になってるが、本当か？」

弥生は、佐脇の声が聞こえないかのように、嗚咽している。

「正直に言ってくれ。もしそれが嘘なら、細島からあんたを解放できるかもしれないんだ」

弥生が解放を望むかどうか、そこが判らなかったが、佐脇は賭けてみるつもりで言った。

ゆっくりと弥生は顔を上げた。涙で化粧が流れていたが、その目には、まさか、本当に？　というかすかな希望の光があった。佐脇は一気に間合いを詰めた。

「な、あれはウソなんだろ？　違う日に撮った写真を、あの日だと言ってるんだろ？　つまり、アリバイ工作のために」

「それは……」

弥生が一歩を、隷属《れいぞく》から逃れるための一歩を踏み出そうとした時、がちゃがちゃと鍵を回す音がして扉が開き、細島その人が入ってきた。

「おやおやおやおや。謹慎中の刑事さん。どうしてまたこんなところに？」

その声を聞いた瞬間、弥生の雰囲気が一変した。あたかも心に鉄の扉がガラガラと音を立てて降りてしまったような硬い表情になって、細島を窺《うかが》うだけになってしまったのだ。

「刑事さんがここを突き止めたのかな？　それにしても、どんな権限で？　捜査令状でもあるのですか？　それとも」

また私を殴るおつもりですか、と余裕を見せる細島に、佐脇は、どうしたものかと言い淀《よど》んだ。弥生に呼ばれたと答えれば、彼女が窮地に陥るかもしれない。

「ま、蛇の道は蛇というアレですよ。警察としてもね、ああいう画像を見れば放置出来ませんからね」

佐脇はよく判らない言い訳をした。

「なにしろ今をときめくイケメン議員さんが、裸で妙齢の女性としっぽりやってるところを盗撮されたんですからな」

「そのことなんですが……党本部から呼び出しの電話が来て、今朝からもうてんやわんやですよ」

一応細島は困惑の表情をつくって見せた。

「しかしまあ、私も若くて健康な男ですからね。多少のことがあってもいいでしょう?」

「こちらとしては、センセイの私生活までどうのこうの言うつもりは一切ありません」

佐脇は答えた。

「民事不介入ですからね」

「結構」

細島は頷いた。

「では、お引き取りください。私は彼女と内密な話がある」

「もちろんおイトマはしますがね」

佐脇は携帯電話に例の画像を表示させて、細島に突き付けた。

「この画像、本当に盗撮されたんですか？」

「そうですよ。世の中には有名人の足を引っ張りたい連中がウヨウヨしてるじゃないですか。私は脇が甘かったんです」

「しかしこういう写真を撮る連中は、撮った写真を雑誌社なり新聞社に持ち込むんじゃなかったんですかね？　ネットに流したら一文にもならないでしょうに」

「だから、いわゆるパパラッチじゃなくて、私の足を引っ張りたい連中ですよ。もう次の選挙に向けていろいろと動き始めてますからね。怪文書のビジュアル版ですよ」

そうかもしれません、と佐脇は応じた。

「しかし、これ、よく見ると、窓を全開にしてますよね？　普通、センセイほどの有名人にして重要な人物が、秘め事をする際に、こんなに窓を開けっ放しにして、まるで撮ってくれと言わんばかりな状態でコトに及びますか？」

「……私も、若いですからね。彼女のような魅力的な女性が裸でいれば、頭に血が上りますよ」

「特別な関係ですしね。判ります」

悪漢刑事は、わざと嫌みな口調で言った。

「あなたがナニを当てこすっているのかよく判りませんが」

細島は冷静な態度を崩さない。

「刑事さん、根に持つわけじゃないが、あなたは私に暴行を働いた。それで今謹慎中でしょう？　また同じ事を繰り返したら、謹慎では済まなくなるんじゃないですか？」

「まあ、そうでしょうな。議員さんを敵に回したら、消されてしまうかもしれませんしな。練炭自殺を装うとか、警察を動かせる人なら何でも出来ますからね。マスコミ向けの発表も、お手盛りで自由自在だし」

「そこまで判ってるあなたが、どうして危ない橋を渡りたがるんです？」

「それが私の生きる道、とでも言っておきますか」

佐脇はワザと音程を外して「悪いわね〜これからもよろしくね〜」と数年前のヒット曲を口ずさんでやったが、これ以上ここに居ても意味はないと悟って、ドアを開けた。

と、美知佳が目の前の廊下に立っていたので、驚いた。明らかに立ち聞きをしていた様子だ。

「どうしてお前がここにいる？」

慌てて後ろ手にドアを閉めたが、美知佳はしっかり部屋の中の様子を見てしまった。

「さっきこの部屋に入ったのが議員の細島だよね？　で、中にいた女の人は誰？　今、ネットに画像が流出して祭りになってる、細島の彼女？　その細島の彼女とあんたは、どういう関係なの？」

「だから大人の仕事に首を突っ込むな、と言っただろうが」

佐脇は彼女を連行するように引っ張って廊下を歩いた。

「いいか。これは絶対に秘密だぞ……お前、いつから廊下にいた？　何を立ち聞きした？」

さあ？　と美知佳はトボケた。

＊

謹慎中の佐脇は、美知佳をアパートに送り届けた。佐脇が謹慎中なのは細島のせいなのか、細島は佐脇の敵なのか、などと美知佳はしきりに知りたがったが、佐脇は取り合わなかった。十代の女の子に愚痴をこぼしてもどうなるものでもない。

「さあな。いけ好かないやつだが、何といっても議員サマだからな」

とだけ言っておいた。不満そうな美知佳と別れて自宅に戻った。自宅と言っても、寝るだけの粗末な部屋だ。

「お金はあるのに、どうしてこんなケチ臭い部屋にしたの？」

と磯部ひかるに言われてしまったほどの、崩壊寸前のような木造の汚いアパートだ。築四十年の美知佳のアパート部屋の方が豪華に見えるくらいだ。

謹慎処分は予期せぬ休暇と割り切ることにした佐脇は、久々に一人でノンビリすることにした。差しあたり今、できることはない。あとでもう一度弥生をたずねて、本当のことを証言するよう説得すればいい。細島さえ傍にいなければ、あと一息だと思った。

自宅にいるしかないのなら、運気を上げるために部屋の掃除でもすれば良さそうなものだが、そんな気にもなれない。何もかも忘れて思い切りリラックスすることが自分の場合、事態を好転させるのだ、と勝手に決めて、好きなことをして過ごすことにした。

ひかるの部屋に転がり込んでいた頃は、炊事洗濯の雑用をする必要はなかったが、セックスを含めて、ひかるにはそれなりに気を使っていた。だが今は完全にフリーだ。まずは買い置きのカップ焼きそばを食いながら一本三百円の投げ売りで買った古い映画のＤＶＤを見た。ＤＶＤの再生装置は無いが、ノートパソコンで簡単に見られることが判ってからは重宝している。おまけに自分のパソコンがあるとエロ画像も見放題だ。

彼は、この部屋に越すと同時に、自前のノートパソコンを買っていた。署の業務もＩＴ化が進んで、いつまでも水野に書類作成を丸投げにしているわけにも行かず、自分でなんとかしなければならなくなったので、パソコン操作の習得に励もうとしたのだ。

とは言いつつ、用途の大半はＤＶＤの再生およびエロ画像の収集だ。

ボガートがバーグマンを夜霧の空港で見送る古い映画を見終わった佐脇は、いつもの流れでエロサイトにアクセスした。名作の余韻もエロ画像の奔流《ほんりゅう》でどこかに流れてしまった。

「いやはや。こんなモロ出し画像を野放しにして置いていいのかねえ。これがタダで見られるんじゃあ、裏ビデオを買うやつもいなくなるわけだ。大丈夫か、伊草《いぐさ》のところは」

彼は、ノーカット無修正のエロ動画を見ながらぼやいた。盟友と言ってもいい地元暴力団・鳴龍会の伊草の商売を、つい心配してしまう。覚醒剤は御法度な組だから、収入の主力はセックス産業だ。一応合法な各種性風俗店と、非合法な売春のアガリで組の生計はなんとか立っている。以前はそれに加えて裏ビデオやウラ本販売も主たる収入源だったのだが、このところ、めっきりあがったりになってしまった。

暴力団を締め上げるのも良し悪しだ。ある程度は大目に見てやらないと、冬眠し損ねた熊みたいなもので、生き残りに必死になるあまり、カネになることなら何でも手を出すことになる。結果、食い詰めたヤクザが、中国人密航者の手配やらヤク、拳銃密売などに手を染めることになり、連中は悪知恵を懸命に働かせるから、収拾がつかなくなってしまう。

鳴龍会がやせ細ってしまうと、伊草から貰うお小遣いも減ってしまうじゃねえか、と佐脇はぼやきながらメール・ソフトを立ち上げた。

メールは、ほとんど来ない。たまに磯部ひかるから「どうしてる?」的メールがくるが、携帯電話で受けてしまう。あとはバイアグラとか競馬必勝法とか援助交際クラブのジャンクメールばかり。

それでも一応、確認していると、幾つかのメールが来ていた。そのほとんどはジャンクメールで外国のアドレスで外国語か文字化けしたような意味不明のローマ字が並んでいるメールばかりだが、その中に唯一、「みるべし2」という日本語のメールがあった。

「なんだこりゃ?」

佐脇は、そのメールを開けてみた。

やたら重くてなかなか受信完了しないので、さてはパソコンが壊れたのかと心配になりかけた頃、やっと表示された。

ディスプレイに映し出されたものを見て、佐脇は、ん? と目を見開いた。

メールに添付されているのは、一見して、エロ画像のようだった。それも、レイプ系の凌辱ものが、ずらずらと十枚以上貼り付けられている。

それはホテルなどではなく、倉庫の一隅かどこかのロケーションで、しかも、二人いる女たちの様子がひどく生々しく、そして若い。二人とも未成年のようにも見える。うち一人は、まだほとんど子供と言って良い。

もしかしてこれは本物のレイプ画像か? そう言えば、この倉庫だか工場だかの背景は、どこかで見たような……。

「あ!」

佐脇は、ようやく気がついた。

これはおそらく、二十年前のあの事件のものだ。いや、「おそらく」ではなく、間違いなく、あの事件のものだ。写っている背景がよく見れば、先日訪れた現場の廃工場に間違いないし、被害者女性も、大瀬由加里はともかく、幼いほうの一人が、佐脇自身が通報を受けて保護した西脇弥生に間違いないからだ。犯人の細島（当時は梅津靖）と遠山茂は後ろ姿か下半身のみで、顔は写っていない。

二人の男が被害者を凌辱する様子が克明に記録された画像に、佐脇は吐き気を催した。これは、初めて見る画像だった。警察が押収したカメラに記録されていたものとは違う。調書に添付された証拠映像には含まれていないものばかりだ。

どうして？　誰が、どうやってこんなものを……。

5Ｗ１Ｈ的な疑問符を頭から湧き出させながら、佐脇は首を傾げるしかない。

これはどう見ても犯行時に記録された画像だ。あの現場に巧妙に隠されていたのか？　梅津靖を身柄拘束・逮捕した時に隠し持っていたとは考えられない。弥生が現場から逃げ出して凶行が発覚した後、梅津靖、こと現在の細島が逮捕されるまでには少し時間があった。その間に、この画像を撮影したカメラなりビデオなりをどこかに隠したのだろう。

しかし、今、この画像が出て来ても、どんな意味がある？

この事件はすでに「終わっている」。少年法の規定で、事件の存在自体が「なかったこと」にされているのだ。

ならば、今ごろ、こんな画像をわざわざ掘り出しておれのところに送ってきた人物には、何のつもりがあるのだろう？

送ってきた人物が誰かは想像がつく。しかしその意図が判らないのだ。

佐脇は、考えても無駄だと悟り、酒をかっ食らって寝てしまうことにした。


佐脇が寝ていると、ドアが激しくノックされた。

「汚い部屋を汚く使ってるわね！　今度掃除に来るしかないわね！」

というケンのある、聞き覚えのある声がした。

佐脇が目を開けると、そこには磯部ひかるがいた。腰に手を当てているその姿は、女教師が劣等生に説教しようとしているようだ。

「いくら寝るだけとは言え、こんな状態じゃ、ナニがどこにあるのか判らないでしょう！」

「いや……必要なものは署に置いてあるから」

外はもう陽が傾きかけていた。

「謹慎中って、昼間からお酒飲んでだらしなく寝てていいの？　毎日反省文とか書いて日々精進しなきゃいけないんじゃないの？」

「おれは無期懲役の囚人か。いいんだよ。なにやってても」

佐脇はそう言いつつ、音も高らかに放屁した。

「で、こんなところに、どんな御用で？　おれのセックスが恋しくなったか？」

ばっかじゃないの、とまんざら否定するわけでもないひかるは、コンビニ袋から缶コーヒーを出して佐脇に渡した。

「で、どうなってるの？　あのセンセイとは」

「だから、ひょんなことでこのザマだよ」

ひかるはその経緯《いきさつ》を知っていた。

「ダメじゃないの。相手の挑発に乗っちゃ。なんせ細島は弁護士よ。それも信じられないほどの口八丁で狡猾《こうかつ》陰険《いんけん》きわまりない弁護をして、どんなウラの手を使ってでも勝とうとする、法廷の毒蛇とか言われてる男なのに」

「ほう。あいつはそんな凄いヤツなのか。てっきりテレビで出た人気に便乗してるだけの、ただのお調子者だと思っていたが」

チッチッチッ、と舌で音を出しながら、ひかるは指を左右に振った。

「いくらテレビでも、弁護士として無能な人を引っ張り出さないでしょうよ。私、これでもテレビの人間だから言わせて貰うけど」

「クソ田舎のローカル局で燻《くすぶ》ってるテレビの人間だがな。まあ拝聴しましょう」

佐脇に話の腰を折られつつ、ひかるは続けた。

「テレビは、恐いのよ。素を見せちゃうから。ドラマでも、ひょいと俳優さんの素が見えたりするときがあるでしょ。それが一概に悪いとはいえなくて、たとえばトーク番組とかでイケメン俳優がドジな素を見せて、人気が出る場合もあるんだけど」

「そういう初級テレビ論はいいよ。で、ナニが言いたい？」

「細島センセイの場合は、その逆だって事。イケメンで芸能人ノリの弁護士、だけど正義漢で熱血漢。そういうキャラクターで売り出したけど、あそこまで人気が出たのはそういう表面的な『正義のイイヒト』だからじゃないのよね。そういうキャラのウラにある、いわば邪悪な感じというか、危険な香りのアンビバレンツな部分を、女は鋭く感じ取るのよ」

「それでオバサンの熱狂的ファンを獲得して選挙にも勝ったというのか？」

まさにその通り、とひかるは頷いた。

「そういうセンセイだから、東京でも注目してるのよ。田舎刑事が細島センセイに戦いを挑んでるって。その上、今回のスキャンダル写真でしょう？」

「あの件は、センセイ、男なんだから女も抱くって開き直ってるぞ」

「妙に否定したり逃げ回ったりしないで、正直に自分の弱さをさらけ出す作戦に出たみたいね」

「その反応はどうなんだ？　世間様は納得してるのか？」

「ええ。ワイドショーのコメンテーターなんか骨抜きよ。アイドルも細島を見習って正直に生きろとか言ってるくらい」

二人は嗤《わら》った。

「でもねえ、私はなんだかウラがありそうだと思って」

「冴えてるじゃねえか。さすがはおれのオンナだ」

一応ひかるを持ち上げつつ佐脇は言った。

「だが、おれは別の考えをもっている」

「わざと、あのスキャンダル写真を自分で撮らせて流した、と？」

ああ、と佐脇は肯定した。

「そのココロは、偽装だ。アリバイ工作だ。あのスキャンダル写真が撮られたのは十一月四日。笠間先生が殺された日だ。一緒に裸を撮られた女が、アリバイの証言をする形になってる。そういう恥ずかしい写真を撮られた女がわざわざ嘘をつく理由がないと、誰もが思うわな」

「そうね。で、私を含めて、東京の連中も、あの写真が本当に四日に撮られたものか、画像ファイルを検証してみたのよ。ネットに流れても、ファイル自体に埋め込まれた情報があるから」

なるほど、と佐脇は感心した。自分にはそういう発想はなかった。

「いろんなソフトで調べたけど、改竄《かいざん》の痕は見つからなかった。つまり、別の日に撮っておいて、あとから四日の日付に書き換えた痕がなかったのよ」

「……よく判らないが、もっと原始的な方法はないのか？　ファイルを書き換えたんじゃなくて、撮ったカメラの日付設定自体が狂ってたか、わざと日付設定を変えてあったとか」

「それをやられると、検証出来なくなるわね。ハイテクはローテクには敵わないのよ」

となると、弥生の証言が大きくものを言うことになる。しかし彼女は、蛇《へび》に睨《にら》まれたカエル状態だ。撮られた写真がネットに流され、自分の画像がさらし者になり、マスコミに押しかけられ、パニックになって佐脇に助けを求めてきたが、細島が現れただけで、貝のように口を閉じてしまった。彼女に再び口を開かせるのは容易なことではないだろう。

「しかし……細島みたいな、あんないけ好かないヤツがどうやって人気者になったのか、そこが知りたいところだね」

その言葉に、ひかるが反応した。

「別の取材で聞いたことが、ずっと引っかかってるんだけど」

磯部ひかるが心理学の専門家から聞いた話、というのを語り始めた。

「その学者によれば、人間と一部の動物だけが持つ高度な心の働きがあって、それは『共感』と呼ばれるものなのだって。『共感』というのは、『自分以外の存在の立場に立って考える』能力のことで、この知性を持っているのは人間と類人猿とゾウとイルカ・クジラ類だけであることが最新の動物行動学によって明らかにされていると……ここからが大事なんだからね！」

早くも退屈そうにし始めた佐脇を、ひかるが叱《しか》った。

「だけど、人類の中には、ごく一部に恐ろしいタイプの個体が存在すると。それは、『他人の立場に立って』何が最大の苦痛をもたらすかを想像出来るだけの知性を持っているのに、他者の苦痛に対する同情や共感を全く欠いている人間なんだって」

「そういうヤツは山ほどいるんじゃないか？　他人のことが判らないヤツってのは」

「だから良く聞いてよ！　他人のことが判らないんじゃなくて、判るの。だからこそ拷問の手段を考え出したりするの。拷問を行なうには他人が何を嫌がるか、何が苦痛かを理解していなければならないでしょ？　苦痛を想像する知性が必要なわけ。たとえば、夫の目の前でその人の奥さんを強姦すれば夫はひどく苦しむわけでしょう？　そうやって直接本人にではなく、大事な存在を使って苦しみを与えるのは……ええと、人間に本来備わっている他者との絆を結ぼうとする本能、優しい気持ちを悪用する行為、なんだって」

「まあ、そういうのは、ヤクザや犯罪者でも相当タチの悪い連中の手口だけどな」

それが犯罪者ばかりとは限らない、だからこそ怖いのだ、とひかるは続けた。

「そうやって他人に効果的に苦痛を与える知性は持っているけど、自分以外の人間への愛情を一切欠いた人間が、権力を握ってしまうこともあるんだって。ヒトラーとかスターリンとか。他人を殺すことを何とも思わないような人間が、人当たりだけは凄く良かったりするのよ。だから人気者になるし、頭がいいから『普通の』人間のフリも、『愛情がある』

フリも簡単にできる」

どこかで聞いたような話だな、と佐脇は思った。

「もちろん、犯罪者の中にも居る。三十人以上の女性をレイプして殺して死体をバラバラにしたシリアルキラーのテッド・バンディも、ハンサムで頭が良くて話題が豊富な、えらく感じの良い青年だったそうだし」

ヒトラーではピンと来なかった佐脇だが、テッド・バンディの例だと、すとんと腑に落ちた。

「なるほどな。細島のやったことは、テッド・バンディに似てるよな。あいつの人当たりの良さとかもな」

「佐脇さんが、細島の講演会、警護をやったでしょ？　その時私も取材に行ってたんだけど」

「会場で会ったじゃないか」

「そうよね。で、あの時の講演を聴いて、違和感があったの。自分は非行少年だったと言いながら、なにをやったか全然具体的に言わないところとか、自分をやたらと正当化して、自分は非行少年というより、むしろ社会の被害者だと居直ったりするところとか」

「でも、どこのマスコミもそのへんを問題にしないじゃないか」

佐脇は当然の指摘をした。

「マスコミは、長いものに巻かれるからよ。今のマスコミは、視聴率が取れたり根強い人気があったりすると、手を出さないから。政治家はまた別だけど」

「細島だって政治家だろ?」

「そうだけど、当選したばっかりの新人でしょ。今の扱いはまだまだタレントよね。しかも、議員になってパワーアップしたタレント。まあ、それはそれとして」

「そこんとこ、とても大事なことだぞ。マスコミは自己批判しろ!」

「判ってますけど」

ひかるは、ちょっとウンザリした顔になって話を先に進めた。

「あのね、マスコミが駄目だって話をしに来たわけじゃないの。ちょっと前なんだけど、日曜の朝にやってる政治討論番組で、いつもは沈着冷静なコメンテーターが突然、細島に激怒して、怒鳴り始めたのを見たのよ。普段はその逆で、むしろそのコメンテーターに煽《あお》られたゲストの政治家の方が怒り狂って問題発言しちゃうことが多いのに。でも、その時のコメンテーターはもう、真っ赤になって本気で怒ってた。テレビでそういうこと滅多にないから、見てて驚いたの」

「どうせその時、細島があの調子で何か言ったんだろ?」

「そう。言ったんだと思う。でも、見てる側としては、特に何のことだかよく判らなかったのよ。それで、なんかヘンだな、と思ったわけ」

佐脇は細島、こと梅津靖の幼なじみだった山崎健介が話したことを思い出した。細島には、他人が絶対隠しておきたい弱味を探り出す能力がある。だからこそピンポイントで他人を怒らせることが出来る。それと、『感じのいい好青年』ぶりを併用して、他人を自分の思う方向に追い込んでいくのだろう。それは『人を動かす』と呼ぶには、危険すぎる能力だ。

「だから、佐脇さんもあの男のペースに乗せられちゃダメですよ。それを言いに来たの」

「それはどうもご親切に、有り難いね」

「それでね」

ひかるがなおも続けそうだったので、佐脇は立ちあがった。これ以上話を聞いていると、カミサンのような「ああしろこうしろ」が始まるのが判っていた。そういうのが嫌で再婚もせずウジが湧くと言われつつ独身を決め込んでいたのだし、ひかるの部屋から「独立」したのも、彼女にカミサン口調が芽生えつつあったからだ。

「判った判った。その続きはまた今度聞くよ」

出かけようとする佐脇に、ひかるは不審の念を抱いたようだ。

「どこ行くの」

「署だ」

「謹慎中でしょ？」

「おれが行かないと進まない仕事もあるんだ。なんせおれは鳴海署には欠くべからざる人材だからな」

どうやら何もしない時間は自分には向いていないようだ。それに、ここにいるとひかるに部屋の掃除を手伝わされる。


中古のチェイサーを駆って、佐脇は署に顔を出した。

「そろそろ来る頃だと思ってましたよ」

刑事課では、水野がいつもの調子で迎え入れた。

「なんだかんだ言っても佐脇さんは仕事人間ですからね、遊んでても飲んでても、ここの空気が恋しくなるはずだから」

「まったくだな」

光田もやって来て皮肉な笑みを浮かべた。

「仕事をサボるのが大好きな仕事人間ってのも居るんだよな、これが」

「何とでも言え。で、その後どうだ？」

「どうだって……」

光田は途端に困惑した様子になり水野と顔を見合わせた。

「お前には不利だよ。圧倒的に不利、と言ってもいいかもしれない。というか佐脇、お前、ここにいるのを大久保サンに見つかると、いろいろ面倒だぞ」

「謹慎中なのにノコノコ出て来てるからか？」

「いや。お前の逮捕状を請求しようかと言うところまで話が進んでるからだ」

おいおい、と佐脇は目を剝《む》いた。

「被疑者としての取り調べをすっ飛ばして逮捕するってか？」

大久保や今の署長なら、やりかねない。

「ということなら三十六計逃げるが勝ちか。今身動きが取れなくなるのは困る」

すみやかに立ち去ろうとしたところに、珍しい客が訪ねてきた。

「刑事課ってここ？　佐脇って刑事に会いたいんだけど」

どういうわけか、美知佳がわざわざ署に姿を見せたのだ。

「相変わらず口の利き方がなってないな。なんだ？　何かあったか？」

「そっちこそ、何かなかった？」

何気ない表情を装ってはいるが、かすかに口角が上がり、得意さを隠しきれない様子だ。

「送られてきたものがあるんじゃない？」

ほれほれ、という感じで答えを待っている美知佳に、佐脇は彼女がわざわざやってきた理由をようやく察した。しかし、ここは敢えて知らん顔をすることにした。

「まあ、刑事なんて商売してると、悪党からの付け届けは来るし、脅迫状も来るな。注文した覚えのない寿司とか蕎麦の出前が届いた事もあるし、妙なメールなんざ日常茶飯事だ。ああ、そういや、妙なメールといえば、意味ありげだがまったく意味のないのも来たな」

「何それ？　意味がないって」

美知佳は心外な顔になった。

「ああ。この日本国には少年法ってものがあってだな、それにお前も守られてるんだが、あれは、少年院でお勤めを果たせば前歴を消して真っ白にしてくれるという、実に有り難い法律なんだ。で、その、一見ヤバそうだが今となっては意味がない、誰かさんが送ってくれた画像を撮ったヤツも立派にお勤めを果たしたから、前歴なしの真っ白な人間であるわけだ。お国公認の人間ロンダリングって訳だな」

「言ってる意味がよくワカンナイんだけど」

美知佳は口を尖《とが》らせた。

「たとえばの話、そういうヤバい画像って、持ってるだけで罪になるんじゃないの？」

「現状では、無理だな。単純所持ってだけでは」

佐脇は言った。

「売りさばくとか、それを使って他人を脅すとか、そういう真似をすればまた別だがな。

送られてきたものの出所は判ってるし、誰がどうやって手に入れたかも……まあ、佐々木英輔のパソコンの中をほじくったヤツなら何でも出来るんだろうが、今回はちょっと意味がなかったな」

さあ、おれは行くぞ、ちょっと用があるからな、と佐脇は美知佳を放り出して、さっさと刑事課から出て行った。

中古のチェイサーに乗った佐脇が向かう先は、今朝訪れたばかりの、細島が鳴海で自宅として使っているマンションだ。あとちょっとで弥生が本当のことを言いそうになったところで、細島の邪魔が入った。弥生が固まり、口をつぐんでしまったので、一度は引き下がったが、是非とも『正しい証言』をしてくれなければ、困る事態になってきた。

どう考えても、細島とのあの写真が、笠間が殺害された当日に撮られたものであるはずがない。それさえ証明できれば、細島のアリバイは崩れる。弥生を説得するしかない。

彼女がまだ細島の自宅マンションにいるかどうかは判らないが、佐脇はとりあえずそこに向かおうとアクセルを踏んだ。細島がいたら、その時はその時だ。

＊

「だから、何度言わせるんだ！　これは苦肉の策というか、もうこれしかない作戦なんだ」

自分の言葉が通じない苛立ちを露わにして、手に何やら紙の束を持った細島が、１ＬＤＫの自宅マンションの部屋を行ったり来たりしている。

ソファには青い顔をした弥生が俯いて座っている。

「ニュースとして話題にならないと、意味がないんだ。このおれが、スキャンダルを一番警戒するはずのこのおれが、不用意に、女と密会している写真が流出したから騒ぎになってる。おれがオバサンのアイドルだって、お前だって知ってるだろ！」

細島は、もう何度も口にした文句を繰り返し喋った。

「オバサンは、セックススキャンダルを最も嫌う。だからこれは、おれにとっても一か八《ばち》かの大博打なんだ。でも、それくらいしなきゃ、この窮地は乗り越えられない。いいか？四日には、おれはお前とずっとセックスしていた。ベッドで快楽に耽溺《たんでき》していた。肉欲に溺れていた。その相手は、当然、それなりの女じゃないとダメだ。だから、お前なんだ！」

細島としては、女の虚栄心やプライドをくすぐる言葉を交えたつもりだった。しかし、そんな付け焼き刃のお世辞は弥生には通じなかった。

「あたしが、ああいう形で晒されるのを一番嫌がるって、判ってるクセに！」

弥生は、所属する風俗店の顔出し広告を嫌って、有名店を転々とした。裏表両方のビデオに出ることもしつこく求められたが、かたくなに拒否し続けた結果、店を経営するヤクザとトラブルになって、かなり危ないことになったりもした。それでも、自分の姿形が画像として世間に流れることだけは、なんとか阻止してきたのだ。

「おれの言うことに逆らうつもりなのか？　今までにそんなことは一度もなかったよな？」

細島は、手にした紙の束を弥生に叩きつけるように投げ、床一面にぶち撒けた。

その紙の一枚一枚には、画像が印刷されていた。少女時代……まだローティーンだった小学生から、ごく最近までの弥生が凌辱されている写真を、数え切れないほどプリントアウトしたものだ。

「『あの時』のものもある。お前と再会してから撮りためたものもな。おれに逆らえば、これを全部ネットに流してもいいんだぞ」

弥生は凍りついた。

「お前にとっては命取りの、処女を失ったときのものもあるからな。え？　これは、お前がどんどん墜ちていく姿の記録だ」

弥生は俯き耳を塞《ふさ》いだが、細島は弥生の前に来ると、彼女の顎《あご》を掴んで上を向かせた。

「だけど、考えてみろ。おれとの密会写真で、お前の裸はもうネットには流れてしまったんだぜ。あれを転載したスポーツ紙も複数ある。ワイドショーでも映ったそうだ。おかげでおれはレギュラー番組を二本ほど失ったが」

弥生が、いつになく挑戦的な目で細島を見返してきたので、彼は思わず手をあげた。

「すまない。ついカッとなって……だが、聞いてくれ」

彼女の頬を平手打ちしてしまってから、細島は我に返り謝った。

「レギュラーを失ったのは想定内だ。しかしこの件はもう動いてるんだ。だから、最初の手筈通り、お前もやってくれないと困る。お前が一番嫌がる顔出しをしたのに、それもすべて、無駄になってしまうんだぞ」

自分の都合だけを一方的に主張しつつ、細島は部屋を歩き回った。

「あの刑事に、はっきり言って引導を渡すんだ。あいつだって、おれが犯人だという決定的な証拠を握ってる訳じゃない。あくまで推測に過ぎないんだ。だから、その推測を裏付ける要素を、全部叩きつぶせばいいんだ。な？」

「私に……どうしろというの？」

プリントアウトをノロノロと拾い集め、テーブルの上に載せながら、弥生がつぶやいた。

「近いうちに、記者会見を開く。その場に出て、記者の質問に答えてくれ。おれの愛人だと言っていい。とにかく、四日におれとセックスしていたと言ってくれればいいんだ。想定問答は、記者会見が設定出来たらじっくりやろう。おれが完璧な答えを用意してやる」

その時、ドアのチャイムが鳴った。

細島がドアスコープを覗くと、立っていたのは佐脇だった。

「おい、ちょうどいい。アイツが来た。きっぱり言ってやれ。証言は翻《ひるがえ》さない。記者会見も開くとな」

細島はそう言って弥生にドアを開けさせる間に、自分はクローゼットの中に隠れた。扉はルーバーになっているので、羽板《はいた》の隙間から部屋の様子も覗き見られるし、話し声も聞こえる。ここから会話をチェックしようというのだ。

「やっぱりここにいたのか。いや、探す手間が省けて有り難い」

佐脇はそう言いながら部屋の中に入ってきた。

「あのセンセイはいないのか？」

弥生は黙ったまま首を横に振った。

「ご用件は？」

弥生の声は緊張し、こわばっている。

「言わずと知れた、あの写真の件ですよ」

佐脇は、どさっと音を立ててソファに座った。態度はデカいが口調は丁寧だ。

「伺いたいのは、あの写真が撮られた正確な日時についてです。本当のことを言ってください。あなたの証言が、すべてを変えるんですよ」

弥生は一瞬、細島がひそんでいるクローゼットを見やり、そして言った。

「……なにもお話しすることはありません。日時については、すでに流れているとおりです。十一月四日で間違いありません。ですから、訂正することもないんです」

「本当ですか？　嘘をついていたら罪に問われますよ？　細島は、あなたの人生をメチャクチャにした男じゃないですか。その男と今でも付き合っているということについては、あなたにもいろいろな事情があるでしょう。しかし、殺人が絡んでるんですよ。その重大性をよく考えてください」

しかし弥生は、完全に心を閉ざした態度に終始した。

「……もう、いいですか？　あたし、これから出かけなければならないので」

「食事ですか？　だったら一緒に。ご馳走しますよ」

「結構です」

「もしかして、また細島に会うんですか？」

「誰と会おうが、関係ないでしょう？　とにかく、帰ってください！」

ヒステリックな弥生の調子に、佐脇は腰を浮かした。何を言っても今はダメだと悟ったようだ。

「判りました。この件については、改めて、ゆっくり話し合いましょう。いつでもいい。気持ちが落ち着いたら連絡をいただきたい」

佐脇は紙切れに携帯の番号を走り書きして、手渡した。

「では。連絡、頼みますよ」

佐脇は立ち去った。しかし、あの手の刑事は何か言い忘れたとか口実を作って、すぐに戻ってくるかもしれない。うっかり油断は出来ない。

細島がクローゼットから出ずに様子を窺っていると、案の定、またドアチャイムが鳴った。

ドアスコープで確認しろ、と細島が命ずるより先に弥生がドアを開けたが、入ってきたのは、痩せて顔色の悪い、まだ少女といっていいほどの若い女だ。

「佐脇って刑事のことであんたに話があるんだけど」

挨拶もせず、いきなり喧嘩腰だ。なんだこの女は、と見るうちに細島は思い出した。

横山美知佳。彼女が暴行を加えた佐々木英輔の示談交渉の件は、細島の事務所が依頼を受けたので、この女が誰かは知っている。

クローゼットの中に細島がいるとは知らないまま、美知佳は弥生に対峙した。

「用件だけ言うから。佐脇と別れて」

「え？」

「知ってるんだから。あんたが佐脇と付き合ってて、何度も呼び出したりしてるって事。あんたは細島とか言うヤツとも付き合ってるんだから、フタマタは止めてくれる？」

「あの……言ってる意味がよく判らないんだけど。あなた、誰？」

「誰だっていいでしょう！」

美知佳はハイテンションで弥生に迫った。

「とにかく、有名人と付き合ってるのが自慢で、裸で抱き合ってる写真をワザと撮らせるような女は、佐脇には似合わないのよっ！」

「何を言ってるのか……」

そう言いつつ、弥生は混乱してきた。例の写真を撮られたことが、弥生のトラウマにさらなるダメージを与えている。ただでさえ不安定な感情が大きく揺れ、こんな年下の少女にさえ弥生は怯えていた。

「誤魔化さないで。なんとか言えば？」

容赦なく間合いを詰めてくる美知佳に押されるように後ずさった弥生は、簡単な応接セットのテーブルにぶつかった。

その拍子に載せてあったプリントアウトがばらばらと床に落ちた。

パニックになって拾い集める弥生を美知佳は不審に思った。

美知佳は弥生を突き飛ばして、数枚のプリントアウトを奪い取った。

「なにこれ！」

美知佳は驚きの声を上げた。

「なんであんたがこんなもん持ってるの？　これはあいつの……あの議員のパソコンに入ってたデータだよね？」

なぜ、この小娘がそれを知っている？　クローゼットの中で聞いていた細島は心臓が飛び上がるほど驚いたが、なんとか自制して様子を窺った。

「だから見ないで！　返して」

弥生は必死になって美知佳からプリントアウトを奪い返そうとしている。

「こんなもん……別にあんたが必死こいて隠す必要ないじゃん。あんたにはカンケーない画像なんだから……え？　もしかして……あ！」

美知佳が突然、すべてを察したかのような声を上げた。

「もしかして……これ、あんたなの？」

弥生は凍りついたように動けなくなった。

「……で、これ、男の方は、もしかして、あの議員だとか？」

弥生の全身から力が抜けて、床に崩れ落ちた。

死んだかと思うほどに気配が消え、部屋を沈黙が支配したが、やがて弥生が泣いているのがわかった。声も立てず、ひたすら静かに。

「……そうなんだ」

それまで凶暴といってもいいほどのハイテンションで攻撃的だった美知佳が、打って変わって静かになり、ほどなく、怒りを押し殺した冷静な口調で言った。

「判った。あんたが言いたくないのなら何も言わなくていい。あたしが自分で裏を取る。でもね、あいつは……あの細島っていうヤツは、あんたにこういうことをした酬《むく》いを、必ず受けることになるよ」

ここまでだ、と細島は心を決めた。この小娘を黙らせるのだ。この部屋で喋っている分には実害はないが、この生意気な声と口調を聞いているだけで、耐え難いほど不愉快になるのだ。

細島はクローゼットのドアを押し開け、飛び出した。

「黙れ！」

いきなりの出来事に、美知佳は驚きのあまり咄嗟に躰が動かない。

「そこまで知っているのなら、このまま帰すわけにはいかない！」

細島は美知佳の喉を摑み、一気に壁に押しつけた。

「どうして判った？」

第七章　『栄光』への脱出行

「言えっ！　どうして写ってるのがこの女だと判った？」

平手打ちされて吹っ飛んだ美知佳は、ひるむ様子もなく細島を睨《にら》みつけて答えた。

「目だよ」

「あの人の目が写真のと同じだから」

美知佳は弥生を指差した。

今見せている弥生のすがるような眼差《まなざ》しが、プリントアウトの中の怯《おび》えた少女と同じなのだ。

「誤魔化すな。お前、佐脇に過去の捜査資料とか見せて貰《もら》ったりしたんじゃないのか？」

言え、と細島はさらに美知佳の頬を張り飛ばした。

「あいつはそんな刑事じゃねえよっ！」

怒りの形相《ぎようそう》で睨み返されて、細島は脱力し、美知佳の胸ぐらから手を離した。よろめき、膝をついた美知佳に向かって、「やぶ蛇だったか……」と呟いた。

「何も知らない小娘が大口叩いてるんだと思っていたが、ホントに何にも知らなかったんだな……」

細島はもう一度美知佳の胸ぐらをつかんで立たせた。

「まあ、どっちにしても、お前は邪魔だ。ハエみたいにぶんぶん飛び回りやがって、目障《めざわ》りで仕方がない」

そう言って、美知佳の腹を蹴った。

「いいか。おれは議員だ。政治家ってのは、なんだかんだ言われても、特別扱いされてるし、実際に権力があるんだ。与党であろうが野党であろうが同じことだ。その権力ってのは、お前らコドモが考えるよりずっと凄《すご》いんだ」

そう言いながら、あばら骨が折れるんじゃないかと思えるほど美知佳の腹を繰り返し蹴った。

美知佳は、胃の中のものをすべて吐き、それでも足りずに胃液まで吐き続けた。

「汚ねえなあ、お前らゴミは！」

そう言いつつ、細島の目は輝きを増していた。自分でも、持ち前の嗜虐《しぎゃく》欲が猛然と刺激されるのを感じていた。二十年前、少女二人を前に歯止めがきかなくなり、ついに由加里を惨殺してしまった、あの時の興奮がありありと甦ってきたのだ。

弥生を性奴隷《どれい》として自由にするのは愉しかったが、この女ももういいオトナだ。だが、美知佳は体型といい年齢といい、生意気さといい、まさに反抗的なガキそのもので、それがいたく細島の征服欲をそそった。

彼女の小柄で華奢《きゃしゃ》で胸の薄い、ちょっと見には子供のような体型、そして外見の弱々しさとはまるっきり正反対な激しい憎しみを感じさせる反抗的な目の光は、どちらも細島にとっては涎《よだれ》の出そうなご馳走だ。

この小生意気な小娘を徹底的にいたぶり、凌辱《りょうじょく》して、想像だにしないくらいの恥辱と激痛と恐怖を味あわせて、泣きわめかせたい。そしておれに這《こ》いつくばって許しを請わせ、何でも言う通りにするからと言わせてやるのだ。

どうせ潰《つぶ》すのなら、少々手強い女のほうが潰し甲斐《がい》もあるというものだ。そういう女のちっぽけなプライドを粉々に粉砕してひれ伏させる。最初から白旗を掲げる相手よりも、最後まで抵抗するヤツをぶち殺すほうが面白い。古今東西、日本の戦国武将も、中世ヨーロッパの武将もジャンヌ・ダルクのような我に理があると思い込んでいる高慢ちきな女をサディスティックに責め苛《さいな》む悦びに打ち震えていたはずなのだ。

「ほら、立てよ。お前はエロ教師をぶちのめしたんだよな。その時の元気はどうした？　それとも凶器がなきゃ手も足も出ないか？」

蹴られた痛みに躰を丸めてうめいている美知佳の胸ぐらを摑んで立たせた細島は、今度はいきなり彼女の顔を殴りつけた。

美知佳はまたも吹っ飛び、壁に叩きつけられた。

「さあ、立てよ」

ずるずると倒れた美知佳の胸ぐらを摑んでふたたび立たせると、今度は両手で首を絞めにかかった。失神させて自由にしてしまおうという腹だ。

が。

美知佳はひょいと頭を下げ、細島の攻撃をかわした。前屈みになると細島の腕をかいくぐって胸元に飛び込んできた。

と思った次の瞬間、細島の顎《あご》から脳天に激痛が走った。彼女が身体を一気に伸ばして、下から頭突きを食らわせてきたのだ。完全に不意を打たれた。渾身の力を込めたアッパーが細島の顎に見事に決まった。

「う」

一瞬、脳震盪《しんとう》を起こして朦朧《もうろう》とした細島の股間に、今度は美知佳の膝蹴りが炸裂《さくれつ》した。

「げ」

美知佳は細島の腹にも容赦なく攻撃を仕掛けてきた。苦痛のあまり上半身をくの字に曲げた背中と首筋に、体重をかけた肘《ひじ》打ちが炸裂する。

佐脇から自動車教習とともに習った護身術を美知佳は実践していた。油断している相手には面白いほど決まる。

　美知佳は、そのまま細島の頭部を両手で挟み、顔面に膝蹴りを入れようとした。

　しかし、ここで細島が逆襲に出た。

　さきほどやられたのと同じ要領で、前屈みになった美知佳に頭を摑まれた瞬間、今度は細島が全身を一気に伸ばして美知佳の顎を突き上げた。

「ぎゃっ」

　形勢は完全に逆転した。

　顎を強打した美知佳はふらついて、そのまま後ろに倒れ込んで尻餅をついた。

「バカが。おれを舐めるんじゃねえっ！」

　しかし美知佳も諦めない。自分を蹴ろうと繰り出された細島の脚を摑むと、ぐい、と横に捻《ひね》った。細島が転倒すると、そのまま顔と言わず腹と言わず股間と言わず、ところかまわず無茶苦茶に殴り始めた。

　だが細島は、下から拳を突き上げ、美知佳の顎を思い切り殴打した。

　またも倒れ込んだ美知佳は、だがしぶとく抵抗した。

　馬乗りになった細島の顔面の中央に拳を命中させ、両手を押さえ込まれると、今度は手薄になった下半身のバネを使って、何とか自由になろうともがく。

　そんな二人の死闘を、弥生はただ呆然と見ている。目の前で展開する暴力の応酬は、彼女にとって恐怖でしかなかった。

「顔は叩かないで！　と言うのは女優だが、おれも人前に出る稼業だからな。よくもこんなボコボコにしてくれたな。少年院でもここまでのことは無かったぞ」

美知佳の逆襲で、細島の端整な顔は紫色に腫《は》れ始めていた。

が、それ以上に美知佳はひどい状態だ。顔だけではなく全身が腫れあがっている。

「あの女ならおれの性癖をよく知ってるが」

細島は部屋の隅で震えている弥生を見やって、ニヤリと笑った。

「おれは、抵抗する獲物を仕とめて血祭りに上げるのが好きなんだ。天性のハンターってやつか？」

満足げに言う細島に、美知佳は罵倒を浴びせた。

「カッコつけてんじゃねえ！　このど変態のクソ野郎が」

言うなりニヤけた顔に下から唾《つば》を吐きかけた。全身の毛を逆立てた野良猫のようだ。

「結構。お前、いい度胸じゃないか」

細島は美知佳の顔を平手で、さらに何度も張り飛ばした。口の中が切れたのか、美知佳の唇からは血が流れ出した。

左右から続けざまに平手打ちされて脳震盪を起こしたのか、美知佳は朦朧として、全身から力が抜けた様子だ。無抵抗になったところを、細島がビリビリと服を引き裂いた。

美知佳はノーブラだった。

「貧乳だな。これじゃブラなんかバカらしくてやってらんねえってか？　え？」

美知佳のかすむ目には、ただただ凶暴で冷たい、獣欲に憑《つ》かれた男の眼が映っていた。

細島は容赦なく美知佳のジーンズに手をかけて、引きおろした。股間を覆う白い布にも手がかかり、少女は必死に両腿を閉じ合わせた。

「知ってるか？　そういう抵抗がおれにはガソリンになるんだぜ」

細島は剝《む》きだしになった乳房を摑み、乳首をつまみ上げて、くじった。

鋭い痛みに美知佳の脚から一瞬、力が抜けた。そこをすかさずこじ開けてショーツを剝《は》ぎとった細島は、そのまま両脚の付け根を大きく開かせると、自分の下半身も露わにして、すでに鋭く屹立した分身を取り出した。

美知佳の躰は、不思議に硬質な美しさを発散していた。全身のラインはまだ硬く、あるかなきかのバストは少年のようだ。だが腰はくびれて、バストよりさらに小さい、引き締まったヒップへと続いている。

意識を取り戻し、ふたたび見開かれた眼には、激しい憎しみの光があった。しかも涙の一滴すらこぼしていない。美知佳の年齢と小柄さからすれば、驚くべき気の強さと根性というべきだろう。

たいていの男なら、美知佳の、この眼で睨みつけられれば萎《な》えるはずだ。だが細島にかぎって、それは逆に欲情を搔《か》きたて、いやがうえにも煽《あお》り立てるものだった。

おもむろに伸ばした指先が、菊座をなぞった。

「な、なにするんだよっ！　気持ち悪い」

「愚問だな。お前のアヌスを開発してやろうというんだ」

ひひひと笑い声を漏らしながら、細島は指先をぐい、とねじ込んだ。

美知佳はヒップを左右に振って必死に逃れようとしたが、指はぐいぐいと、容赦なく侵入してくる。

「や、やめろよっ！」

必死ですぼめたアヌスは男の指を強く跳ね返したが、回転を利《き》かせてねじ込まれると負けてしまった。人差し指がずぶっと侵入した。

「ほうら。一気に根元まで入ったぜ」

細島はうねうねと指を動かして彼女の直腸の感触を楽しんだ。

次に人差し指をアヌスに入れたまま、親指で美知佳の秘唇を押しつぶすようになぞった。

「ヤメロって！　やるなら一気にやれよっ！」

「そういうことはおれが決める」

親指はその入り口を這いまわり、体内では指を折って腸壁をコリコリと掻いた。

「ひっ！」

「じゃあ、そろそろイジメるのはやめて、気持ちよくしてやろう」

細島はアヌスから指を抜き、身体をずらして股間に顔を埋めると、舌を這わせてきた。

「ヤメロって言ってるだろう！」

美知佳は喚《わめ》いた。細島の舌先が秘毛を掻き分け、肉芽に触れて来たのだ。

「なんだかんだ言って、お前の淫らなクリトリスは、こんなに大きくなってきたぜ？」

美知佳が感じているわけではない。刺激に単純に反応して勃ってきたのだ。

敏感な秘芽を舌先で触れられた瞬間、美知佳は悲鳴をあげた。

「あうっ！」

細島はふたたび身体をずらした。屹立した股間のモノは、先端から先走り液を、まるでよだれのように垂らしている。

美知佳の花弁の中心部に肉棒をあてがうと、ぐっと体重を掛けた。

乾いたままの秘裂に、怒張し切った男のものが力まかせに入ってきた。

力まかせの強姦という屈辱を必死に逃れようともがく彼女の肩をしっかり押さえつけ、細島はさらに容赦なく腰を進めた。

少女の抵抗が強ければ強いほど、男の肉棒はさらに硬度を増した。

ずぶずぶと凶棒が挿入され、細島は夢中で腰を使い始めた。

もはや自分の快楽しか眼中にない。汚辱に歪む美知佳のうめき声は、この男を益々興奮させるだけだ。

「そう。その目だ。睨みあげる、その目つきが堪らないね」

細島は、この焼けつくような快楽を少しでも長引かせようと、わざとゆっくりと腰を使い、途中で休んだりした。それが美知佳にとって、耐え難い気持ち悪さをもたらしている。

「お前、結構感じてるんじゃないのか？　女の中には、レイプされて感じまくって、マゾの道に入って淫乱まっしぐらって奴もいるからな」

細島は相変わらず呆然としている弥生を見やり、嘲笑した。

「あそこに居る女がそのいい例だ。小学生の時に最初のセックスをして、それがレイプだったんで、それ以来普通のセックスじゃ感じないとさ。あげく金で身を売って、いろんな男にやらせてる自分に感じてしまって、イくんだ。変態の極《きわ》みだろ?」

お前もそういう風に仕立ててやる、と美知佳を俯せにひっくり返すと今度は尻を高く持ち上げ、後背位からまたも挿入にかかった。

美知佳の華奢な腰を両手でホールドした細島は、びたびたという肉同士が派手にぶつかる音をさせて抽送し始めた。

「うっ……」

歯を食いしばる美知佳に、細島は交わりながら手を伸ばし、乳首に爪を立て、思い切りひねりあげた。

「くっ」

美知佳が耐えきれずに苦痛の呻きを洩らす。

　か細い肉体の少女を、三十過ぎの男が後ろから犯している光景は、ただひたすらにグロテスクだった。しかも、相手を辱めて獣欲を満足させるだけの交わりだ。

「おい。あそこにいるあの女はな、綺麗な顔はしているが、あそこにもアヌスにもチンポを入れての3Pが大好きなド変態なんだぜ」

細島は美知佳の腰を両手で揺さぶりながら言った。

「味を覚えれば、女はどこまでも墜《お》ちていくってことだ。お前もあっという間だぜ」

延々時間をかけて犯そうと、細島はまたも体位を変えた。今度はあぐらをかいてその上に美知佳を乗せ、対面座位で犯すのだ。

もはやなすがまま状態の彼女の両肩をおさえつけ、細島は激しく腰を使った。

さすがに、美知佳の気力も切れてしまったようだ。もはや抵抗しなくなり、口でも反抗しなくなった彼女は、細島に弄《もてあそ》ばれるがままだ。

男の手が接合した秘裂に差し入れられた。指で肉芽を嬲《なぶ》られると、喜悦の溜息……と取れなくもない呻き声が出た。

「はあん……」

男の腰使いにあわせて、美知佳の細い躰はがくがくと揺れている。

永遠とも思われるほどの苦痛と屈辱の時間が過ぎたのち、細島はようやく、彼女の中で怒張をびくびくと痙攣させて果てた。

おぞましい肉茎が引き抜かれ、ほっとする間もなく、美知佳の髪が、いきなり摑まれた。

乱暴に引き起こした彼女の顔を、細島は自分の腰に近づけた。黒ずんだ肉茎は怒張したまま、硬度を失っていない。

「舐めろ。口できれいにするんだ」

細島は、自分のモノを彼女に押しつけて強制的にフェラチオをさせようとしたが。

「いや……止めておこう。お前に大事なところを嚙み切られるかもしれないからな」

細島は用心深かった。

美知佳は、無残に殴られ、顔と全身が痣《あざ》だらけだ。そして股間からは細島の精液がじわじわと流れ出している。

躰はグッタリと力を失い、言葉も発しなくなっていたが、それでも美知佳の目から反抗の光が消えることはなかった。

「何だ、その目は！」

彼女の目を見て、細島の怒りが瞬間的に沸騰した。

「やってる最中ならいい。最高のスパイスになるが……終わってからもだと、腹が立つ！」

憎しみを募らせた細島は、すでに無抵抗の美知佳をさらに殴った。

しかしなおもキツイ目で睨み返してくる彼女を見て、歯止めを失った。

「コイツ……ぶっ殺してやるっ！」

細島の手が、美知佳のか細い首にかかった。

「やめて！」

悲鳴を上げたのは、弥生だった。

「お願い！　やめて！　今、やめないと、あなたが由加里お姉ちゃんを殺した、あの時と同じになるッ！」

思わず振り返って弥生を見た細島の目から、ふっと殺気が抜けた。

「……たしかにな。お前の言う通りだ。頭の悪い、セックスだけの女のくせに、たまにはいいことを言う」

ガキの頃と同じ失敗を繰り返していては進歩がない。それに、美知佳を殺すにしても、ここでやってしまうと死体の始末が面倒だ。

ようやく細島は冷静になった。

「とりあえず記念写真でも撮っておくか」

グッタリと床に横たわったままの美知佳の裸体を、細島はカメラに収め始めた。

「本当に、今犯られました、っていう、そのものズバリだな」

嘲笑しながら、デジカメで何枚も写真を撮った。

「これをばらまいたらどうなるかな？　ネットで公開したら。お前、聞くところによればネットではなかなかの大物らしいじゃないか。そんな大物がメタメタに犯されて、股から白いの垂れ流してる画像が広まったら、せっかく築きあげた評判も台無しだな」

細島はニヤニヤしながら、撮ったばかりの画像を美知佳に見せつけた。

ところが、案に相違して、美知佳は鼻先でせせら笑ったのだ。

「は？　公開したきゃ、すりゃいいじゃん。あたしがそこで固まってる彼女みたいに、お願いだからやめて！　って泣くとでも思ってた？　自分が誰よりもエラいって、勘違いしてればいいよ。あんたみたいのをネットでは何て言ってるか知ってる？」

「さあ。知らないな」

「教えてやるよ。『チンコの乗り物』って言うんだよ」

すべてをコントロールしていると自分では思っているが、実際は自分の欲望に支配されて歯止めのきかない人間。あんたはそういうやつだ、と美知佳は言い切った。

「言ってる意味判る？　あんたがいくらエラそうにしたって、あんたのご主人さまは、その両脚の間についてる粗末なモノだってこと。チンコに脳侵略されてるってことだよ」

反射的に手が出ていた。またも細島は美知佳を殴った。しかし何度殴られても、彼女は泣き叫ぶかわりに嘲笑した。

「ほら。やっぱり自分を抑えられてないし。いくらアタマ良さそうに見えても偉くても、あんたみたいのはいつかきっと下手打つと思うよ」

細島は、彼女の髪を掴んで、壁に後頭部を叩きつけてやった。それでも嘲笑し続けるので、美知佳の股間から垂れ落ちている自分の精液を指ですくった。

「減らず口を叩いてろ。このクソ女が。顔に精液塗られて偉そうなこと言ってりゃザマは無いぜ」

彼は美知佳の顔に、精液を塗りたくった。

「口を開けろ。おれの精液を飲め。本当はフェラをさせたかったがな」

「何すんだよッ！　止めろってば！」

汚れた指を美知佳の唇に突きつけた途端、美知佳は意外にも取り乱した。

「ちょっと。やだよ。やめろよ。そんな汚いモノ、ヒトの口に入れてんじゃねえ！」

それまでの小憎らしさはどこへやら、唇に精液を塗りたくられた美知佳は一転して激しくうろたえ、必死に抵抗しはじめた。

「だから嫌だって言ってんだろッ」

「ほう？　お前は精液が嫌いか。精液ゴックンが出来ないのか」

ようやくこいつの弱味を見つけた。

細島は内心快哉を叫んだ。他人の弱味を見つけるとそこを徹底的に突いて攻撃し、弄び、いたぶらずにはいられない本性が頭をもたげた。こうなったら何がなんでも美知佳に自分の精液を舐めさせないと気が済まない。

それこそがこの生意気な女の、細島への完全な屈服となるはずだった。

「さあ、おれのエキスを舐めろ！」

左手で美知佳の小ぶりな鼻を摘んで、息が出来ないようにしてやった。それで無理やり口を開けさせれば、指で精液を舐めさせることが出来る。

細島は、美知佳の股間からすくいとった、みずからの精液にまみれている右手の指を、美知佳の口に無理やり突っ込もうとした。

「舐めろ。飲み込むんだ。お前はこんなにガリガリだから、少しはタンパク質を取ったほうがいいぞ」

と。

それまで必死に抵抗していた美知佳の目が一瞬、楽しそうな輝きを帯びた。

細島が、喉の奥まで突っ込もうとしていた指への抵抗が不意に消え、それまで食いしばっていた美知佳の上下の歯が開いた。細島の指がするすると呑み込まれ、美知佳の喉の奥に触れた。

「なんだ？　もう降参か？」

美知佳の態度が豹変《ひょうへん》し、細島が不審の念を抱いた次の瞬間、指に激痛が走った。美知佳の口に突っ込んでいた右手の人指し指と中指に、美知佳が嚙みついたのだ。渾身の一撃だった。ばきっ、と骨が砕ける音がしたようにも思えた。

細島の指には、美知佳の歯がしっかり食い込んでいた。しかも、嚙む力はぎりぎりと、容赦なく強くなるばかりだ。

「馬鹿野郎！　離せッ！　口を開けろ！」

あまりの激痛に、細島は美知佳の顔を殴りつけ、肘打ちをして、なんとか口を開けさせようとしたが、彼女はウツボのようにがぶりと嚙みついたまま、決して離さない。

「離せっ！　てめえぶっ殺すぞ！」

髪を摑んでがんがんと後頭部を壁にぶつけてやると、さすがの美知佳もたまらず、ようやく口を開けた。

人差し指と中指のそれぞれ第一関節と第二関節の間がぶらぶらとしていた。深い裂傷を負った上に、骨までが折れているのは明らかだった。

「くそっ！」

細島はキッチンに飛んでいって指をすぐに流水で冷やしたが、折れた骨を冷やしても、どうにもならない。

「どうする、病院行く？」

美知佳は冷笑した。

「病院？　ああ……病院な」

細島は、まったく予想もしない事態に陥って動転していた。

が、それでも、ある決心は固めていた。

ここを出て、この女をどこかで処分してしまわなければ。

どうやら脅しも取引も買収も、この小娘には通用しないようだ。ならば、黙らせる方法はひとつしかない。

細島は、腹をくくった。

それにしても、どうせ殺すのなら、どうせ危ない橋を渡るのなら、存分に楽しんでからにしたい。

どこか、殺して始末するのに便利な場所にこいつを拉致《らち》して……。

だが……この指では運転が出来るか？

「車なら、あたしは運転しないからね！」

まるで細島の考えを読んだかのように、美知佳が言い放った。

完全に先手を取られて、細島はカッとなった。

「うるさい！　お前があのデカと一緒に、勝手に違法な路上教習をやってたことは調べがついてるんだ。あれだけ派手にショッピングセンターの駐車場で車を乗り回してれば、バカでも気がつくってもんだ」

細島は、左手で美知佳の腕を取り、引っ立てた。

「いいか。お前が代わりに運転するんだ。おれの言うとおりにな」

美知佳に運転をさせるのは、別の思惑もあるからだ。

「さあ、行けっ！」

美知佳の裸身に自分のコートを被せて引っ立てた細島は、慌ただしくマンションの部屋から出て行った。


一人残された弥生は、呆然としていた。

思いがけない状況になり、何をどうすればいいのか、まるで判らなかった。頭の中が混乱して、冷静に考えることができない。いつも命令を下してくれる細島も、どこかに行ってしまった。

一人残されて、自分が完全に無力な、意味のない存在に思えた。

しかし……。

美知佳が細島に見せていた「徹底抗戦」の姿勢に、弥生の心は揺らいでいた。

あんなに細い、弱そうに見える子が、あの男に、一度も屈することはなかった。

少なくとも、精神的には。それに引き替え、私は……私の人生って、一体何だったのか？

あの男にいつも怯えて生きてきた私は……当時高校生だった細島に犯された、あの忌《い》まわしい日を境に失ってしまった。

弥生の心の中に、小学生だったあの日……当時高校生だった細島に犯された、あの忌《い》まわしい日を境に失ってしまった、ある感情が生まれていた。

いつも情けなさに流していたのとは違う、煮えたぎるような熱い涙がこぼれる。

手が震えた。まわりのすべてを何もかも、自分自身を含め、壊してしまいたかった。

「人をバカにして……何をしてもいいと思って。あんた、一体何様なの？　死ねばいいのに……いえ死ね死ねっ死んでしまえっ」

口からは声に出して呪詛《じゅそ》の言葉が洩れていた。

弥生を囮《おとり》にして「おねえちゃん」が廃工場に呼び出されたあの日。すべてを変えてしまったおぞましいあの日以来、弥生がずっと忘れていた、いや忘れさせられていた感情。

それは「怒り」だった。

弥生は、さっき渡された紙切れを探した。

それは佐脇がくれた、携帯番号が走り書きされたメモだった。

弥生自身の惨めな姿がプリントアウトされた紙の束の中に、そのメモは混じっていた。

弥生は自分の携帯を取り出し、そこに書かれた番号をプッシュした。

「あの……私です。西脇弥生です」

おお、という佐脇の声が聞こえた。

「美知佳さんっていう女の子が細島に拉致されました。助けてあげて！」

細島がプライベートで乗っている車の特徴とナンバーを、弥生は佐脇に告げた。

＊

細島は、近くの駐車場に駐めてあったクリーム色のフェアレディZの運転席に美知佳を押し込んだ。

すでに外は暗く、室内灯を消した車内は外からの光だけで照らされている。

どこで手に入れたのか、細島は美知佳の右手首に手錠をかけると、もう一方の端をハンドルにガチャリとかけてしまった。

「これでお前は嫌でも運転しなきゃいけなくなったわけだ。さあ、出せ」

細島は運転席の美知佳の首筋に大型のサバイバルナイフを突きつけた。

細島の目は血走っている。すべてを失いかけた男の目だ。

「いいナイフだろう？　これは、二十年前に使った記念品だ。これで大瀬由加里を解体したんだ……お前も解体してやろうか？」

「そんな元気があるんなら、自分で運転すりゃいいじゃん」

美知佳はハンドルからぱっと、これ見よがしに手を離して見せた。

「おい。おれを舐めるなよ? 言うとおりにしないと喉をスパッと行くぞ」

凄む細島に美知佳は、ハイハイと再びハンドルに手をかけた。

「冗談だってば。なんですぐマジになるかなあ? で、どこ行けばいいわけ?」

つくづくムカつくガキだ。人気《ひとけ》のない場所に連れて行ったあとで絶対後悔させてやる。

そう決心しつつ細島は命じた。

「取りあえず、山の方に行け」

具体的な場所は思いつかないが、山に入ればこんな小娘一人ぐらい、存分にいたぶって処分する場所はいくらでもあるだろう。殺す前にこいつに穴を掘らせるのも面白い。恐怖を味あわせた上に、手間もはぶける一石二鳥だ。

本当はあの思い出の場所——すべての始まりで、細島が結果的に新しい人生を手に入れるきっかけとなった、あの廃工場にもう一度行ってみたい。だが二十年前の惨劇の舞台となったあの場所を再び使うのは、犯人が自分であると公言するようなものだ。

美知佳が行方不明になったと知れば佐脇はすぐに動くだろう。真っ先におれと関連づけられる。こんな小娘一人のために破滅するつもりが無い以上、絶対に足が付かない方法を使わねば。

「おっと!」

美知佳が急ハンドルを切った。ドアに激しくぶつかった細島は彼女を怒鳴りつけた。

「もっと地味な運転をしろ！　あ。ああ、そうか」

細島は、美知佳の計略に気づいた。

「判ってるぞ。わざと乱暴な運転をしてパトカーか白バイに捕まろうっていう気だろ。それは許さない」

「許さない？　は？　何言ってんの？　ハンドル握ってるのはアタシなんだけど？」

こいつには人の神経を逆撫でする天賦《てんぷ》の才がある。

人を人とも思わない美知佳の言葉づかい、馬鹿にしたような口調、勝ち誇った笑みのすべてが、細島を苛立《いらだ》たせた。

「言っておくが、わざと事故を起こすという考えは捨てろ。事故でおれは死ぬかもしれないが、お前も死ぬぞ。おれのために自分まで死ぬのか？　え？」

美知佳は黙って、アクセルを踏んだ。心なしか、細島には彼女の背筋が伸びたように見えた。

「同じく、急ブレーキを踏んでオカマ掘らせて助かろうという気も起こすな。お前がブレーキを踏んだ途端に、このナイフがお前の喉をかき切るからな」

「判ったよ」

しばらく経って、美知佳は返事をした。

「言う通り運転するよ」

「判ればいい」

美知佳は慎重にハンドルを操作し、信号を守りスピードも遵守して、細島が指示するとおり、鳴海市西部の山の方に向かった。

エンジン音だけが響き、車内は重苦しい沈黙が支配した。

が。

田舎の閑散とした道路のはるか後方に、点のようなシルエットがあらわれた。白いその車は、みるみる距離を詰めてくる。

「……なんだ、あの車は」

バックミラーに目をやった美知佳はハッとした。あれは、佐脇のチェイサーだ。

「なんだ。心当たりがあるのか？」

彼女の表情の変化を見て取った細島が、唇を歪めた。

佐脇が追ってきたのか……。

部屋に弥生を残してきたのは失策だったと気づいた。

あんな女に何ができるかと見くびっていたのだが、どうやら裏切られたらしい。

冷たい怒りが腹の底に広がってゆく。弥生が言いなりになるのは、細島にとってあまりにも当然のことだったので、何の対策も取っていなかった。物事が立て続けに裏目に出る時はこういうものか。だが、自分はこれで終わりはしない。強運がおれを見放すはずはない、と細島は自分に言い聞かせた。なんとしてもこの難局を切り抜け、佐脇を県警から排除し、この小娘をこの世から排除し、そして弥生には、一生忘れられないほどの罰を与える。

性奴隷としてのタトゥーを、股間だけではなく、全身に施してやるのもいいだろう。

佐脇が運転する中古のチェイサーはつかず離れずの距離を保ったまま、美知佳と細島の乗ったフェアレディZを追ってくる。

「くそ。プレッシャーをかけてるつもりか」

それでいて停車を命じるでもなく、前に回って減速する様子もない。

県警とは関係なく、佐脇は単独で追跡しているのだと細島は気づいた。美知佳の様子が判らないので、こちらの出方を計っているのだろう。

現在、国会は閉会中だから、議員の不逮捕特権は行使出来ない。しかし田舎の警察としては、新人の野党議員だが全国的に知名度があり、政権奪還の暁《あかつき》には閣僚の椅子《いす》もと言われている自分を逮捕するのは躊躇《ちゆうちよ》するだろう。

アメリカでは州境、ヨーロッパでは国境を越えれば地元警察は追ってこられない。日本の場合も、県警の所轄問題があるから、多少の時間は稼げる。

県警が出てくる前に佐脇を振り切り、県境を越えて隣県に逃げ込んでしまうのが良いかもしれない。隣県だって似たような田舎だ。おれに簡単に手出しは出来まい。

いや、振り切る必要もない。自分は議員で、佐脇は現在謹慎中で、警察官の身分すら風前の灯《ともしび》なのだ。

細島は総合的に状況を分析した。

とは言え……佐脇もクビ寸前だが未《いま》だ警察の一員だ。上と話を付けて、この車を包囲する作戦に出るかもしれない。その可能性がある以上、こちらが先に仕掛けるべきだ。

細島は、携帯電話を取り出してプッシュした。

「もしもし。T警察ですか?」

大胆にも細島は一一〇番に電話をかけた。

「私は、衆議院議員の細島祐太朗です。実は、オタクの妙な刑事が私につきまとって困ってるんです。佐脇とか言う刑事です。聞くところによると、謹慎中だとか」

一一〇番係は、事情がまったく判っていないので、トンチンカンな応答に終始した。

「お前じゃ話が通じない! 今から私の携帯の番号を言う。鳴海署の大久保刑事課長に、この番号にすぐ連絡するように言え。鳴海署長でも県警本部長でもいいぞ!」

怒鳴りつつ、振り返って後ろを見た。

佐脇が乗っているに違いない中古のチェイサーは、依然として一定の距離を保ったまま、追尾してくる。

「いいか。すぐにだ。五分以上私を待たせるようなら県警本部長に苦情が行くと思え！」

細島がそう言って携帯電話を叩き切ると、ほどなく、大久保から腰の引けた電話がかかってきた。

『どうも、ウチの県警の者が、議員に何か不調法をいたしましたようで、まことに申し訳のない次第で。ただちに善処いたしますので、何なりとお申し付けいただければ』

「ああそうだ。まったく。不調法どころの話じゃない。佐脇という刑事がいるだろう？　鳴海署の刑事だ。その刑事が私につきまとっている。オタクの署は、刑事にストーカーの真似などさせて平気なのかね？　今も車の後ろを尾けてくる。そっちで止めさせてくれ。あの刑事は今、謹慎中だろ？　服務規程違反なんじゃないのか？　国会で私が警察庁長官に質問すれば県警本部長の首が飛ぶかもしれないぞ」

『は、はいッ申し訳ありません！　大至急、佐脇には止めさせますので……』

恐縮しきった声で大久保は答えた。

しばらくすると、二台しか走っていなかった田舎道に、次々と脇道から車が合流してきた。うしろのチェイサーを追い抜き、フェアレディZとの間に入ってきた車輌もある。

「……テキメンだな」

「何が？」

「見れば判るだろ。普通の車を装ってるが、８ナンバーの車ばっかり走ってるじゃないか」

美知佳は首を傾げた。

たしかに細島が言うように、88の数字がナンバーに入った車ばかりだ。

「8ナンバーって?」

「白黒パトカー以外にも警察の車ってあるだろ? あれが8ナンバー。お前、何にも知らねえんだな」

「まだ免許も取ってないのにンなこと知るワケないじゃん。で、その8ナンバーとかに追われてんの? この車は」

「違うね。あれは佐脇を捕まえに来たんだよ。オマワリがオマワリを捕まえようとしてるんだ」

細島は勝ち誇った。

「ザマアみやがれ! おれが勝者だ!」

*

弥生から一報を受けた佐脇はただちに細島のマンションに引き返し、弥生の口から直接、すべてを聞き出した。

「で、細島は美知佳をどうするつもりなんだ？」

「それは……でも、恐ろしい予感がするんです」

弥生は震えている。

悪い予感がするのは佐脇も同じ気持ちだった。

絶対に、あの、二十年前の事件を繰り返させてはいけない。

「わかった。とにかく、アイツを追う！　いや判ってる。あの男の狡猾さは。しかしな、策士策に溺《おぼ》れるって言うだろ。アイツは今、まさに溺れかかってるんだ」

フェアレディZの特徴とナンバーをさらに詳しく弥生から聞き出した佐脇はチェイサーに乗り込み、発進させながら、水野に連絡した。

「緊急事態だ。謹慎中とか言ってる場合じゃなくなった。細島が拉致監禁の現行犯だぞ！」

佐脇は運転しつつ携帯片手に怒鳴りまくった。

「大久保に言っとけ！　あの議員サンは犯罪者だとな。逮捕状の名前を、おれから細島に書き換えとけって」

『あの、佐脇さん、これ……運転しながら電話してるんでしょうか？』

水野は消え入りそうな声で聞いてきた。

「だからなんだ！　違反なのは知ってるが、誘拐犯の追跡よりも道路交通法が大事とでも言うのか？　お前ももっと賢くなれっての！」

佐脇は携帯電話を叩き切った。

が、すぐにまた着信音が鳴った。

「バカかお前は！」

『ええと、私、篠井ですが』

水野かと思って怒鳴りつけた相手は篠井由美子だった。

「すまん。相手を間違えた」

『あの……水野さんから事情は聞きました。それで私も駐禁取締中の交通課の友人たちに片っ端から問い合わせてみたんですが、お探しのフェアレディZは、県道二五二号線を西に向かっているようです。特徴が一致するとのことで……美知佳ちゃんは無事なんでしょうか』

「判らん。とりあえず二五二号線に向かってみる」

佐脇は携帯を助手席に投げてアクセルを踏んだ。

とにかく相手は現職の代議士で、しかも口の立つ弁護士だ。どんな詭弁《きべん》を弄《ろう》して県警を言いくるめるか判ったものではない。細島の所在が判明した以上、ここはおれ単独で追うほうがいい。

佐脇はそう決めた。

現状は、どうやら細島が横山美知佳を人質にとって移動中のようだ。万が一のこともある。危険行為は未然に防がなければならないが、無理な追跡はさらに危険だ。

県道二五二号線に入ってほどなく、佐脇も、自分の目でフェアレディZを確認した。はるか前方を、一台だけ走っている車輛がどうやらそれだ。

色と車種が一致する。

細島は右手に怪我をしている、美知佳に運転させるつもりらしい、と弥生は言っていた。

だが、本当にそうか？　その確証はない。

どうしたら判るだろう、と思いつつ速度をあげたが、中々距離が縮《ちぢ》まらない。

車内は暗く、リアウィンドウからは何人乗っているかさえ判らない。

が、突然フェアレディZが派手にテールを振った。蛇行運転のような、後輪ドラフトのような、怪しい動きだ。

「……こんな事する奴は……」

美知佳しかいないではないか。

「バカ！　妙な真似はやめろ！」

わざと後輪をスリップさせた美知佳に、細島は怒鳴った。

「事故でも起こすつもりか？　そんなことしても何にもならないんだぞ」

ドリフト走行で美知佳が佐脇にサインを送ったとまでは気づかず、細島は勝手にそう解釈したようだ。

「……お前は新聞なんか読まないだろうから知らないのも当然だが、最近多いだろ。パトカーに追われた車が暴走して人を撥ねたり事故ったりする不祥事が。馬鹿者が勝手に暴走して死ぬだけならともかく、一般市民が巻き添えになるのは、無理な追跡をした警察も悪いんじゃないかって問題になってる」

「だから？」

美知佳は関心なさそうだ。

「だから。人質が無理な運転をさせられて事故った例もある。その場合『警察が無理な追尾をしたからだ』と法廷では主張できる。つまり、悪いのは警察だってことになる。おれにとっては二重三重の保険だ」

「ごめん。何言ってるのかちょっと判らない」

「頭悪いなお前は。おれたちが事故っても、運転していたのが、免許も持ってないお前だと判ったら、警察は不利になるって事だ。だから……」

その時、前方からパトカーが数台走ってきた。赤色灯を回してサイレンを派手に鳴らしているので細島は一瞬びびったが、あっさりフェアレディZとすれ違い、後方に遠ざかってゆくのを見て、細島は大笑いした。

「見ろ！　あれは佐脇を捕まえに来たんだ！」

なるほど、バックミラーで確認すると佐脇のチェイサーは、覆面を含む数台のパトカーに囲まれて、停止させられそうになっていた。

が。

佐脇は信じがたい運転テクニックを見せてパトカーを振り切り、フェアレディZに向かって爆走してくるではないか。

「な……なんだあれは」

細島には信じられない光景が、後ろに迫っていた。

不良刑事の乗る車がパトカーをぶっちぎって、民間人の車輛を追ってくるのだ。佐脇の車には赤色灯も何もついていない。民間車輛とまったく変わらない仕様だ。パトカーですらないその車が、交通法規は完全無視で、爆走してくる。

「おい！　こっちもスピードを上げろ！　捕まったら承知しないぞ！」

美知佳は言われるままにアクセルを踏んだ。

前方に現れた大きな交差点に、信号を無視して突っ込んだ。

幸い、横からの車がブレーキを踏んだので、かろうじて衝突は逃れた。

と思ったら、今度は後続の、佐脇の乗ったチェイサーが、その鼻先を右から来た車に見事にぶつけ、交差点の真ん中で派手に一回転した。

「ははは！　あのバカ刑事、ぶつけたぞ！」

後ろを見た細島は快哉を叫んだが、すぐに黙った。高速スピンにもめげず、佐脇がすぐに体勢を立て直して追ってきたからだ。

「ほら、もっとスピードを出せ！」

道は四車線のゆったりした状態から狭くなり、二車線で両脇には民家の軒《のき》が迫るギチギチの道幅になった。その危険な道路を二台の車が高速で走り抜ける。

突然、左から老人が乗った自転車が出て来た。

「うわ！」

ぼん、という音がして、老人を乗せた自転車は軽々と宙を舞い、近くの家にぶつかった。

佐脇が車を止めて老人をケアするかと思いきや……驚くべきことに完全無視で、なおもチェイサーは細島たちを追ってくる。

この分では間もなくぴったり後につけられる、と細島が危惧《きぐ》した時。

突然、チェイサーがうしろで蛇行運転を開始した。

「あ……」

「どうした」

ショッピングセンターの駐車場で練習した時、美知佳が無理なスピンターンを繰り返したため、タイヤを傷めてしまったのかもしれない。それでバーストしたか、空気が漏れたかで、チェイサーは正常な状態ではない可能性があった。

「あのボロ車、ついにパンクしたか」

細島が嘲笑《あざわら》ったが、それでも佐脇は懸命に追ってくる。ボディをガードレールに派手にこすって火花を散らしても、路上のポリバケツを跳ね飛ばしても、速度を落とすつもりは無いようだ。

道は、狭い区間を脱して、ふたたび広くなった。

ヘッドライトに照らされた道路標識が、直進すると『仁和寺川《にんな》』と表示している。

「仁和寺川の土手に出るって事か」

仁和寺川……。

細島の記憶におぼろげにあるのは、一車線がやっとの狭い道が土手の上を走っている光景だ。街灯などは無い。土手は結構高くて、片側が河川敷、その反対側には田圃《たんぼ》が広がっている。

この夜間に、こんなド田舎の小さな川の土手を走る車もないだろう。山の中に逃げ込むには、案外うってつけのバイパスになるんじゃないか。

やっぱりおれには強運がついてる、と細島はほくそ笑んだ。

土手沿いに仁和寺川を遡《さかのぼ》り、そのうち山に入って峠《とうげ》を越えれば、もうそこは隣県だ。

で追ってくる。


「よし。どんどん行け!」

途中、小さな交差点の赤信号を無視したが、当然のように佐脇のチェイサーも信号無視で追ってくる。

「止まると殺す」

細島はサバイバルナイフの刃を美知佳の首筋に押しつけた。

「あの刑事を引き離せ」

美知佳が事故を起こせば、それは無理な追跡をしてきた佐脇のせいだと言い逃れることが出来る。運転しているのは美知佳で、美知佳は無免許だ。しかも暴行傷害の前歴がある。美知佳がおれを無理矢理拉致したという主張が通るかどうかは今の段階では微妙だが、おれに有利な材料を少しでも揃《そろ》えておくべきだ。

何としても切り抜けてやる、と決心した細島は計算を立てていた。

この車がクラッシュしても構わない。あるいは美知佳が無謀な運転テクニックを駆使して、追尾を振り切って逃げてももちろん構わない。

どっちに転んでも、おれに有利になる。

細島は、なんとかなる、と自信を深めた。

土手の一本道を、美知佳が運転するフェアレディZが爆走し、その後を佐脇のチェイサーがふらふらしつつも追ってくる。

時速はすでに一〇〇キロを超えていた。

狭い道なので、なにかの拍子にハンドルがぶれたら、土手から真っ逆さまに転がり落ちてしまう。

「いいか。急ブレーキだけは踏むなよ。ハンドルロックになって、大変なことになるぞ」

「判ってるよ！」

美知佳は大声で返事をした。さながらこの状況を楽しんでいるような弾んだ声だった。

「……お前、もしかして、楽しんでるのか？」

細島が驚きの声を出した。

「まあね。まさかリアルでグランド・セフト・オートやれるとは思ってなかったから」

ゲームの名前らしきものを美知佳が口にしたあと、思いがけない展開になった。

一本道の向こうに、突如大型ダンプカーが現れて、こちらに向かってきたのだ。

「おい！　前を見ろ！」

ダンプカーはフェアレディZを見ても停止する気配がない。ヘッドライトのハイビームを点滅させ、猛然とクラクションを鳴らしながら、みるみる迫ってくる。

一方、後続のチェイサーは速度を落とし、ゆっくりと路肩に寄った。路肩と言っても、なんとか行き違いが出来るかどうかという幅しかないのだが。

「ええいっ！」

美知佳の腿《もも》が持ち上がり、気合いを入れてフットブレーキを踏んだ、と思ったらすぐに離した。同時に美知佳はサイドブレーキを思い切り引き、逆ハンドルを切った。

「バカ！　何をすっ……うわあああああ！」

細島の目の前で景色が激しく横に流れ、強力なGがかかった。急転回したフェアレディZの前方からダンプが消え、路肩に寄った佐脇の車が視界に入ってきた。

ダンプがこちらに突進し、切り返してUターンする時間的余裕がなければ、普通は停止する。だがこの小娘は狭い土手の上でスピンターンすることを選んだのだ。これが世に言うゲーム脳というやつか、と細島は恐怖した。

方向転換したフェアレディZのクラッチを美知佳は平然とつないだ。何事もなかったように再発進して、チェイサーの横を抜けようというのだ。しかしその時。

下からがくん、という衝撃が突き上げた。同時に車体が大きく横に傾いだ。

この狭さでのスピンターンはやはり無謀だった。タイヤが土手の路肩を踏み外したのだ。

フェアレディZはそのまま左に傾くと、下の河川敷に向かってゆらり、と落下し始めた。

恐怖の表情を貼り付けたまま、細島は美知佳を見た。驚いたことに美知佳は口角を上げ、にやりと笑っていた。

華奢な手がすっと伸び、細島のシートベルトに触れた。かちり、と不吉な音がしてバックルが外れた。

全身がダッシュボードに叩きつけられ衝撃が襲う。助手席側に何かが激突し、ドアが外れるのが見えた。地面に投げ出された、と思った瞬間、上から巨大なものが落ちてきて、細島の意識はブラックアウトした。

「あのバカ……なんてことをしやがる！」

路肩に寄せたチェイサーから佐脇は、美知佳が無謀なターンを決めるのを呆然と見ていた。

あとちょっとで回り切り、再発進というところで、フェアレディZは惜《お》しくも土手道を踏み外した。がらんがらん、と横転して、そのまま土手を滑《すべ》り落ちてゆく。運悪く斜面の途中に不法投棄された冷蔵庫があり、それにぶつかってドアが外れた。

さらに数回転してフェアレディZは河川敷に転がり落ち、止まった。

「おい大丈夫か？」

佐脇が駆け寄ると、美知佳はシートベルトでしっかり運転席にホールドされていた。

「……オッサン。遅いよ」

美知佳の顔はひどいありさまだが、それは殴られた傷で、事故のせいではないようだ。

「手錠外してよ。鍵はあいつが持ってる」

「あの悪党は?」

細島は土手の中腹に倒れていた。フェアレディZの下敷きになったのか、身動きもしない。

土手の上でダンプカーが駐まり、運転席からはアルマーニのダブルのスーツを着こなした、渋い二枚目が降り立った。

「なんだ……伊草サン直々《じきじき》の運転だったのか」

「急にダンプを出せって言われても、運転手はそう簡単に手配出来ないんで」

地元暴力団・鳴龍会の幹部で佐脇の盟友・伊草は酒臭い息で答えた。

「この際だ。飲酒運転は見逃してやろう」

佐脇はニヤリと笑った。

「細島。西脇弥生がすべて話してくれたぜ。命だけは助けてやるが、裁判で死刑になったら、その限りではないな」

土手の草むらでぐったりした細島を見下ろしながら、佐脇は救急車を呼んだ。

エピローグ

『佐脇さん。お久しぶり』

かつて佐脇の部下が自殺を偽装して殺害された事件の時、佐脇を排除するために県警に送り込まれた警察官僚だが、その後中央に戻り、今はなぜか佐脇の知恵袋のような存在になってしまっている入江が電話してきた。

『また昇進しちゃいましたよ。警察庁刑事局刑事企画課課長で、今度は警視長』

「ますます雲の上の存在ですな」

まったく感情が籠もっていない口調で佐脇は言った。

『そういう佐脇さんも、向かうところ敵なしですな。私なんかは、議員サンのお守りで大変なんです。佐脇さんみたいにバカな議員は逮捕してやりたい気持ちに駆られますよ』

「逮捕すればいいじゃないですか。ネタは腐るほどあるでしょうに」

入江は乾いた声で笑った。

『真面目な話、その気になれば、議員の大半を逮捕・起訴出来ますがね……しかしそれをやったら警察国家になってしまうので』

佐脇は、刑事課の自分のデスクに脚を投げ出して電話を受けていた。

上司の大久保は、突然、病気休職を願い出た。細島との癒着疑惑が出る前に先手を打ったのだろう。いずれは依願退職か。その代行として、光田が課長の席にいるが、あの男が昇進する事はない。

そして、佐脇は、笠間殺害の疑惑がクリアになって、晴れて職場復帰した。

『細島ですが、野党内部での話がついて、国会法百二十二条にもとづき、懲罰委員会による除名処分が決まったようです。衆議院からの除名とは、議員でなくなるって事です。与党もそれに異存はないですしね』

「さすがにそういう部分では、政治ってのは動きが速いですな」

そりゃあもう、と入江は応じた。

『細島の悪行三昧が全部バレましたからね。どういうわけか、細島のパソコンの内容がそっくりインターネットに流出したんです。ヤツの少年時代の犯罪の証拠画像はもちろん、自分の弁護士事務所に指示して過払い訴訟の報酬を過大に請求させていた文書だとか、政治資金規正法に抵触する不正行為の証拠だとか、もう叩けば埃《ほこり》が、なんてもんじゃありません。ガラスの家に住むものは石を投げるなといいますが、悪事を働いている人間がファイル交換ソフトなんて使うものではありませんね』

情報の流出はファイル交換ソフト経由ではない。美知佳がやったのだ。他に誰がいる？

『こうなると、細島には完全に真っ黒なイメージがついちゃいましたから、世間を納得させるには、議員をクビにするしかありません。笠間さん殺しについては、そこは元弁護士ですから、細島は法廷で徹底的に争う姿勢だし、どう転んでも最高裁まで行くでしょう。判決が出るまで処分を先送り、なんて真似をしたら世間を敵に回しますんで、とにかく、今回の処分の理由は少年時代の件が大きかったですね。なにしろやったことが酷《ひど》すぎた。ああいう男を議員にした政党の責任が問われます』

「さすがに、その方面は詳しいですね、入江サンは」

中央官庁の官僚の主な仕事は、国会対策だ。警察庁の幹部ともなれば、与野党ともに議員と深い付き合いをしなければならない。それがどれだけ面倒な事か、佐脇は想像するだけでうんざりする。

『少年法に基づいて、少年犯罪の前歴は消えます。消えたものを知るよしもなかった、と言えばそうなんですが、やはり、過去に凶悪な殺人を犯した者を議員にするというのは如何《いか》なものか、という訳ですよ。法的には罪を償《つぐな》ったのだからそれでよし、では、いわゆる「市民感情」というやつが納得しません。少年法の趣旨を考えると、なかなか難しい問題があると思いますが』

「冗談じゃない。私としてはね、細島は、全然罪を償っていないと言うしかありませんね。ヤツは有名人になって贅沢な生活をしていたのに、被害者にはまったく補償をしていないわけでね。父親が最初だけ、ほんの端金《はしたがね》を払ってますが。だいたい民事訴訟で賠償が決まっても、なんだかんだと逃げまくるヤツが多すぎます。これ、法律でなんとかしなきゃいかんでしょう？　加害者を丸裸にして補償させなきゃ、被害者は浮かばれませんよ」

『まあ、細島に弁護士資格の返上をさせる動きもでてるんですがね』

今更返上させても、と佐脇は言いかけたが、そういや暴走族の元ヘッド・拓海が起こしたとされる事件について、先方が告訴を取り下げてきたという報告の電話を環希から受けたことを思い出した。遅まきながら弁護士稼業を立て直すつもりだったのかもしれないが、後の祭りだ。

それにしても、ヤツが破壊した二つの家族、大瀬由加里と西脇弥生の家族のことを思うと、あらためて怒りが湧いてきて止まらない。自然ときつい口調になる。

「やっぱりね、どう考えても、やった側よりやられた側が守られてないのは事実ですよ。いろんな意味でね。法律も、そのへん気がつかないのか、それとも見て見ぬフリをしているのか」

『……それは、同感ですよ。でも、政治家は、鈍いんですよね、そのへんの感覚が』

「入江サンのような人が、ビシッと言わないからじゃないんですか？」

電話の向こうで入江は、力なく笑った。

そういう会話があったとは、弥生には言えない。

細島が笠間殺しの容疑で逮捕されたあとそのまま入院したと知って、西脇弥生の表情は見違えるほど明るくなった。それは精神的な呪縛《じゅばく》からも解かれたからだ。

入江との電話を切ったあと、佐脇は旧市街の、二条町にほど近い廃《すた》れた商店街に向かった。刑事課ではラフな格好をしていたが、ロッカーからダークスーツを出して、きちんとネクタイを締めていた。

ここは商店街としての役目を終えて、昔の家屋を改修するでもなくそのままの姿で借家に使われている。廃屋も同然なほど古びた家ばかりなので家賃は安い。はっきり言えば貧乏人が肩寄せ合って暮らす一角になっていた。

商店の常として、裏の細い路地に面した勝手口が玄関だ。そこには『大瀬』という表札が出ていた。

「……ごめんください」

奥に声をかけると、顔を出したのは、弥生だった。

化粧っ気が全くなくて、ひっつめ髪にジャージ姿。家事に忙しい若奥さんという風情《ふぜい》だ。

「……ずいぶん、変わったね」

「いいんです。貧乏だけど。どうぞ、あがってください」

平屋の家は、ほとんどが土間だった。昔は八百屋だったというが、今は家の半分以上が物置き状態だ。残った茶の間と次の間が生活空間で、そこに弥生は大瀬由加里の母親、すなわち自分の伯母《おば》と暮らしている。

「由加里さんにお線香をあげさせてもらいたいんだが」

ありがとうございます、と頷いた弥生は、次の間の襖《ふすま》を開けた。

そこには仏壇があり、布団が敷かれて老女が寝ていた。白髪《しらが》が乱れて、謡曲の「隅田川」にでも出て来そうだが、それが大瀬由加里の母親だった。

「鳴海署の佐脇と申します。失礼致します」

手をついて丁寧に頭を下げた佐脇は、少女が微笑《ほほえ》む写真が飾られた仏壇に向かい、線香を上げて手を合わせた。

写真は既に変色して古びていたが、微笑む少女は弥生によく似ている。

上半身を起こした老女は、佐脇に向かって拝《おが》むように手を合わせた。

「……これからは、私、ずっとここで暮らします。由加里おねえちゃんの代わりに、伯母さんの世話をすることにしたんです。施設に入ってもらうより、二人で暮らそうと」

事件後、大瀬由加里の母親と西脇弥生の銀行口座には、細島名義でかなりの金額が振り込まれていた。二十年前の事件に対する『見舞金』の名目だが、世間の風当たりを抑え、裁判を有利に進めたいという思惑の見え透いた送金だった。

「せっかくですから、そのお金は貰っておきました。お金はお金ですし、必要になるときが来ると思うので」

弥生の言葉に佐脇は頷いた。

「伯母さんも、こうして暮らすようになって、ずいぶん落ち着いたんです。安心したみたいで」

「それはよかったけど……」

佐脇は言葉を探した。

「なんというか、君自身も、幸せになるように考えないと」

「そうですね。でも、しばらくは……」

細島の事件のほとぼりが冷めて、世間が忘れてくれるまでは、弥生はひっそり暮らすつもりのようだ。

「他所《よそ》に越せばいいんでしょうけど、伯母さんはやっぱり、この辺がいいようですし、私も、今からまるで馴染みのない土地に行くのもなんだか恐くて」

「まあ、ゆっくり考えるのがいいな。出来る事はおれも力になるから」

立ち上がった佐脇にぽん、と肩を叩かれた弥生は、柔らかな微笑みを浮かべた。

大瀬の家を出て、完全にシャッター商店街、というよりゴーストタウンと化した街を歩いていると、向こう側から磯部ひかると横山美知佳、そして篠井由美子が歩いてきた。

「なんか、美味しいものを奢ってよ。このへん、昔からの美味しい店があるんでしょ」

魂胆がありそうなニヤニヤ笑いを浮かべて、美知佳が言った。

「ねえよ。見てみろよ。みんな閉まってるだろ。何年前のグルメ本を見たんだよ」

佐脇は辺りを指し示した。閉じたシャッターまでが年代物で、もはや二度と開くことはないんじゃないかと思えるほどに錆《さ》びついている。

「ところが、あるんだなあ。つい最近取材したお店が。『死の都で暖簾《のれん》を守る老舗《しにせ》の味』ってね」

ひかるはさびれた商店街の奥まったところを指差した。

「おいおい『死の都』ってのは失礼だろ。縁起でもない」

と言いつつ、ひかるの先導で歩いて行くと、シャッター商店街の外れに、なるほど一軒だけ賑わう店があった。

郷土料理の店・うずしお、と看板に下手くそな文字で書いてある。

狭い店には、老若男女がぎっしりと肩を寄せ合い、うまそうな料理の香りが、湯気とともに溢《あふ》れんばかりに漂《ただよ》っている。

壁にはありとあらゆる料理の名称がベタベタと貼り付けられていて、作れないものは存在しないかのようだ。

「ここはね、昔ながらの伝統料理に、ひと味工夫してるのがウケてるの」

カウンターの中を見ると、まだ若い料理人が汗だくになって料理を作っている。配膳をしているのは三人の若い女。彼の奥さん、あるいは姉妹でもあるのか。

「ほほう。こんな店があったとはね」

取りあえず頼んでみた地鶏の焼き鳥は人気のようで右から左に売れてゆく。注文を待たずにどんどん焼かれ、どんどん出されてくる。

焼きたてを頬張った佐脇は、その美味《うま》さに目を見張った。

「美味いっ！」

同じく、ピザとコーラさえあれば満足で、味にはまるで関心のない美知佳も、一口食べて、へえ、と驚いたような顔をしている。

「美味しいものは人を幸せにするよな……」

佐脇は、しみじみと言った。

「おれ、警察辞めて料理人になろうかな」

「ダメダメ。不味《まず》い料理は人を怒らせるから」

ひかるの言葉に、そりゃそうだな、と佐脇は苦笑いした。

「ところで、美知佳ちゃんの示談が正式に成立して、家裁もそれを認めました。というか、佐々木英輔は刑事犯ですから、この手続き自体、意味がないようなものだったんですが」

篠井由美子が報告をした。

「そうか。そいつは良かった。これでお前さんは晴れて前歴なしの真っ白になったってことだ。乾杯しようぜ」

この店は、とにかく反応が速い。注文したかと思ったら、すぐに飲み物でも食い物でも出てくる。そこが繁盛の秘訣か。

テーブルにはたちまちゆずサワーが四つ並んだ。

「おい、お前も飲むのか？　未成年だろ？　前歴なしになったってのに」

まあまあ、と意外にも真面目な篠井が取りなした。

「あのさ、これは儀式なんだよ」

いきなり美知佳が妙な事を言い出したので、佐脇は「はぁ?」と訊き返した。

「これ飲んで」

意味が判らないままに佐脇が一口飲んだゆずサワーのジョッキを美知佳が奪い取り、自分で一口飲むと、佐脇に返してきた。

「じゃ、これをあと二口飲んで」

美知佳の真剣な表情に、思わず言うとおりに飲んだ。

「なんだこれは？」

「だから入門の儀式だってば。これで師弟の契りが結ばれたの。あたしとあんた……じゃなくてセンセイとの間にね」

「おいおいセンセイとか呼ぶなよ。悪徳代議士みたいじゃねえか」

佐脇には余計に判らない。

「だから、美知佳ちゃんは、佐脇さんを恩師にしたいんだって。師匠と弟子として入門したいんだって」

「わけワカンネエよ。バカかお前。おれがお前の恩師かよ」

しかし佐脇以外の三人の女は、「じゃあそういうことで」とサワーのジョッキをくいくいと飲み干している。

「ガッコじゃロクな先公がいなかったし、あたし高校も行ってなくて」

美知佳はジョッキを置くと、佐脇にぺこりと頭を下げた。

「そういうことだから。ヨロシク」

彼女の目が妙に可愛らしかったので、佐脇も、まあいいか、と酒を口にした。

世の中は順繰りだ。笠間先生があっておれがあった。今度はおれが笠間先生の役回りか。

そう思うと、やけに腹の中が熱くなった。

「このゆずサワー、利《き》くな」

佐脇はネクタイを緩《ゆる》めた。

参考文献

『心にナイフをしのばせて』奥野修司（２００６年・文藝春秋）
『刑事魂』萩生田勝（２０１０年・ちくま新書）
『少年法―その動向と実務―』河村博・編著（２００９年・東京法令出版）
『「裏」を見通す技術』飯田裕久（２０１０年・講談社α新書）
『共感の時代へ―動物行動学が教えてくれること』フランス・ドゥ・ヴァール著　柴田裕之訳（２０１０年・紀伊國屋書店）
FLAT OUT　http://flatout.main.jp/driving/technique/sideturn/

この作品はフィクションであり、登場する人物および
団体は、すべて実在するものと一切関係ありません。

消された過去

一〇〇字書評

切・り・取・り・線

購買動機（新聞、雑誌名を記入するか、あるいは○をつけてください）

- □（　　　　　　　　　　　　）の広告を見て
- □（　　　　　　　　　　　　）の書評を見て
- □ 知人のすすめで
- □ タイトルに惹かれて
- □ カバーが良かったから
- □ 内容が面白そうだから
- □ 好きな作家だから
- □ 好きな分野の本だから

・最近、最も感銘を受けた作品名をお書き下さい

・あなたのお好きな作家名をお書き下さい

・その他、ご要望がありましたらお書き下さい

住所	〒				
氏名		職業		年齢	
Eメール	※ 携帯には配信できません		新刊情報等のメール配信を 希望する・しない		

この本の感想を、編集部までお寄せいただけたらありがたく存じます。今後の企画の参考にさせていただきます。Eメールでも結構です。

いただいた「一〇〇字書評」は、新聞・雑誌等に紹介させていただくことがあります。その場合はお礼として特製図書カードを差し上げます。

前ページの原稿用紙に書評をお書きの上、切り取り、左記までお送り下さい。宛先の住所は不要です。

なお、ご記入いただいたお名前、ご住所等は、書評紹介の事前了解、謝礼のお届けのためだけに利用し、そのほかの目的のために利用することはありません。

〒一〇一‐八七〇一
祥伝社文庫編集長 加藤 淳
電話 〇三（三二六五）二〇八〇
bunko@shodensha.co.jp

祥伝社ホームページの「ブックレビュー」からも、書き込めます。
http://www.shodensha.co.jp/bookreview/

上質のエンターテインメントを！　珠玉のエスプリを！

祥伝社文庫は創刊十五周年を迎える二〇〇〇年を機に、ここに新たな宣言をいたします。いつの世にも変わらない価値観、つまり「豊かな心」「深い知恵」「大きな楽しみ」に満ちた作品を厳選し、次代を拓く書下ろし作品を大胆に起用し、読者の皆様の心に響く文庫を目指します。どうぞご意見、ご希望を編集部までお寄せくださるよう、お願いいたします。

二〇〇〇年一月一日　祥伝社文庫編集部

祥伝社文庫

消《け》された過去《かこ》　悪漢刑事《わるデカ》

平成二十二年十二月二十日　初版第一刷発行

著者　安達《あだち》瑶《よう》
発行者　竹内和芳
発行所　祥伝社
東京都千代田区神田神保町三-六-五
九段尚学ビル　〒一〇一-八七〇一
電話　〇三（三二六五）二〇八一（販売部）
電話　〇三（三二六五）二〇八〇（編集部）
電話　〇三（三二六五）三六二二（業務部）
http://www.shodensha.co.jp/
印刷所　萩原印刷
製本所　ナショナル製本
カバーフォーマットデザイン　芥陽子

Printed in Japan　©2010, Yo Adachi　ISBN978-4-396-33636-3 C0193